我在只有玄鸟知道的地方
设下一座宫殿。
　那里有我的庇护,是绝对
安全的地方。
　你不想说的我不会问,但从
今以后,你可以去任何自己想去的
地方。
　不要再为了别人而活着。
　对了,别养死我的花。

凌隐

女配不想让主角分手

下　漆瞳 著

国际文化出版公司
·北京·

我在只有玄鸟知道的地方设下一座宫殿。

那里有我的庇护，是绝对安全的地方。

你不想说的我不会问，但从今以后，你可以去任何自己想去的地方。

不要再为了别人而活着。

对了，别养死我的花。

女配不想
让主角分手

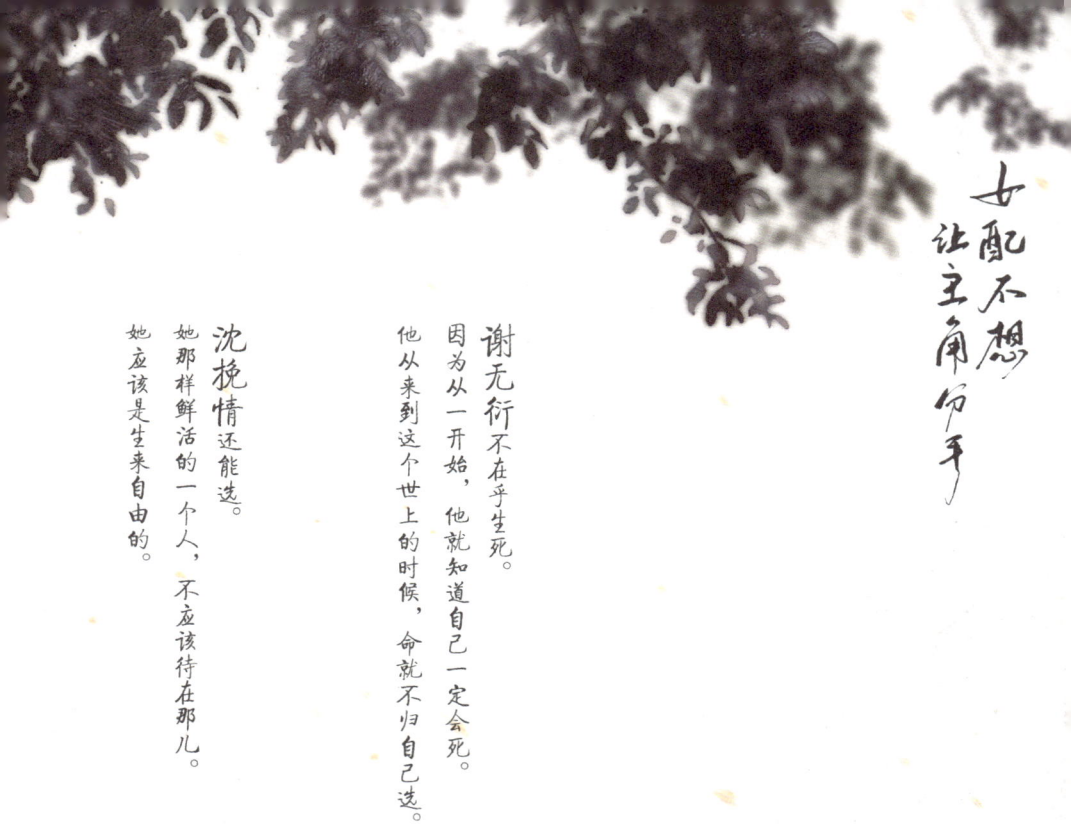

谢无衍不在乎生死。
因为从一开始，他就知道自己一定会死。
他从来到这个世上的时候，命就不归自己选。

沈挽情还能选。
她那样鲜活的一个人，不应该待在那儿。
她应该是生来自由的。

章陆　百年

四十三

在经受了那天晚上的奇耻大辱之后,沈挽情觉得自己一定得学会御剑飞行。

她原本是想找纪飞臣学习,但人家主角小两口现在一个受伤,另一个心疼,浓情蜜意地整日黏在一起,她实在不好意思觍着脸去破坏气氛。于是她开始胆大包天地骚扰谢无衍。

骚扰战术很有用,第二天晚上,谢无衍就一脸不耐烦地拎着她的后衣领,把她提溜到院子里进行教学。

沈挽情求知若渴,眼神里充满了学习的欲望,然后谢老师是这么教的——首先你拿一把剑,然后你站上去,接着就可以飞了。

学渣无奈。

但沈挽情的学习能力倒挺强,加上体质特殊,所以修炼速度比寻常人要快些。在谢无衍这么不耐烦的态度,且让人什么都听不懂的不敬业教学方式下,她竟然也逐渐领悟了御剑术。并且在当天,她就能成功站在剑上飞起来。但因为只飞了板凳那么高,被谢无衍无情嘲笑。

于是自尊心受损的沈挽情非常上进地放弃了学习,开始重新当"咸鱼"。

养病,是"咸鱼"爱好者沈挽情最喜欢的一项活动。虽然这次受了重伤的是风谣情,自己那点伤早就好了大半,但并不妨碍她借机装病,一躺在床上就是几天。

因为每到这时,自己只需要躺在床上装出一副痛苦的样子,就能体会到衣来伸手、饭来张口的快乐生活，还能"白嫖"主角团的好感度。

当然，如果某位谢姓人士不在自己装病的时候恶毒地喂自己喝下一大碗中药还不给蜜饯吃，那她的装病生活一定会更幸福。

徐子殷这段时间和江淑君打得火热。

在某一天的半夜三更，徐子殷非常郑重地来到沈挽情的房间，认真地看着她的眼睛，开口道："抱歉，沈姑娘，我知道我接下来的话可能会很伤人……"

沈挽情找了个软垫靠着，非常有耐心地听他说。

"我……我已经心有所属，所以无法兑现当年在诗中对沈姑娘许下的海誓山盟。"说着，徐子殷还非常急切地补充道，"但这并不代表你不好，所以希望沈姑娘一定不要伤心。"

沈挽情说："我好开心啊。"

这是实话，但徐子殷觉得她一定是在强颜欢笑。

于是两人就关于她到底有没有在强颜欢笑这个问题展开了辩论，发展到后面差点儿扯头发打起来。

这些搞文学创作的想得都这么多吗？！

两人扯头发扯了很久，一直到遛弯遛到沈挽情房间的谢无衍进屋，面无表情地拎着徐子殷的后衣领，将他扔出去。

说起来，因为何方士临死时并没有透露任何有关太守夫人的下落，所以那天，纪飞臣原本是打算安置好风谣情之后，便继续去寻太守夫人的魂魄的。然而刚回到太守府，他就发现府上出了事。

听下人说，在他们几人走后，太守夫人又无端发了疯。虽然没有何方士操纵，也没有那些莫名其妙的妖术，她却还是横冲直撞伤了好些人，手忙脚乱之中，有人一时失手，捅穿了她的心脏。

这样一来，即便他们找到她的魂魄，也无法将其送入这副躯体了。

太守听完纪飞臣等人的叙述，也没说什么，只是吩咐人好好招待这些仙人，转身攥紧拳头一声不吭地进了书房。

不知道是不是沈挽情的错觉，她觉得，太守应该是真的很伤心。

但前几日太守夫人出事的时候，他看上去好像没这么难过。

沈挽情觉得有些奇怪，总觉得这件事似乎还有什么隐情，但她对当侦探没什么兴趣，所以也不想深究。

直到有天深更半夜睡不着，她觉得自己不能再荒废人生，于是准备出门练习一下自己死缠烂打找谢无衍学的御剑术。

但人一进步就容易膨胀。

当沈挽情用了半个时辰能飞得和树差不多高的时候，就非常自然地开始膨胀了，于是把飞剑玩成了过山车，甚至还非常嚣张地在两棵树之间飘移，然后就不出所料地脚一滑摔了下去。

"失足少女"沈挽情非常果断地给自己身上糊了一堆防御术，然后抱着小脑袋准备老老实实地挨摔，结果在离地面还差几米远的时候，腰部被人一搂，紧接着浑身一轻，整个人被往上一带，稳稳当当地撞进了谢无衍的怀中。

气氛很微妙。

夜色，月光，轻柔的风穿堂而过，拂起耳侧的长发。

他和她对视，万籁俱寂，宛若两人之间只剩下彼此。

事情就坏在谢无衍长了张嘴，他连一秒钟的温柔都没有施舍，非常嘲讽地开口问："好玩吗？"

沈挽情：明白了，这就是你是个反派的原因。

她觉得有点尴尬，就像一个难得考了五十九分的学渣拿着卷子到处炫耀，结果风一刮卷子糊到拿了一百五十分的学霸脸上。

沈挽情决定转移话题："好厉害，你不用踩着剑飞欸。"

谢无衍："呵。"

这恐怕就叫作自取其辱吧。

但沈挽情发现，谢无衍并没有降低高度。他将自己踩空的剑召了回来，扶着沈挽情的胳膊，让她一点点站稳，接着，在她身后站定。

飞剑逐渐升高，宛若伸手就能触碰到云层。

从这个角度俯瞰下边，一切都变得渺小，容城的市井街道，即便是在深夜也依稀亮着些灯光。

之前几次站在这么高的地方，多半是在赶路，再加上沈挽情并不熟悉这个世界，多半是害怕得闭着眼睛什么都不敢看，所以这么平静地从这个角度往下俯瞰，还是第一次。

沈挽情露出了刘姥姥进大观园时的快乐表情。

谢无衍松开了握着沈挽情胳膊的手，兴许是觉得站得累了，索性懒散地坐下，手搭在膝上，百无聊赖地操纵着御剑之术。

飞剑很稳，速度也不算快，周遭灵气涌动，宛若虚空铺出一片安全的区域，让人不会因为这骇人的高度心惊胆战。

修仙之人的五感比寻常人好上不少，沈挽情发现自己如果屏气凝神，调动周身的灵力，就能很清晰地看见远处的东西。

发现了这件事的沈挽情非常自豪地向谢无衍炫耀。

谢无衍看她一眼，兴味索然。

他并不明白这有什么有趣的。

所有的热闹和繁华都是最虚无缥缈的东西，这样的场景对他来说都算不上景色。像这样的夜晚，他经历过数百年。

但沈挽情似乎没觉察到谢无衍的情绪。

她亢奋地解说："你看你看，左上那个破破烂烂的巷子，有个酒鬼喝多了吐在乞丐碗里了！乞丐生气了和他扯着衣领打架。"

"满月楼门口有人吵架欸，一个男人抱着两个漂亮姑娘一出来就看见自己老婆叉着腰站在门口。"沈挽情最喜欢这种场面，"揪耳朵了！扯头发了！指甲盖挠脸了！"

谢无衍顺着她指的方向看去，那壮汉正被自己老婆提溜着耳朵，一边求饶，一边往家的方向走。

原本应该是很无聊的一件事，为什么听她说起来，就这么有意思？

"哇！我看见一个小偷正在翻窗户。"沈挽情聚精会神地观察了一会儿，然后失望叹气，"就一层楼那么高也能摔着？就这点能耐就别当小偷了，丢人。"

换了别人，谢无衍此时应当会觉得聒噪，然后不耐烦地让人闭嘴。

但不知道为什么，听着沈挽情这么絮絮叨叨，他没有半点不耐烦，反而突然觉得，几百年来都这么日复一日无趣的夜晚，好像也没有那么没意思了。

很快沈挽情又发现了新的情况，拍了拍谢无衍，往那个方向一指："我简直是火眼金睛，一下子就看见太守府的小花园里有两个人鬼鬼祟祟地躲在假山后面！"

谢无衍抬了下眼，朝那个方向看了眼，是一个丫鬟和一个小厮。

两人搂在一块儿，移到了假山后面，依偎在一起，接着开始警惕地左右观望。

谢无衍皱了下眉，觉得有些不对，扫了眼旁边的沈挽情。

沈挽情看得很认真，似乎没有感到半点异样。

丫鬟和小厮开始耳鬓厮磨。

丫鬟和小厮开始相互依偎。

丫鬟和小厮开始脱衣服……

谢无衍轻"啧"一声，几乎是在同时，操纵着飞剑迅速降下。强烈的失重感让沈挽情根本来不及多想，手忙脚乱地稳住重心，咬牙喊道："谢无衍！你干什么？"

她一句话说完，剑已经落了地。

谢无衍站起身，拂了下衣袍，淡淡道："我困了。"

沈挽情被饿住。

也对，大佬困了要紧急迫降的确没有办法。

但她没看清那个丫鬟和小厮在干什么，强烈的好奇心让她想去小花园一探究竟，于是准备偷偷开溜："那你先睡，我逛逛……"

然而，她刚走出几步，就被谢无衍扯了回来。

沈挽情赖着不肯走，整个人像沙包似的被谢无衍拖着向前："干吗呀？你困我又不困。"

谢无衍停下步子，轻飘飘地看她一眼。

沈挽情瞬间服软："好吧，我困了。"

结果还没走几步，她就看见一个嬷嬷打扮的人鬼鬼祟祟地从一间屋子里溜了出来，手里还拿着个铲子，在后院的一角埋着什么东西。虽然距离隔得有些远，但还是能辨认出，嬷嬷埋的似乎是一件鹅黄色的衣服。

嬷嬷为什么要深更半夜埋衣服？

沈挽情一下子就想起，在刚来太守府时，太守曾经说过，太守夫人在几个月前，总是能在窗前看见一个鹅黄色的身影，只不过那时大家都默认了这件事是对太守夫人施下移魂术的那人所为，所以没有深究。

原来这件事，或许并不是何方士做的。

沈挽情觉得那人眼熟，仔细一想，才想起来，那人就是在太守身边伺候的贴身嬷嬷。

阻止沈挽情装病的，不是良心的谴责，而是纪飞臣抓的药。

似乎是因为看沈挽情的病一直不好，所以纪飞臣又加了好几味药，味道越来越苦。不仅如此，谢无衍这个"大善人"还会非常尽职尽责地监督着她把药喝完，直接把她"偷偷倒掉药"的计划扼杀在摇篮里。

一碗药下去后，沈挽情忍不住了，当天下午就宣布自己已痊愈。

她痊愈后的第一件事，就是被纪飞臣派去满月楼，告知楼主这次事件的始末，顺便要来江淑君的卖身契。

这个活儿挺容易的，沈挽情一进满月楼，就开始浑水摸鱼地看了会儿小倌跳舞。在接收到无数个妖孽酷哥的媚眼后,她感觉自己被谢无衍摧残得满是伤痕的内心开始痊愈了。

色令智昏。

沈挽情想着反正自己是一个人来的也没人知道,就非常坦然地挑了个雅座,还点了几份糕点,开始快乐地看这些小倌进行下一个节目的表演。

平时里来满月楼看这些小倌的,多半都是些有些闲钱,或者是丧偶了的中年妇人。这些小倌难得见这么个年轻好看的姑娘,一个个表演得更加卖力,时不时就勾引似的用拇指摸摸嘴角。

沈挽情非常快乐。

弹琴的那个琴师是清冷型的,好好看。

唱歌的那个小倌是小奶狗款的,好好看。

跳舞的那个是诱惑邪魅型的,好好看。

还有不远处那个朝自己走过来的是大魔王型的,好好看……

等等……大魔王?

四十四

沈挽情迅速起身准备逃跑,然后被谢无衍按着肩膀坐下。

谢无衍语气很淡,声音很冷:"跑什么?怎么不继续看?"

沈挽情:"没,我不是在看。"

谢无衍:"那你在做什么?"

"在唾弃。"她的语气非常抑扬顿挫声情并茂,"身为男儿怎么能这样?简直是世风日下道德沦丧!"说完,她还不忘殷勤地端上茶,"谢大哥,您来这儿做什么?"

"来找个东西。"

找个东西?

沈挽情摸不着头脑。

这满月楼有什么谢无衍想要的东西可以找？

谢无衍扫了眼满月楼四周，看了眼一脸好奇的沈挽情，抬手推了推她的额头，淡淡道："我来找何向生留在这儿的东西。"

沈挽情点点头："那您慢慢找，我这边忙着去见楼主。哎呀，楼主喊我了，我走了，明天见——"还没来得及开溜，她就被谢无衍再次揪了回来。

"急什么？"谢无衍笑眯眯地看着她，"我看你的茶点都上了，不吃完再走？"

沈挽情赔着笑："这哪儿能啊？我最见不得这些小倌，让我留在这儿简直是杀人诛心。像我这种高风亮节的人，会忍不住训斥他们的！"

谢无衍点头："嗯，那你训斥吧。"

迫于谢无衍的淫威，沈挽情含泪坐下。

她深吸一口气，开始了自己的瞎扯。

"那个琴师居然留指甲！成何体统！不像谢大哥，指节修长，一看就很有力量。这才是值得人赞赏的手！"

"那个跳舞的居然敞着衣领，而且一看就觉得身板纤弱！成何体统！不像谢大哥，身强力壮还有健硕的胸肌。这才是值得人赞赏的胸膛！"

谢无衍开始后悔让沈挽情开口说话了。

"那个乐师的声音一听就很阴柔，成何体统！不像谢大哥，声音充满磁性，性感沙哑而又低沉，让人怦然心动。这才是值得人赞赏的……"

"沈挽情，"谢无衍揉着太阳穴，咬牙道，"你可以走了。"

沈挽情雀跃道："谢大哥再见！"

逃之夭夭的沈挽情不由得在心里感叹，这可能就是语言的魅力吧。

上了楼，沈挽情稍稍等待一会儿，楼主便到了。

她还是那副娉婷的样子，被人搀着走到主座坐下，看了眼沈挽情，态度和语气比起之前都冷淡了不少。

甚至在得知何方士是主谋，并且死了之后，楼主的反应依然很平静。

她轻轻点点头，然后派人取来卖身契，当着沈挽情的面撕碎："好了，多谢仙人相助，我自然也会履行约定，还江姑娘自由之身。"

事情顺利得出乎意料。

沈挽情同楼主对视许久，然后一言不发地站起身准备离开，走到门边时却又停了下来，转头看着她，忽地笑了声："楼主，您今天像是换了个人。"

"怎么？"楼主端着杯茶，唇角虽然挂着笑，但笑意很浅，"你这小姑娘才认识我几天，怎么就像不像的？"

"随口说说，"沈挽情语气轻松，像是在聊天般随意，"只是记得上次除掉蚀梦妖的时候，您还挺谨慎的，一定要确认妖已经除了才放我们走。但今天这么大的事儿，您这么爽快甚至都不求证，倒是让我没想到。"

楼主没说话，只是笑意逐渐敛去，放下手中的茶杯，语气冷淡："仙人这话太过揶揄我，我只是见这些日子风平浪静，放下了心而已。而且这何方士看上去的确念旧情，像是能做出这种事情的人。"

"也对，是我冒昧了。"沈挽情大方地笑了声，推门迈出一步，突然停下，回头道，"不过，我记得只说了何方士是取了这些人魂魄的主谋，好像没说过，他这么做是为了什么。楼主，您这句念旧情——"

她将眼一弯："倒是不得不让人称一句'聪明'。"

楼主微怔，动作凝滞在原地。

沈挽情却没再多说什么，径直迈步离开了。

昨晚看见太守的贴身嬷嬷在后院烧掉那件鹅黄色衣裙的时候，沈挽情就猜得出来，这件事情太守恐怕也参与其中。

虽然从何方士的态度看上去他好像只觉得自己是主谋。

但其实细细算起来,从自己来到满月楼那时开始,一切就仿佛被一双无形的大手推着走。

沈挽情当诱饵吸引蚀梦妖,除妖之后无法立刻离开,机缘巧合来到太守府住下,太守夫人入魔袭击风谣情——这一切只靠何方士一个人,是远远不够的。

楼主和太守,缺了任何一个人,这个计划都无法顺利进行。

沈挽情离开满月楼的时候,没有看到谢无衍,等了好一会儿也没见他出来,于是先一步回到了太守府。然而刚进太守府的大门,还没来得及回屋,她便被人领到了书房。

看来,是楼主派人向太守说了什么。

太守背着手,一言不发,就这样背对着她站了许久,才转过身,看着她的眼睛,沉默许久后:"沈姑娘,我问你一句。"

沈挽情:"您说。"

"绣娘她,是不是真的没有复生的机会了?"

"没有了,绣娘的魂魄已经转世。"沈挽情看着他,安静许久,然后开口,"太守大人,这是她自己做的选择。您与她相濡以沫那么多年,怎么会不知道她不愿意靠杀害无辜人的性命来复生?"

太守闭上眼,沉默许久:"我知道了。"

太守很早就知道了何方士的身份。

因为何方士佩剑上戴着的那个锦囊,上面的花纹一看就是出自绣娘之手。

他听说过,当年绣娘救了一个道士。

他知道就是这个道士。

太守不知道何方士要怎么做,但知道何方士要做什么。

这就是这么些时日,何方士在满月楼里始终能神不知鬼不觉,不留下任何痕迹做到这一切的原因。楼主虽然名义上请了道士来除妖,其实一直都在暗中配合何方士的行动,包括那天,蚀梦妖能够那么轻易地进入沈挽情的身体,就是因为在会客时溶入了符咒的那杯茶。

太守夫人被刺穿心脏不是意外。

太守那日的难过,是为了无法复生的绣娘。

但这一切随着何方士的死,都不得而知。

所有人都这么真切地爱着一个已经离开的人。

一个值得感动的故事。沈挽情心里却无波无澜。

在这个故事里,所以人都在自我感动着,想要逝去的人复身,却不知道魂魄困在锁魂玉里的绣娘,看着这么多个活生生的人因自己而死,到底是感动还是痛苦。

她转身,准备离开,但刚迈出几步,突然被太守喊住:"沈姑娘,求求您,这件事,千万不要告诉他。"

沈挽情知道,这个"他"指的是徐子殷。

她没说话,这句话似乎突然让她在一瞬间想到了什么,在许久的沉默后,才轻轻开口:"太守大人,在和徐少爷相处过后,我一直觉得,他不像是个沉溺于青楼成日花天酒地的人。而且从一开始,我也不认为他有多么喜欢我。"

徐子殷对自己的爱慕太过突如其来,没有半点依据。

所以从一开始,沈挽情就有些抗拒。

太守愣了会儿,张了张嘴,似乎准备说些什么,但他好像很快明白了沈挽情话里的意思。

"一开始我不知道徐少爷为什么会这么做,"沈挽情转过身,"现在我明白了,或许他早就觉察到了这些,只是装作什么都不知道的样子。"

现在想起来,徐子殷当时整日黏着自己,兴许是发现了何方士的端倪,所以不想给他任何下手的机会。

但这些只是没有任何人可以证明的猜测而已。

风谣情的伤势已经好了大半，再歇息两日，一行人就要动身。

何向生给纪飞臣的那个竹筒，里面装着的是一块破碎的玉石，应该是从孤光剑的剑鞘上脱落下来的。所以只要感应这块玉石，灵力就会指引一个方向。

只是这块玉石只有天生纯净的灵力触碰后才能有反应，所以除了男女主角，没有人能够使用。这也是《反骨》原著中，谢无衍一路隐藏自己，跟着男女主角，还要费尽心思保护这两个人的原因。

沈挽情当时还偷偷试了下，没有半点反应。

她气得和系统扯皮：自己的力量怎么就不纯净了？

一整天过去，谢无衍一直没回来。

自从他神出鬼没地出现在满月楼，说要找何向生留下的东西后，就消失得无影无踪。

徐子殷和江淑君这对小情侣倒是来过几次。

他们两个人都有点怕谢无衍，这会儿听说他不在，于是非常快乐地隔三岔五往沈挽情房间里跑，一唱一和，一个人念诗，另一个人朗诵自己新写的小说片段，对沈挽情造成了无法抹去的精神污染。

在沈挽情崩溃到要变成混沌邪恶的立场想要动手杀人的时候，谢无衍终于回来了。

他赶小鸡似的将这叽叽喳喳的两个人赶走，然后甩给沈挽情一本厚厚的书。

兴许是和谢无衍待久了，沈挽情都忘记这位祖宗到底有多么暴戾，所以不由得愣了下，没反应过来。

她看了下身上那本书，书的封皮上没有任何字，可是只要翻开一页，就能感受到一股强烈的灵力涌上来，在页面上翻腾。紧接着，有些字符在空白的页面上浮了出来。

321

"这是……"

"修灵书。"谢无衍走到床边，非常自然地往她身边一躺，胳膊枕着后脑，闭上眼，"给你了。"

沈挽情很快就发现，这本书并不是由普通的纸张组成，因为页面上所有的字符，都是会随时变动更新的。与其说是书，不如说更是一个现代的"法术论坛"。

"修灵书"是由世间难得一见的灵犀的皮毛制成的，一般在一些大的门派世家里和一些关门弟子手中会有留存。在外人手中的，大多是花大价钱从拍卖行里买下的，难得一见。

这书里归纳了很多法术修炼的方法和前人修炼的经验，并且还根据许多不同类型进行了区分。最重要的是，持有"修灵书"的人在上面更新内容，所有拥有者都可以看见。

抛开别的不说，这的确是很适合沈挽情修炼的工具。

她合上书，看了眼身旁的谢无衍，沉默了许久，然后伸出手杵了杵他的胳膊："谢大哥？"

谢无衍眉头皱了皱，许久后才缓缓抬起眼帘，看她一眼："嗯？"

"你昨天说要找的东西，就是这个吗？"

"嗯。"谢无衍依旧言简意赅，回答完之后，就再次闭上眼。

沈挽情："你是怎么找到的？"

谢无衍："随便拿到的。"

沈挽情："可是……"

"你如果再继续问，"谢无衍语气有些不耐烦，"我就把你扔到江淑君的房间里，让你听她念话本。"

沈挽情立刻噤声了。

谢无衍说得轻描淡写，但是能看得出来，他一定是费了不少工夫。

其实他只是想起，何向生用的那些咒术都很生僻，还找到了复生术的方法，再加上他是天道宫的大弟子，身上多半可能有"修灵书"，但他找了下，没找到，然后记起容城向东有个缙东拍卖行，一般这种拍卖行里都会留存一两本"修灵书",于是去了一趟。

对他来说这的确算不上多么麻烦的事情。

沈挽情看了眼一旁有些疲倦的谢无衍,不太确定他是不是睡着了。她伸出手拉过一旁的被子,小心翼翼地盖在了他的身上。

做完这些之后,她靠着床头,安静地注视着谢无衍。

沈挽情看得出来,对谢无衍来说,"修灵书"上记载的咒术毫无用处,反而是非常适合自己学习和修炼。在明白这件事之后,她心底莫名生出一种异样的情愫,撞得胸腔都酸酸麻麻的。

沈挽情看向那本"修灵书",重新翻开。

所有的咒术都按照等级编好了难度,并且特地按照"剑修""医修"等分了许多区域。还有几个大类,比如说,法术学习类、修炼技巧类、江湖逸事类……

等等……江湖逸事类。

沈挽情偷偷看了眼谢无衍,将书悄悄竖起来,书皮对着他,然后用灵力操控,选择了"江湖逸事"这个分类。

她觉得很羞愧,自己居然把一本学习的书当成故事书看。

但女人天生对八卦的好奇心,让她忍不住点开这种一看就会有很多"818"[①]的分类。

四十五

女医修一夜之间变成老妪,妙龄少女遭此劫难,背后的原因竟然是——

沈挽情点进去一看。

---

① 网络用语,为扒一扒的音译。

不好意思，不小心把女医修和她的奶奶看错了。

剑修求爱不成竟然躲在被窝里哭出绵羊音，没想到身上贴着传声符，竟被师父听得一清二楚！

沈挽情点进去一看。

谢谢各位关心，剑修和他师父在一起了，很幸福。

果然，无论在哪里，这种营销号式的标题都经久不衰，而且全部是标题非常劲爆，点进内容却让人无语。
直到她看到——

玄天阁竟然出此惨案！长老之女一夜之间失去双目并被拔掉口舌，罗刹鸟居然无法无天到这种地步？

没跑了，一定是谢无衍做的事情。
沈挽情觉得这样很残忍，于是偷偷在该条留言后发了个"恭喜"。
很快，沈挽情又发现一条占了几页纸的热门帖子，标题取得非常吸引人的视线——

见证了几百年前那场动乱的前辈，现在就来给大家说说关于我和魔尊的爱恨情仇

魔尊？沈挽情敏锐地捕捉到了这个词。
她偷偷看了一眼在自己旁边的谢无衍，他睡着的时候，眉头还紧锁着，脸色看上去异常惨白。但不知道为什么，在这一刻他仿佛收敛了所有戾气，就这么安安静静地躺在自己身边，看上去让人感觉到莫

名脆弱。

沈挽情挪开视线,悄咪咪地点开那条标题,页面缓缓展开。

她津津有味地看了一会儿。

内容很正常,先是形象而又生动地描述了魔尊的强大和凶残,然后叙述了当时场面的惨烈和悲壮。

文笔流畅,代入感极强。

直到沈挽情看到——

> 眼看,魔尊就要屠戮人界。我知道,我不能再对这一切熟视无睹了。即便我心中千万般不舍,也要为了大义而站出来。我清楚这是我的使命,为了大家,即便我要亲手杀掉我的爱人。

谁的爱人?

不会是我想的那样吧?

沈挽情深吸一口气,险些昏过去,提心吊胆非常紧张地看着接下来的内容。

> 在一片血光之中,我来到了他的面前。他眸色如血,墨发飘扬,用剑指着我的喉咙,而我却没有丝毫退却。
>
> 我只是在一瞬间很怀念我和他的曾经。他还是少年,我们无拘无束地躺在草地上……

"在看什么?"谢无衍睁开眼,撑起身,抬手扣住了沈挽情手中的"修灵书",还没等她反应过来,就十分轻巧地从她手中拿了过去。

沈挽情瞳孔地震,手忙脚乱想去抢回来,却被谢无衍按着额头推开,于是她整个人只能像是一只扑腾的猫咪一样,做着无谓的挣扎。

谢无衍轻嗤一声:"我就知道。"

沈挽情艰难地咽了口口水，默不作声地低下头，时不时悄悄用余光观察着谢无衍的表情，看上去谢无衍还没发现自己看的是以他作为主角的爱情故事。

"我和他在月色下相拥，眼中只有彼此？"谢无衍慢悠悠地开口念着上面的文字，看上去并没有发现事情的严重性。

沈挽情："是这样的，我觉得谢大哥您还是不要继续念了，不然您会后悔的。"

谢无衍凉凉地扫她一眼，沈挽情心里咯噔一下。

完了，不喜欢被人威胁的谢无衍被激怒了。

被激怒的谢无衍换了个舒服的角度躺着，把每个字念得更清晰了："他伸出手轻轻撩起我脸颊上的头发，捧起我的脸。

"现在回想起来，我只希望此刻永存。

"现在，我们俩却成了永远的敌人。他是十恶不赦的恶魔，必须由我亲手终结的恶魔。他看我许久，然后放下了手中的剑，转过身，对我说，'你走吧'。

"我含泪拿出了孤光剑……"

终于——悠闲朗诵的谢无衍发现不对劲了，沉默地扫了眼下面的内容。

  我拿他亲手为我铸造的孤光剑，封印了他。
  从此以后，我们两人，同道殊途。

沈挽情心如死灰，内心非常后悔自己在拿到"修灵书"的时候，为什么不先看一眼隐身术。

她低着头，甚至不敢抬头看谢无衍的眼睛。

许久之后，她听到一声低低的冷笑，感到毛骨悚然。

"你觉得怎么样？"谢无衍慢条斯理地问。

沈挽情琢磨很久，才艰难地开口道："我觉得都行……爱情是自由的。"

谢无衍低笑一声,将"修灵书"随手扔到一旁,抬手抓住沈挽情的后脑,迫使她抬头看着自己:"你信了?"

沈挽情立刻反应过来:"不信!谁胡编乱造到处造谣,我看得义愤填膺!"

谢无衍对她这满嘴跑火车的表现显然是一点都不意外。

他松开手,朝着"修灵书"的方向一点,书页翻动,精准地在"爱恨情仇"那几页停留,紧接着,纸张在一瞬间燃起了蓝色的火,将那几页纸烧得一干二净。

沈挽情再去看时,那条帖子已经消失得无影无踪。

这就是传说中的删帖吗?

做完这一切之后,谢无衍重新躺了回去,却没闭眼,只是伸出手捻着沈挽情的头发,放在手中把玩着,然后淡淡地问:"你知道,一开始的孤光剑是怎么造出来的吗?"

"怎么造出来的?"

"人骨为剑柄,血肉凝聚成剑锋。"谢无衍轻嗤一声,"只有活在天道宫编造出来的谎言中的人,才会觉得这是一把能够带来救赎的剑。"

沈挽情是个聪明人。

虽然谢无衍没说清楚,但是光凭这几句,她就能猜到孤光剑到底是由谁的血肉铸造而成的。

她没说话,只是乖巧地再一次给谢无衍盖上被子,还特别贴心地替他按了按边缘,给他盖严实。

谢无衍沉默了会儿,看着她说:"你没有其他想问我的吗?"

其实沈挽情真没什么话想问谢无衍。

她一点都不关心孤光剑的来历,只想好好完成任务,如果条件允许,顺便找找能够不把谢无衍封印的方法。

如果条件不允许,自己就当小叛徒,帮谢无衍偷溜。

其余的她都不怎么关心。

但是谢无衍冷不丁这么问自己，总让她觉得自己不问什么好像还怪可惜的。

沈挽情想了想后问道："所以你真的活了几百年都没有谈恋爱吗？"

她想了想，担心"谈恋爱"这个生僻词谢无衍不理解，还耐心解释了下："就是像纪大哥和凤姐姐那样，搞搞爱情。我还是不太相信，有人会几百年一个人孤寡。"

谢无衍："滚出去。"

于是被推出房间的沈挽情，一边站在门口吹风，一边抱着枕头陷入沉思。

男人的话就是不可信！明明是他让人问的，怎么最后还恼羞成怒？

恭喜宿主成功完成隐藏任务：谢无衍的过去。
奖励：谢无衍的记忆回溯×1、抵御锦囊×1。
提示：锦囊须在危及生命时打开，可抵御一次攻击。

这猝不及防的任务奖励通知让沈挽情愣了一下，随即她居然感动了起来。没想到这个系统居然还舍得给奖励，太感人了。

但仔细琢磨了会儿，她发现这破锦囊只有在遇到生命危险的时候才能打开。所以说了半天，这奖励要用的话，还必须得让自己有生命危险？

沈挽情觉得这就是在套娃。

这可能就是职场 PUA[①]吧。

不过"谢无衍的记忆回溯"又是什么？

沈挽情思索了一会儿，最终还是选择了"确认使用"。

她刚一确认，周围就陷入了一片黑色，这种感觉很熟悉，就像是

---

① 指一方通过不断打击、否认、误导、欺骗等方式对另一方进行精神打压，使另一方怀疑自身，对施压者百依百顺。

自己使用烧血之术触碰到别人魂魄时，能够看见他人记忆时的感觉。

许久之后，黑色逐渐散去，周围是一片荒芜，风里混着翻腾的黄沙和泥土。

终于，风声停了，谢无衍躺在不远处。

即便是适应能力很强的沈挽情，在看到谢无衍的时候，都不由自主地愣了下，险些不敢辨认。因为他那副样子，与其说像一个人，不如说像是一具骨架上黏着些血肉，浑身上下被烧得不成样子，看上去不像是一个活人。

周围响起一阵阵咆哮声，天色陡然暗了下来，黑色的气流汇聚成一道道旋涡，在谢无衍身旁涌动。数只冥魔从那旋涡里走了出来，汇聚在谢无衍身边。

然而，不是为了救他，而是为了分食他的血肉。

这样的画面，血腥，而又令人作呕。即便是沈挽情，也控制不住地捂住胸口，遏制住那股反胃。

明明是很瘆人的画面，但不知道为什么，沈挽情突然觉得前所未有地难过。

从来没有人给过谢无衍选择。

他是被活生生逼到这种地步的，被人给逼到这种地步的。

沈挽情知道，如果十几年前，自己的母亲没有拼死带自己离开，那么她原本也应该是这样的下场。

猛地，谢无衍睁眼了。在一瞬间，流淌在地面上的血和那骨架似的身躯燃起了一道灼目的火光，铺天盖地而来。

即使只是记忆回溯，沈挽情也依旧能够感觉到那股强大的力量。

她知道这是什么。

烧血之术。

并不在意料之外，谢无衍也拥有这种能力。

不过自那以后，谢无衍再也没有用过这股力量。

画面缓慢地发生变化，如同电影中的时间过渡一般，重叠交错。

沈挽情不知道过了多久。

但她亲眼看着，谢无衍是怎么度过这百年的生活。

谢无衍这样修为的人，早就不需要睡觉，也不会感觉到困，这样，他的一天就比普通人的更加漫长。

他有一座很大的宫殿。

殿内永远只有他一个人。

许多时候，他会懒散地窝在座椅上，漫不经心地让灯火忽明忽暗。

从头到尾，他都是一个人。

偶尔晚上的时候，他会站在玄鸟的背上，漫无目的地到处飞着，有时候也会百无聊赖地扔一粒石子，砸中赶路人的肩膀，然后听着他们破口大骂。

沈挽情总算知道，前天御剑而飞的时候，为什么自己满心雀跃，谢无衍却兴味索然。

因为他见过太多次这样的夜晚，再美好的风景，也会被消磨殆尽。

或许，百年前谢无衍并不是没有抵抗封印的力量，只是到了那个时候，活着还是死了，真的会变成一件无所谓的事。

眼前的黑雾逐渐散去，宛若大梦初醒一样，沈挽情看了看自己的双手，还有些恍惚。

谢无衍散漫地靠着门，打了个哈欠："怎么？还准备继续站着？"

沈挽情看着他，非常认真地看着他。

为什么谢无衍从她的眼神中读出些母爱？

下一秒，母爱泛滥的沈挽情呜咽着伸出手，一把抱住谢无衍的胳膊，情真意切道："你太辛苦了！"

谢无衍："你脑子冻坏了？"

四十六

沈挽情动身离开的时候,最舍不得她的就是江淑君和徐子殷这对小情侣,两人拉着她的手哭得一把鼻涕一把泪,哭完顺带偷偷把眼泪蹭在她衣服上,最后递上一个鼓鼓囊囊的包裹,挥着手帕目送马车离开。

沈挽情在车上,非常期待地打开了包裹,然而里面没有任何有用的东西,全都是江淑君的手抄本小说以及徐子殷的情诗,封面上还有他们两人精心设计的亲笔签名。

沈挽情简单地翻了下《我与我的救命恩人》这本书的第七部,发现江淑君已经写到她和谢无衍开始虐恋情深,自己每天都在家族宿命和爱情之间痛苦抉择,并且患上了抑郁症。

看完之后的沈挽情觉得自己好像真的要抑郁了。

不过她觉得,这也就是江淑君写着玩玩,闹不出什么风浪。

但江淑君的爱人徐子殷先生,作为一个官二代、富二代,非常支持女朋友的事业,并且还动用自己的人脉积极地替她出版这部惊世著作。

于是在一行人上路的第二天,沈挽情就从"修灵书"的"江湖逸事"论坛里,看到了一条新帖子——

> 太感人了,有人和我一样为沈姑娘和那位谢公子之间的故事而感动吗?唉,没想到她哥哥居然是这么迂腐的人,太让人失望了!

沈挽情好多天看纪飞臣的眼神都充满了愧疚。

这本书的火爆程度可见一斑,甚至在该论坛里迅速出现了一大批热心读者,整天为了"沈姑娘和谢公子到底谁更惨"撕得轰轰烈烈。

看来无论在哪个世界,言情小说都是畅销品。

沈挽情沉默了，自己尝试学着谢无衍的样子，试图把那几页纸烧掉，结果发现根本连火都聚不起来。

最后她明白了，"修灵书"根本没有删帖这项功能，单纯只是谢无衍强成了 bug 而已。

但人要学会变通。

于是当天她偷偷摸摸地揪着谢无衍，然后把"修灵书"递到他面前，撒泼打滚求他帮忙删帖。

老工具人了。

玉石所指引的方向只是个大概，一连奔波了几日，他们并没有发现任何新的线索。

纪飞臣曾经询问过谢无衍是怎么得到"修灵书"的。

谢无衍非常自然地说："从何方士那里拿来的，他曾是天道宫的关门弟子。"

纪飞臣对此深信不疑。

可是当天晚上，沈挽情就在八卦论坛看到一条帖子——

简直丧心病狂！缙南拍卖行居然被人血洗一空，无数珍奇异宝丢失，凶手至今身份不明，到底是何人胆大至此？！

看到这些之后的沈挽情十分感动，殷勤地给谢无衍端茶倒水，甚至连点心都要分一半给他。谢无衍露出提防的样子，上上下下打量她很久后，伸出手："说吧，要烧哪几页？"

沈挽情："不是，我在你心里已经这么不单纯了吗？"

在这段无趣的奔波生活里，沈挽情抱着"修灵书"，非常专注地进行法术上的学习。

但其实三分之二的时间她都在偷偷摸摸地看八卦论坛，每天都和那些辱骂魔尊、维护天道宫的激情小斗士掐架，然后被谢无衍抓包。

他皱着眉，一条条扫过她激情辱骂出的不堪入目的发言，抬起头，目光缓缓落在她脸上。

沈挽情在一旁乖巧罚站，总觉得像是梦回高中时班主任抓到自己在班上骂脏话。

谢无衍说："无趣。"

接着，他把所有的帖子全都烧光了。

次日——

有没有人发现最近好多书页莫名其妙消失了？

紧接着这条帖子也被删了。

第五日，暴雨，空气中都弥漫着些腥味。

沈挽情一行人在山腰的一处客栈落脚。

雨天湿气重，即便是在屋内，也能闻到一股土腥味，让人觉得浑身上下黏糊糊的。

山腰这块往来的人少，所以客栈也没什么人，只零零散散坐了一两桌。

而就在这时，一阵马蹄声由远及近，在门口停下。

紧接着，有人推开门，一位衣袍华贵的男人在家仆的陪护下走了进来。

男人身上的披风沾着些雨水，不知道是不是因为下雨天的影响，他整个人带着些湿气，看上去要比寻常人身上的气质还要阴冷一点。

他背脊挺得笔直，脸上看不出什么表情，气度不凡，一看就是个有些身份的人。论长相，也算是个酷哥，并且是属于那种看上去比较成熟稳重的酷哥。

兴许是因为在满月楼里待了太久，沈挽情已经见过太多帅气哥哥了，再加上天天对着谢无衍那张SSR[①]级别的脸，审美也逐渐变得膨胀，所以像这种SR[②]级别的酷哥已经不能撼动她的内心了。

但即便是这样，依旧不妨碍沈挽情非常专注地偷瞄着这位SR级酷哥。

因为按照主角效应，这种莫名其妙出现的不太像是路人的角色，多半会成为配角。

"小侯爷，"靠近他的侍者小声问了句，"雨天路滑，今日就在这儿将就一晚可好？"

"无碍。"男人说完，慢下步子，偏头压低声音，"清虚道长给的东西……"

"都带着，侯爷放心。"

  提示：重要男配角秦之焕出现，请宿主小心提防其与女主角发生越界关系。

女人的第六感是准确的。

作为一本狗血玄幻小说，虽然男配角的数量没有女配角那么多，但为了证明女主角的魅力，每隔个几万字，都会出现一个给男主角制造一下危机。

秦之焕，南义小侯爷，在这本书里拿着的就是"高冷侯爷爱上我"这个剧本。

他在今晚会被山匪袭击。好巧不巧，纪飞臣和谢无衍会因为要先去打探周围是否有孤光剑的线索而离开，而唯一留下的风谣情则会拖着受伤的身体相救，最后在他的面前咳出一口鲜血，却仍然笑着对他说："没关系。"

在这样的场景下，秦之焕怦然心动，心甘情愿地为了风谣情赴汤

[①] Superior Super Rare，游戏术语，意为"特级超稀有"。
[②] Super Rare，游戏术语，意为"超稀有"。

蹈火，还多次挑衅纪飞臣，从而让男女主角之间的感情产生间隙。

沈挽情明白了，不能让风谣情搭救秦之焕。

但她也不太想自己救，因为她发现这本书里的所有配角都非常善变，谁救他们，他们就喜欢谁。她不想给自己惹麻烦。

这个时候该怎么办呢？

至少这是本言情小说，配角再怎么善变也不能变性向吧？

于是沈挽情转过头："谢大哥！"

谢无衍："闭嘴。"

"好的……"

计划失败。

沈挽情是个做事很严谨的人。

要阻止女主角救人，就得从根本上解决问题。

在深思熟虑之后，沈挽情在茶里下了迷药，准备把风谣情迷倒。

她端着茶来到房间，将茶杯递给风谣情，非常贴心地说："风姐姐，你这几日奔波太过辛苦，喝口热茶吧。"

风谣情也很感动，端起茶杯，靠近嘴边。

沈挽情露出期待的眼神。

风谣情没喝，想到什么似的把茶杯放下，叹了口气，语气里带着些动容："看着这杯茶，突然觉得百感交集，曾经我对你多有误会，对你的态度也很冷淡。你现在愿意对我这么好，真的让我很感动。"

沈挽情："说得对，风姐姐快喝茶吧。"

"亏你这么担心我。"风谣情看着她，露出温和的笑容，"从今往后，我会待你像亲妹妹一样，你有什么话，也大可以和我说，法术上有不懂的也能问我。"

沈挽情："说得好，所以茶……"

"一想到我曾经差点儿因为自己的错误而害了你，我就没有办法原谅自己。"

沈挽情:"嗯嗯,是的,然后茶可以喝……"

风谣情眼眶红了起来,不仅没喝茶,反而抹着眼泪哽咽了起来:"抱歉挽情,以后你千万不要为了我而以身犯险,这样我会……"

沈挽情痛心疾首。

无论任何人,到了深夜都会情绪泛滥吗?

但是剧情不等人,风谣情还在这边煽情,外头就响起一阵喧闹声,紧接着惨叫和打砸声响起——应当是山匪来了。

脚步声越来越近,无数道火光照在窗户上,惊恐的喊叫声和拔刀出鞘声都显得无比清晰。

"怎么回事?"风谣情皱眉,"挽情,你在屋里待着,我去看……"

然而,她刚走出几步,就被沈挽情一记手刀劈在后颈处,失去意识昏睡了过去。

沈挽情吭哧吭哧地把风谣情抱上床,贴心地替她脱掉鞋,盖好被子,顺带还坐在床边查阅了一下"修灵书",成功找到个能够模糊一段时间内记忆的咒术。

做完这一切的沈挽情,心满意足地站起身,推开房门——猝不及防地,和一个山匪头头,以及头头手里挟持着的秦之焕打了个照面。

六目相对。

有些尴尬。

沈挽情思索了一下,说了句:"对不起,打扰了。"然后,她后退一步,准备回到屋子里关上门假装无事发生。

但是山匪头头没有给她这个机会。

他非常嚣张地笑了起来,招呼着自己的手下说:"来人!给我把这小娘儿们带回去,给我当压寨夫人!"

沈挽情试图讲道理:"不好吧?我们刚见面,而且你这样属于拐卖人口,行为非常恶劣。"

但是山匪头头不讲道理,笑呵呵地说:"老子在这儿就是王法,还需要跟你讲道理？"

他的那群小跟班蜂拥而上，嬉皮笑脸地伸出手来扯沈挽情的胳膊，还准备摸她的脸蛋。

山匪头头就更嚣张，一只手架着秦之焕，另一只手就朝着她的胸袭来，然后沈挽情就动手了。

在"啊——"的一声惨叫后，这群山匪整齐划一地被弹了出去，重重地撞在墙壁上，然后捂着腰瘫倒在地上左右翻滚。

沈挽情还特地把弹出好远的山匪头头提溜了回来，给他做思想辅导，讲了会儿大道理，接着问："还不讲道理吗？"

山匪头头觉得自己堂堂一个大恶人，怎么可能这么快服软，开口就骂："老子……"

睚眦必报的沈挽情哪儿能受这种委屈？

然后这个山匪头头就像弹弹球一样，在小小的客栈里上下左右弹了十多个来回，接着瘫倒在地上不省人事。

做完这一切的沈挽情心满意足地转过身，准备回屋睡觉，一抬头，对上秦之焕那双深邃的眼眸。

沈挽情陷入沉默，开口解释了一下："是这样的，我不想救你，一开始我准备跑来着。"

秦之焕："多谢姑娘。"

沈挽情："我说的是真话。"

"嗯，我知道。"秦之焕垂眼，眸中全是温柔和感动，"多谢姑娘，愿意这么维护我的自尊心。"

啊，男人好麻烦！！！

四十七

纪飞臣感知到动静赶回来的时候，客栈周围灯火通明，无数侍卫提刀站在门口把守，也有人进进出出押送着山匪离开，殓着意外身亡的尸体。

"不好。"纪飞臣皱眉,心中一急,连忙加快速度赶了过去,"挽情和阿谣恐怕出事了。"

然而一进门,看见面前的场景,他顿时愣住。

沈挽情生无可恋地撑着下巴坐在桌子旁边,对面坐着秦之焕,眸中全是柔情地看着她。她身旁跪了一群侍卫,还有一些侍仆点头哈腰地站在她旁边,端水擦汗,把茶点送到她嘴边,背后还有个丫鬟殷勤地给她捏肩。

"我自己来就好!"

"不不不,这等事情怎么能让沈姑娘亲自动手?万一侯爷责罚我,我可是担待不起。"

"那我去方便一下。"

"我帮您!"

"不用了!"

与这边相隔的另一张桌子,风谣情一边喝茶一边"吃瓜",一个人非常安逸,看到纪飞臣后,还招手让他在自己身边坐下。

纪飞臣:"怎么回事?"

"不大清楚,我睡了一觉,一醒过来就听说挽情救了小侯爷的命,估摸着是在感谢她吧。"风谣情推了杯茶给他,"谢公子呢?"

"我们二人分道走的,估摸着正在回来的路上。"

纪飞臣话还没说完,就陡然被一个声音打断——

"想必,这位公子就是沈姑娘的兄长。"秦之焕毕恭毕敬地行了个拱手礼,拂衣在纪飞臣身旁坐下,"在下秦之焕,有件事,想冒昧同纪公子商议。"

纪飞臣:"侯爷不必多礼,尽管说便是。"

"我想向您提亲。"

鸦雀无声。

纪飞臣沉默许久,同风谣情对视一眼,艰难开口:"您说什么?"

秦之焕字正腔圆："向您提亲。我可以保证，沈姑娘会是我唯一的妻子。"

"这不好吧。"纪飞臣头皮发麻。

"我觉得挺好。"

这种句式让纪飞臣卡了一下壳："侯爷再考虑一下，挽情的性子不喜欢拘束，侯府恐怕……"

"纪兄放心，我可以保证不拘她在府内。只要她愿意，这天下无论哪处我都可以放着她去。"

纪飞臣揉了揉太阳穴："主要还得看挽情的意愿，作为兄长，还是希望能将她托付给一个能够保护她安危的人。"

"纪兄尽可放心，我手下的影卫全是从生死场上筛下来的，完全能够护沈姑娘周全。有他们在沈姑娘身边，无论是怎样的豺狼……"

"啊！！！"

秦之焕话还没说完，外头就响起一阵哀号和惨叫，紧接着七八个黑衣人被打包踹了进来，一个个躺在地上扶着腰打滚，口吐鲜血，眼冒金星。

秦之焕："啊！我的影卫！"

"这是你的人？"

谢无衍的语调拖得很慢，他活动着手腕，从门口走了进来，凉凉地瞥了地上那堆人一眼，然后将身体懒洋洋地靠在椅子上，手往椅背上一搭。

他语气轻飘飘地说："抱歉了，这些人鬼鬼祟祟的，我以为是什么歹徒，就随手收拾了。"说到这儿，他顿了下，话锋一转，"刚才在聊什么？可以继续。"

场面一度僵持。

或许是男人的敏锐，秦之焕也发觉谢无衍毫不掩饰的攻击性，便站直身子，看了眼纪飞臣，问道："纪兄，这位是？"

"这位是谢无衍公子，也是一位除妖师，我们结伴同行。"

"这样啊。"秦之焕笑了声,望向谢无衍的眼底,安静许久后,走上前,伸出手,"谢公子,多有冒犯,刚才也是我太过紧张了,我还以为,您同沈姑娘有什么关系呢。"

这句话一出口,纪飞臣和风谣情不约而同地抽了口气,摸着椅子坐下来,端着茶杯故作冷静地喝茶。就连对待感情向来迟钝的纪飞臣都觉察出几分不对。

他们头皮发麻,并且准备偷偷念防御咒。

风谣情贴在纪飞臣耳侧小声地问了句:"谢公子动手杀人的话你拦不拦得住?"

纪飞臣:"实话说,大概率拦不住。"

谢无衍脸上看不出什么表情,他没说话,甚至连手都没递出去,只是指尖一下一下地敲着椅背,将眼一抬,狭长的眼稍眯了下,片刻后,唇角勾起一个弧度,似笑非笑。

秦之焕再怎么说也是个男配角。

他不虚,昂首挺胸,非常有底气地与谢无衍对望。

然后,谢无衍低笑了声,伸出手回握,拖腔带调:"同她有什么关系?"

在两人背后疯狂偷看的主角忍住,此时此刻只有一个疑问。

为什么沈挽情方便了这么久?

然后沈挽情就回来了。

为了避免尴尬,她在厕所蹲着看了会儿"修灵书",直到估摸着秦之焕差不多应该回房间睡觉,才捶着发酸的腰走了过来,一走过来,就看见谢无衍和秦之焕世纪性的握手,以及主角二人团饱含希冀和求救的目光。

她沉默了。

四双眼睛一起看着她。

不知道为什么,谢无衍的眼神虽然含着些笑意,但是看上去让人觉得非常可怕:就好像丈夫外出辛辛苦苦养家,回到家看到妻子和小白脸喝酒时，露出的死亡威胁般的冷笑。

等等……她为什么要自动代入"丈夫"和"妻子"？

沈挽情觉得没有这个道理。

但是她觉得以当下情景，不宜久留。

于是她说："啊！拉肚子了，我再去一趟。"

说完，她准备继续偷溜，然后就感觉身上一轻，接着整个人仿佛被一只无形的大掌往后一扯，接着落入一个无比熟悉的怀抱。

沈挽情：你犯规！麻瓜面前不能用魔法！

谢无衍开口了，语气吊儿郎当的，含着些笑，听上去非常欠儿："真是不巧，我和她还真的有关系。"

听到这句话，纪飞臣和风谣情瞳孔地震。

难道说，谢无衍要表白了吗？

沈挽情倒是很安逸。

男人之间的战争，自己只需要安安静静地当花瓶就好，而且她也琢磨不清楚自己和谢无衍到底是什么关系。

秦之焕："不知是什么关系？"

谢无衍："她爱慕我。"

周围寂静无声。

沈挽情呆滞半晌，然后像只八爪鱼一样挣扎了起来，恨不得伸手去揪谢无衍的头发。

你还提你还提你还提！你还很自豪地提！

你们男人的自尊心为什么要拿我开涮！！

然后她被谢无衍捏了一下腰间的软肉，警告了句："想让我杀了他？"

沈挽情顿时蔫了，哽咽了一下，认命地泄了气，接着乖乖巧巧地往谢无衍胸膛上一歪，摆出一个非常小鸟依人的姿势，点头肯定了他的话："对，我确实爱慕他。"

随便吧。

如果这样可以赶走一个麻烦男配角，自己也可以暂时不要脸。

秦之焕不信："沈姑娘，你不必通过胡编乱造、委屈自己的方式来拒绝我。"

委屈自己？谢无衍眸色微沉。

沈挽情敏锐地觉察到了，迅速按住谢无衍："不，我真爱慕他，而且还是单相思但是惨被拒绝爱而不得所以终日以泪洗面，每次看见他都会觉得心口锐痛但还是故作坚强强颜欢笑一时之间无法忘怀容不下别人，所以非常抱歉我不能接受你的喜欢。"

谢无衍沉默了一下，想把她从自己身上赶下去。

但演戏非常敬业的沈挽情不但没动弹，反而黏得更紧。

纪飞臣作为兄长，听着这话皱起眉头，背着手站起来准备教育沈挽情，却被风谣情按着坐下。

沈挽情觉得自己的话说得非常绝情，秦之焕应该死心了。

但是她低估了一个SR级的男配角，低估了男配角的决心。

秦之焕："不要紧。"

沈挽情："不，要紧。"

秦之焕看着她的眼睛，一字一句，非常坚定："我会让你回心转意，并且向你证明谁才是真正值得你选择的人。"说完，他将衣袍一掀，非常潇洒地转身离开。

沈挽情在这样的温柔攻势下，并没有心动。

她甚至能感觉到谢无衍身上陡然降低的温度，连忙顺毛似的拍了拍他的后背。

那些瘫倒在地上的影卫见自家主人离开，连忙一瘸一拐地爬起来，吭哧吭哧地跟了上去。

刚才还十分热闹的大厅，顿时就只留下纪飞臣一行人陷入沉思。

在秦之焕离开之后，谢无衍收敛了笑意，声音很沉："下来。"

沈挽情委屈地松开手，非常乖巧地从谢无衍身上跳了下来。

她很少见谢无衍当着主角二人团的面露出这样阴沉的表情，他站起身，扫了一眼沈挽情，薄唇紧抿，迈开步子。

"等等！"沈挽情非常紧张地扯住他的衣角，"你去做什么？"

"怎么？"谢无衍冷笑一声，"这么提心吊胆的，怕我杀了他？"

沈挽情的确怕，毕竟秦之焕还是个重要男配角，得留着推动剧情。

虽然不知道为什么，但她看得出来谢无衍对秦之焕的杀意。

沈挽情倒是觉得谢无衍的杀意很好理解，毕竟人家无法无天了这么久，突然来了个挑衅自己的麻瓜，大魔王怎么可能忍得了这个？

沈挽情："我不是这个意思。"

谢无衍："那你是什么意思？"

沈挽情左右环顾了一下，在他耳边低声耳语："人家是侯爷，杀了容易被通缉。"

"所以呢？"

沈挽情觉得能拖就拖，于是硬着头皮出馊主意："我建议你还是不要杀他吧，如果实在忍不住，过几天再杀，我也拦不住你。不过我建议你让玄鸟杀，玄鸟可以被通缉。"

藏在戒指里的玄鸟偷听到对话气得浑身发抖：凭什么玄鸟可以被通缉！玄鸟不可以！

谢无衍看着她的眼睛，许久没说话，片刻后低笑一声，掐住她的下巴："你是不是觉得，我听不出来你是在变着法劝我？"

你好聪明！

"你不想他死？"

沈挽情正在思索该怎么回答，突然就听谢无衍又开了口："我明白了。"

语气很淡，但不知道为什么，让沈挽情心头顿时一空。

他将手松开，转过身，迈步离开。

沈挽情这次没拦。

她看得出来，谢无衍虽然没有减少半点戾气，但似乎真的不会去杀秦之焕了。

她揉了揉有些发酸的下巴，不知道为什么，突然觉得心口空荡荡的。

在那一瞬间，沈挽情突然发觉，谢无衍从来都看得出自己那一切拙劣的伎俩，也能通过自己那些弯弯绕绕的话，准确地明白自己的用意。

但谢无衍几乎从来都不点破。

她不知道这是为什么，但这个想法一萌发，就像一块石头堵在心口，很难受。

纪飞臣咳嗽了一声，打破了安静："挽情，你解释一下，为什么我们只出去了一个时辰，你就变成了他一见钟情、唯一能够接受的未来的侯爷夫人？"

沈挽情老实巴交地说："这我很难解释，我也搞不懂男人。"

风谣情笑了。"比起这个，我觉得你还是追上谢公子，多哄哄他比较好。"说到这儿，她将眼一弯，"我看哪，他八成是吃醋了。"

沈挽情觉得这句话如果被谢无衍听到，风谣情可能会直接被谋杀。

四十八

纪飞臣的神情变得严肃起来："不过，你们有没有发现，这位秦小侯爷身上的阴气很重。"

风谣情认同道："是，我方才也发现，他身上带着许多品质极高的护身法器，有几件已经出现了裂痕，看上去，是遇着了极为难缠的麻烦。"

纪飞臣沉吟片刻，不知是想起什么，从宝囊中拿出那块玉石。玉石光芒闪烁，汇聚成一道金光，却没有指引方向，只是兜兜转转地在屋内盘旋。

"果然如此，玉石指引的位置的确是在这儿，我们刚才却没发现任何同孤光剑相关的线索。"纪飞臣收起玉石，眸色凝重地望向秦之焕离开的方向，"看来，他一定是知道些什么。"

"孤光剑早在百余年前就不知所终，"风谣情摇了摇头，"秦小侯爷一介凡夫俗子，能知道什么？"说到这儿，她还不忘点名了一下一旁的沈挽情，"挽情，你怎么看？刚才你同秦小侯爷相处的时候，有没有发现什么异样？"

"倒的确听他的属下提过几句。"沈挽情边回忆着边说道，"据说，这位侯爷平日里好像十分倒霉，而且夜晚的时候总会有些怪异的举动。"

纪飞臣点头："看来，只能从他身上着手调查一下了。"

暴雨刚停，四处都湿漉漉的，空气中混着一股泥腥味。

沈挽情没在房间里找到谢无衍，反而找到了气得飞过来啄她头发的玄鸟。

原因也无他，谢无衍心情一直不好，所以他就会想找点东西消遣。

但这块儿荒郊野岭的，孤魂野鬼也没有一只，沈挽情还不许他杀人，于是他只能把玄鸟放出来，拔了它尾巴上的毛。

不知道为什么就被从戒指里倒出来，还没睡醒就被拔掉一小撮毛的玄鸟敢怒不敢言，但用脚指甲盖想都知道到底是哪个胆大包天的人招惹了自家老大。

于是欺软怕硬的玄鸟就来找沈挽情算账了，并且情绪激动地啄掉了她好几根头发。

"红颜祸水的狐狸精！！谁允许你这么胆大包天对我家殿下出言不逊！"玄鸟喊着喊着就开始哭了起来，"你知道我养了多久才把尾巴上的毛养长了一点点吗？好不容易都开始变色了！你还我浅灰渐变玄黑毛！"

虽然被它薅掉几根头发，但沈挽情此刻也很仁慈地没同它吵嘴。

因为光是看玄鸟这副狼狈样，就能知道谢无衍的情绪很不稳定。抱着舍我其谁的态度，沈挽情决定去给大魔王顺毛了。

但是谢无衍怪不好找的，因为这人比较牛，所以寻踪术完全找不到他的气息。

沈挽情吭哧吭哧地翻遍整个客栈，甚至连后院的水缸和灶台底都翻了个遍，完全没看到谢无衍的踪影。

最后，她在男厕所前反复踱步犹豫很久，最终咬咬牙，决定为了天下太平牺牲自己，摆出一副壮士赴死的态度准备走进去。然后她身后就响起谢无衍那带着些无奈的声音："我不在那儿。"

沈挽情惊喜回头，发现谢无衍坐在树上，单手搭在膝盖上，用一种看智障的眼神看着自己。

他被气笑了："你找的都是些人能待的地方？"

沈挽情说："因为我寻思着您老比较与众不同嘛。"

谢无衍："我是不是还应该夸你？"

沈挽情："也行。"

然后谢无衍就沉默了。

两人大眼瞪小眼。

一个坐着，一个踮着脚站着仰着头才能看到被树枝遮挡着的人。

沈挽情觉得脖子很酸，这棵树还怪高的。她等了好一会儿，谢无衍没有下来的意思。

行吧，哄人就要有诚意，但谢无衍真的挑了最高的树，而且坐在了最上头的树枝上。沈挽情想了想自己最高的飞行纪录，决定挑战一下自己。

她踩稳剑，轻车熟路地飞了起来，一点点上升。

谢无衍换了个舒服的姿势枕着胳膊，看着她。

兴许是有之前没踩稳摔下来的心理阴影，飞剑逐渐升高时，沈挽情明显将速度慢了下来。

但即便是这样，她发现自己和谢无衍始终差着一些距离，够不着。

好奇怪。

她索性加快了速度，但还是够不着。于是她跟只地鼠一样在谢无衍面前忽上忽下，脑袋时不时冒出个尖，很快又低了下去。

不对劲。

沈挽情往下一看，这棵树什么时候长这么高了！

始作俑者笑得十分肆意妄为："这不飞得挺高？"

沈挽情立刻装委屈："你欺负人。"

谢无衍："是啊。"

沈挽情不装了。

她觉得再这么下去，谢无衍能和自己对峙一晚上，而且这棵树再这么长下去，一定会引来群众的热烈围观。

于是沈挽情决定出其不意地跳到树枝上，让谢无衍没有反应的机会。

然后她就跳空了。

一句"啊"还没喊出来，她的胳膊被谢无衍一拽，接着整个人往前一扑，以一个非常暧昧的姿势，扑倒在了他的身上。

谢无衍："怎么？闹自杀？"

沈挽情撑起身，没动弹，看着他的眼睛。

谢无衍也就这么看着她。

两人没有安静太久，下一秒，沈挽情就弯起眼睛笑了起来："我来哄你开心了。"

谢无衍微怔，沉默了一下，一言不发地伸出手推着她的肩膀，将她推开一些距离，却没急着松开手。在片刻的停顿后，他将人扯着同自己换了个位置，让她靠着树干，自己往旁边坐下了。

他扯起唇角，似乎是轻嘲了一声，然后语气轻飘飘地说："我没生气。"

沈挽情：你没生气还把玄鸟薅秃了？

但她不敢戳破大魔王的小傲娇，只是顺着他的话点点头，轻轻地说："我没有护着秦之焕。"

谢无衍："哦。"

"我是觉得，秦之焕就是一介凡夫俗子，对吧？"沈挽情开始花言巧语，每个字都情绪饱满，"不仅如此，还一点法术都不通，连玄鸟都打不过！而您老这么厉害，这么强，天下第一举世无双，怎么能自降身份来和这么普通的人打架呢!我不允许尊贵的谢大哥受这么大的委屈。"

夜间带着些湿气,树叶还有些湿润,一些水珠顺着叶尖淌了下来,沁湿了沈挽情的肩膀。

身旁的谢无衍笑了。

他手撑着树干,将头微微后仰,笑得肩膀都在轻颤。

沈挽情转头看他。

在同谢无衍见第一面的时候,她从来没想过,会有一天在这样的场景下,同谢无衍这么自然而又平静地相处着。

她发现,不知道从什么时候开始,她没有自己想象中那么害怕他了,就好像,在自己眼中,他从来不是什么灭世的恶徒,而是一个再普通不过,和所有人一样拥有着自己感情的寻常人而已。

"你不生我气了?"沈挽情靠近他一点,小心翼翼地问。

谢无衍眼底还带着点笑意,很淡。

他仰头,看了眼头顶上那轮玄月,然后闭了闭眼,再睁开。

算了。

他面对她时,总会比自己想象中的还要不忍心。

谢无衍说:"没生气。"

沈挽情知道这次是真的。

她又悄悄咪咪地靠近了些,将自己从刚才开始就一直紧紧攥着的手递到了谢无衍面前。

谢无衍看她一眼:"什么东西?"

"头发。"沈挽情将手摊开,里面躺着一小撮头发。

她吸了吸鼻子,开始摆出一副告状的小媳妇样子:"我数过了,整整十七根呢!玄鸟刚才给我揪掉的,好疼。"

这可能就是睚眦必报吧。

所以半个时辰后,被谢无衍揪掉一把毛的玄鸟痛苦地摸着自己的屁股,并不知道是哪个环节出现了问题。

沈挽情没见过像秦之焕这么倒霉的人——上山烧香遇见暴雨住客栈，住客栈遇见土匪打劫；第二天上路马车受惊差点儿摔下悬崖，手忙脚乱被揪起来之后头磕到了石头昏迷不醒，晚上醒过来之后发现伤口感染发炎，开始高烧不退。

最后一行人费了好大劲，才把这号伤残人士拖上寺庙。

这座寺庙位置很偏僻，平日里压根儿没有香客，寺庙内也只有义慈大师和他的小徒弟在守着。

按照道理说，秦之焕不远万里来到这儿，一定有什么非来不可的原因。

但这义慈大师在江湖上压根儿没有什么名气，法力看上去也并不深厚，寺庙十分简陋，周围阴气重，看上去并不是世外高人待的地方。

"恕我冒昧，不过敢问你家侯爷，为什么要特地来到此处？"风谣情寻了秦之焕身旁的随从，打听了下消息。

随从摇了摇头，似乎也是不解，寻思寻思，才小心翼翼地说："或许，同我家侯爷每日晚上都做的梦有关。但之前听来府上的大师说过，侯爷这容易……"说到这儿，随从压低声音，"容易招来妖魔的体质，多半是被人用了什么不祥之术。这段时间，侯爷总是被梦给魇住，说是梦到些奇怪的东西，某日便要动身来这里，其他具体情况我也不太知道。"

多方打听，发现秦之焕几乎不同自己的随从多透露什么。

大家只知道自家侯爷体质容易招来妖魔，平时里霉运也多，别的也不大清楚。

原本是想等秦之焕醒了之后再直接询问一二，但没想到自从来到这寺庙之后，他便再也没醒过来。明明只是普通的高烧，有风谣情医治应当不成问题，他却一连两日都在昏睡。

义慈大师观察一番，皱着眉说："他多半是撞见了什么不干净的东西，意识被困在梦里出不来，如果不及时点醒，多半可能会迷失。"

于是当日晚上，一行人就准备用入梦术前去一探究竟，准备留下唯一通晓医术的风谣情在外头查看情况，让沈挽情也在外头照应。

但看得出来，谢无衍对拯救秦之焕这件事兴味索然，态度十分不积极，甚至让人觉得他可能会搞破坏。

沈挽情觉得如果不关着谢无衍，他没准顺手在梦里把人杀了，反正也不容易被抓到把柄。

于是她主动请缨，一同前去。

她觉得无非就是去别人的梦境里把人点醒，很容易的，不会出什么意外。结果一进去，他们就看见铺天盖地的红色，非常喜庆，一抬头，一张床，床头贴着一个大红的"囍"字。

沈挽情沉默了一下，觉得大事不妙。

她觉得自己才和秦之焕认识没几天，他总不能做个梦梦见和自己结婚吧？

然后下一秒，她就看见穿着霓裳羽衣、头戴金冠的自己，从屋外走了进来，然后径直从纪飞臣、谢无衍，以及自己本人面前走过，在婚床上坐了下来。

好家伙，还真能。

四十九

三人静默，沈挽情甚至能无比清晰地听见身旁的纪飞臣倒吸一口冷气，转过头紧盯着她，露出老父亲般担忧的眼神。

沈挽情尴尬到头皮发麻：看我干吗？！又不是我在做梦！

她只能不看纪飞臣那探究的目光，转而十分认真地盯着穿着婚服的那个自己。

老实说，秦之焕的审美水平挺好，婚服饰品好看不说，就连脸上的妆都很正常，还自带美颜效果，让沈挽情稍微有点膨胀。

果然，这就是自己的致命吸引力吗？

虽然纪飞臣有一肚子话想说，但现在的场景显然不能唠嗑，于是只能硬生生忍住。他叹了口气，低声嘱咐道："梦境连通灵府，我们得小心行事，不要闹出太大动静，以免使得他神志紊乱。"

沈挽情点点头，这时听见身旁传来一阵"噼里啪啦""嘎吱嘎吱"的非常嚣张的声响。转头一看，谢无衍非常不耐烦地拖出一旁的凳子，往上一坐，将腿搁在桌上。他偏头扫了眼坐在床头的婚服版沈挽情，轻嗤一声，冷静点评道："难看。"

沈挽情可听不得这句话："怎么难看了？！你看我头上的小饰品，多好看啊！我做梦都梦不出来这种漂亮的小饰品呢！"

谢无衍凉凉地扫她一眼，语气让人后背发寒："你倒是常做梦。"

你们反派连别人做梦都会不高兴吗？

谢无衍没再看她，顺手拿了个摆在桌面上的苹果咬了一口，露出嫌弃的表情，随手一丢，苹果掉落在地上，一路滚到了婚服版沈挽情的脚边。

虽然进入别人的梦境只要控制好自己的神念，就能不被梦境的主人看见，但是倒腾的动静如果太大，还是能让人感觉到异样的。

"是这样的，"沈挽情用气音说，"我们得声音小点。"

"哦。"谢无衍边答应着，边百无聊赖地去拨弄桌上摆着的那一盘红枣瓜子，发出"哗啦哗啦"的声响。

沈挽情苦口婆心道："行吧，声音小不小无所谓，但我觉得最好不要到处乱动。"

"行。"然后他顺手折了用来挑红盖头的秤杆，站起身，领导巡查似的逛了一圈，拆家似的拆了一大半东西。

沈挽情追在他身后喋喋不休。

"哎，你怎么扯人家铃铛！"

"哦。"

"这个杯子是要用来喝交杯酒的，哎呀，你别捏碎了，你小点劲。"

"你还挺想喝交杯酒？"

"怎么是我想喝？又不是我做梦，你这样子把东西都弄坏了，秦之焕怎么做梦？"

"所以，你还挺想这么继续下去？"

"你这是什么逻辑！"

两人你一言我一语地开始吵嘴，一开始沈挽情还记得压低声音，后来直接义愤填膺地开始无能狂怒。纪飞臣像是在场唯一的成年人，带着两个随时可能扯头发互殴的小学生。一开始他还试图插话劝劝架，到后来发现根本拦不住，于是只能无力地坐在一旁看着这两个人吵嘴。

最后，沈挽情放弃了，任由谢无衍去折腾。

大魔王真的好叛逆啊。

谢无衍兴许也觉得没劲，拈起桌上的同心锁看了一眼，随手丢掉后，也一言不发地坐了下来。

看着两人终于吵完，纪飞臣疲倦地发布了任务："我们得耐心等到困住秦之焕的梦魇，帮助他摆脱梦魇的纠缠，将他的神魂带出去。不过一定要记住，在他的梦境中，我们只可以引导他离开，不能强行忤逆他的意愿，否则就算清醒，魂魄也会受到影响。"

话音刚落，婚房的大门便被推开，秦之焕走了进来，穿着一身相配的婚服。

"沈挽情"抬头，看着他，眸中柔情万千，含情脉脉，甚至还开口轻轻唤道："阿焕。"

秦之焕在床边坐下，抬手轻轻捧起她的脸颊，同她深情对望。

沈挽情本人心情复杂，甚至有些看不下去了。

她用手撑住额头，试图挡住眼前的画面，自己这辈子恐怕都没用过这么肉麻的语气说话。

尴尬就算了，坐在旁边的谢无衍还一直用食指一下一下地敲着桌子，简直就差把"不耐烦"这三个字写在脸上，搞得人压力很大。

下一秒，"沈挽情"就被秦之焕拥入怀中，脸贴着他的胸膛，两个人开始了你一言我一语的情话攻势。

"你知道,我等你回心转意多久了吗?"

"我知道,直到此刻我才发现,我曾经错付了这么多年。"

"从见到你的第一面,我就知道,那个男人配不上你。"

等等……那个男人?

"是的,可惜我领悟得太晚,没能看出,他居然是那样一个薄情自私而又蛮不讲理,贪婪冲动刻薄而且还不尊老爱幼没有道德之心,实力弱小没胆量没见识的人!"

好家伙,这是把所有形容缺点的词语组合在了一起吧?

"没错。"秦之焕叹了口气,"我也很可惜,你居然曾经心悦过那样一个男人。不过不要紧,我不介意你的过去,我只知道我会对你好的。"

等一下……沈挽情有一种强烈的不祥预感,该不会你们二位说的是——

"嗯,阿焕,我向你保证,我再也不会提起谢无衍的名字了。"

这一句话,让纪飞臣和沈挽情同时倒吸一口冷气。

漂亮,你做梦怎么还夹带私货呢?

谢无衍指尖敲着桌子的声音也停了,缓缓转头,目光落在了沈挽情的脸上,然后将眼稍眯,冷笑一声。

沈挽情:"不带迁怒的嘛。"

好在,秦之焕对谢无衍的批判并没有持续多久。

因为按照目前的气氛,他们要开始热吻了。

沈挽情险些心跳骤停,觉得再这么下去自己就会看到一些不良画面,甚至旁边还有两个热心观众。

秦之焕俯下身,闭上眼。

"沈挽情"也扬起头,手轻轻抵在秦之焕的胸口处,看上去十分配合。

而就在这时,两人的影子如同水泥一般,从床上一点点滑落到地面上,融合在了一起。

沈挽情皱了下眉，低声提醒道："谢无衍，你发现……"

话音未落，几乎只在一瞬间，谢无衍眸色稍沉，腾身从沈挽情身旁掠过，抬手，不由分说地贯穿了秦之焕的胸膛。

"谢兄！"

然而，谢无衍的手并没有伤到秦之焕，只是从他的胸膛穿过，径直握住了"沈挽情"的心。"沈挽情"在一瞬间露出狰狞的表情，接着脸上腾起一股黑气，一点点同这副躯壳分离，仿佛被一只无形的大手扯出，最后，猛地脱离，化作一道黑影，从窗户蹿了出去。

穿着婚服的"沈挽情"也像失去魂魄的木偶一般，跌在了床上，接着四肢一点点熔化，最后化成一道烟。

婚房外是一片混沌，看不到头的黑暗，没有任何的边界。

"秦之焕的梦境只有婚房内这一小片区域，所以脱离了那里之后，一切都是虚无的。我们都是神魂状态，去未知的区域反而会更加危险。"纪飞臣抓住沈挽情的胳膊，"没有必要去追，只要让秦之焕脱离梦境就可以了。"

脱离梦境？

沈挽情转头看向秦之焕。

他一睁眼，发现找不到沈挽情了，迷茫地喊叫着她的名字，四处寻找着。

"将人引出梦境，需要让人的感情有剧烈的反应。"纪飞臣解释道。

可是现在秦之焕梦里的主人公都化成一股烟了。

纪飞臣："如果梦见的是其他人，可能会比较麻烦，但他梦见的是你。"

沈挽情："我知道是我，但是……"

等等，沈挽情悟了。

她看着纪飞臣，纪飞臣看着她。

梦见我了，然后我人还刚好在这儿。

这不是巧了吗？

不知道为什么，沈挽情下意识转头看了眼谢无衍。

谢无衍抱着胳膊靠着墙，似乎是感觉到了她的视线，将眼一抬，同她对视。那是一种显而易见的不耐烦感，仿佛下一秒，他就会直接暴躁地将秦之焕的魂魄提溜出去，完全不管这么暴力的折腾会不会把人家变成个傻子。

沈挽情总觉得最近的谢无衍脾气出奇地暴躁。

沈挽情陷入沉思。

如果说顺着秦之焕的梦往下演，那指不定就得入洞房了。

她觉得不太行。

纪飞臣："你想办法刺激到他，让他能清醒就行。"

她仔细琢磨了下，感情激烈就可以让秦之焕清醒，但也没说要怎么个激烈法。

在沉思了许久后，沈挽情下定决心："我明白了，我应该可以做到。"

听到这句话，谢无衍的眼睫微动，右手不易觉察地微攥，眉头稍皱。

沈挽情解除了自己气息的隐藏，秦之焕也立刻看见了她。

"挽情，原来你在这儿，我刚才……"秦之焕迟疑了下，抬眼看向沈挽情，神情带着些探究，"你的婚服呢？"

怎么刺激都算刺激。

沈挽情深吸一口气，决定采取另一种方式刺激秦之焕："我换掉了。"

"为什么要换掉？"

"因为我决定，和谢无衍公子私奔。"

谢无衍：你演戏为什么要蹭我热度？

秦之焕瞳孔一缩，如遭雷劈："我不信，他明明是那样恶劣的一个人……"

"是的，我都知道。"沈挽情早就想好了台词，"但他是怎么样一个人，和我喜欢他这件事，又有什么关系呢？"

这话的确挺刺激人的。

因为梦魇的影响，秦之焕陷入梦境的程度很深，虽然情绪几乎是在崩溃的边缘，却还是非常倔强地强撑着："我不相信，你明明答应过我，不会再……"

"啧。"

谢无衍不耐烦地轻"啧"了一声，散去掩藏自己气息的力量，出现在秦之焕面前。

秦之焕震惊："你怎么在这儿？"

谢无衍一句废话都没说，走到沈挽情面前，漆黑的眼眸里倒映出她的身影，然后抬手扣住她的后脑，将她一把拉到自己面前，俯身，吻了下去。

怎么还有吻戏！

五十

寺庙年久失修，冷风从墙壁的缝隙中涌了出来，让人汗毛竖起，四周隐约可以听见乌鸦盘踞在枝头的鸣叫声。

义慈大师捻着佛珠，闭眼坐在一旁。

风谣情沉思了会儿，思量再三，还是开口问道："大师，秦公子身上出现的异常，您可有办法破解？"

虽然义慈大师看上去并没有多么高深的力量，但他格外镇静，好像对一切都了然于胸的样子，让人不禁好奇了几分。更何况，秦之焕也是受梦魇的指引才来到这里的。

义慈大师没睁眼，也没回话，过了一会儿才淡淡地说了句："任何事情都有自己的因果，既然已经来了，就不必问为什么而来。"

语义不明的一句话。

风谣情也没有过多询问，歉声道了句："冒昧。"回身查看了下秦之焕的状况。他身上的阴气散去了些，紧皱的眉头也逐渐松开，眼睫稍颤了下，似乎是将要醒过来。

而就在这时，一道妖气被从秦之焕的身上震了出来，破窗而出。

是梦魇？

风谣情迅速反应过来，飞身追出窗户，几道符咒从侧边两个方向追上了那道黑影。她两指一收，无数道金线如同大网一般，将那只梦魇紧紧缠住。

"显形！"

那团黑影发出一声撕心裂肺的惨叫，接着那股浓重的黑气逐渐散去，隐隐浮现出一个人形，然后重重地摔落在地上。

"阿谣！"纪飞臣从秦之焕梦境脱离之后，闻声迅速赶来。

"我没事。"风谣情同他对视一眼，又望向那妖怪的方向，"捉到那只梦魇了。"

"呸！谁是梦魇那种低级无趣的妖怪！谁允许你绑本公主的？放开放开放开！"

那只被金线五花大绑的妖怪开始咋咋呼呼地骂了起来，声线带着些少女的娇嗔。妖怪有约莫十六七岁少女的模样，龇牙咧嘴地露出小虎牙，一身青衣，看上去不像只妖，更像个刁蛮任性的小姑娘。

风谣情看她一眼，没有理会她，反而略带担忧地询问纪飞臣："挽情他们呢？"

纪飞臣停顿了下，露出一言难尽的表情："他们出了些麻烦……"

"难不成是出事了？我早就说过，挽情她才刚开始学这些法术，不要带她入梦，很容易造成神魂无法归位的。"风谣情连忙回身往屋内走，"这只梦魇就交给你了，我先去看看。"

"不是，等等……"

纪飞臣还没喊完一句话，风谣情就匆匆忙忙地回了屋，然而刚一进屋就看见极为尴尬的一幕。沈挽情整个人缩成一个圆润的球，蹲在屋子的一角，将头埋在膝盖间。即使看不见表情，也能感受到她的生无可恋。

谢无衍懒散地窝在椅子上，胳膊肘撑着扶手，食指抵住太阳穴，慢悠悠地开口喊了句:"我说……"

"别说话闭嘴吵死了你话怎么这么多好唠叨啊我听不见烦!"蹲在墙角的球体沈挽情立刻跟个炮仗似的开火。才说了两个字的谢无衍陷入沉默,揉了揉太阳穴,低笑着说:"我这不是在配合你?"

沈挽情:"不许提!"

屋内一片寂静。

风谣情:怎么回事?总觉得像是小情侣吵架。

秦之焕已经醒了过来,铁青着脸,一言不发地起身出了门。

风谣情连忙跟了出去,询问道:"秦公子,刚才发生了什么?"

秦之焕脸色更差了:"不知道。"

他做梦体验感极差,被抢亲不说,还目睹了心仪对象和别人搞暧昧,从美梦直接变成噩梦。

屋内气氛僵持不下。

沈挽情继续缩成球,心情十分复杂。

她有点生气,脸颊还在微微发烫。

好歹她也是个小姑娘,就这么随随便便加吻戏,面子上也是很过不去的。不过往好处想,这不是自己的初吻,是第二次接吻。

第一次是和谁呢?

沈挽情仔细一想。

第一次也是和谢无衍。沈挽情窒息了。

关键也不是吻戏的问题。

原本形势所逼,她已经非常没骨气地向谢无衍妥协,并且接受每天晚上要把床分出去一半的不平等协议。可现在谢无衍连亲人都这么随便,而且自己还不能反驳,好过分!

然后一想到谢无衍可以仗着谁都打不过他,以后想亲谁就亲谁,沈挽情就更生气了。

渣男!

反派真的太可恶了。

平日里她虽然看上去气势汹汹的,但在谢无衍面前总是一戳就软,就算是有小情绪也不会闹太久,所以像现在一样张牙舞爪一点就炸的样子,这还是第一次。她看上去是真的很生气。

谢无衍看着被气成河豚的沈挽情,不知道为什么,她这副不高兴的样子让自己也觉得一股莫名烦躁堵得胸口发闷,于是轻"啧"一声,站起身子走到沈挽情身后。

谢无衍以前从来没有过想要哄人开心的想法,所以压根儿也不知道怎么哄人。他皱着眉,沉默了一会儿,才别扭地说了句:"抬头,站起来。"

这就是谢无衍独特的哄人方法。

沈挽情并没有被安慰到,甚至更生气了:"我不起。"

"起来。"

"我不。"

谢无衍耐心被磨光,伸手,握住沈挽情的肩膀,迫使她抬头看自己。

沈挽情气结,索性将头一昂,眼圈气得发红:"你干吗?"

谢无衍突然发现,他的耐心比他想象中的要多很多。

特别是看见沈挽情发红的眼眶时,他突然就卡了壳,眉头皱了皱,没有说话。

沈挽情越想越委屈,一打开话匣,就再也关不住,絮絮叨叨了起来:"哪有你这么配合人的?你就是仗着我打不过你所以随便欺负人。"

"抱歉。"谢无衍说。

沈挽情愣了下。

谢无衍重复一遍:"抱歉。"

他不习惯说这种话,哪怕只有两个字,也觉得无比别扭。

谢无衍下意识地偏过头,避开沈挽情望向自己的视线。

沈挽情小声问:"你说什么?"

谢无衍语气没来由地暴躁，松开手站起身："没听到就算了。"

"哎，等等，"沈挽情眼疾手快地揪住谢无衍的衣角，确定似的询问，"你刚刚在向我道歉？"

谢无衍偏过头不看她："不然还有别人吗？"

不知道为什么，在谢无衍说出"抱歉"的那一瞬间，她突然就不生气了。

她知道这两个字对他来说意味着什么。

原著里的谢无衍，并不是一个会有歉意情绪的人。

说出这两个字，对他来说，比屠杀天道宫还要困难。

但他现在就这么说出来了，还是两次。

沈挽情难以置信："那你刚才为什么还威胁我？"

"我什么时候威胁你？"

"你威胁我让我站起来啊！"

谢无衍："那不是威胁。"

沈挽情不信："你回忆一下当时的语气，不是威胁我难道是哄我？"

谢无衍没说话。

沈挽情悟了："难道那句话真的是在哄我？"

谢无衍觉得太阳穴突突直跳："闭嘴。"

沈挽情却"扑哧"一声笑了出来，松开手，肩膀都在轻颤："哪有你这么哄人的啊？"

谢无衍伸手按了按自己的眉骨，忍了又忍，差点儿就忘记了她这人有多么蹬鼻子上脸。然而他最终还是没有发火，只是伸出手递给沈挽情："起来。"

沈挽情搭上他的手，借力起了身，拍了拍衣服上的灰，环顾四周才发现，屋子里只有他们两个人。

纪飞臣他们去哪里了？

沈挽情狐疑地推开门，发现门口跟罚站似的，整整齐齐站了一排人。

一脸无奈的纪飞臣、面露微笑的风谣情、面无表情的义慈大师和气得火冒三丈的秦之焕，以及被金线捆成一团、不停骂骂咧咧的妖怪。

你们修仙之人都这么爱"吃瓜"、听墙脚吗？

"我都说了我不是梦魇。

"公主知道吗？尊贵的昭平公主。

"北国灭了我也是昭平公主！请不要把我和那种卑贱的妖怪混为一谈。"

那妖怪被金丝线紧紧束缚在椅子上，说话却仍旧气势汹汹，一张嘴就能看见那尖锐的小虎牙。

风谣情转头看向秦之焕："秦小侯爷，您记得这位公主吗？"

北国是一个小国，军事商业都不发达，一直以来都依附各大强国生存。

早在五年前，北国就被南国歼灭，消亡速度如此之快，甚至都没掀起多大波澜。

这样一个弱小的国家中的亡国公主，完全是微不足道的。

不过这场战役秦之焕功不可没，是他斩下北国皇帝的头颅，并因此被封为侯爷。

秦之焕转头看着那位昭平公主，将眼稍眯，似乎是在认真审视，一会儿才摇了摇头："没见过。"

这位小公主立刻咋呼开来了："没见过？你怎么说话的！你都打到我们北国皇城底下了，居然连皇宫里的公主都认不全？就你这破记性，难怪你喜欢的姑娘不喜欢你。"

秦之焕沉默，转头问："这妖能除掉吗？"

昭平公主气得衣袍被妖气震得上下翻飞："你恼羞成怒了！"

风谣情觉得头痛，但还是一下子抓到重点："所以，这些年就是你纠缠着秦公子，让他遭受如此折磨的吗？"

"什么叫纠缠？"昭平公主气极，"你以为我愿意跟着他？我一睁

361

眼发现黏在他身上走都走不掉，无论跑出多远最后还是会回来。你当我喜欢看这张仇人的脸啊？而且还长得这么平平无奇。"

风谣情："所以你就想杀掉他？"

昭平公主露出惊讶的神情："这么严重吗？我就是每天晚上让他做噩梦，让他梦见自己变成猪，接着被杀而已啊！"

不愧是公主。

秦之焕咬牙切齿："所以这妖能除掉吗？"

昭平公主："你又恼羞成怒！"

义慈大师起身，端详了一下昭平公主，开口问："昭平殿下，您还记得，您是怎么死的吗？"

昭平公主一愣，露出茫然的表情："我记不清了，我只记得皇城被攻下后，我的侍卫带着我从一条小道离开了皇宫，然后……然后一睁眼，我就变成这样了。"

义慈大师点点头："她或许没说谎。"

北国是由秦之焕一手覆灭的，而昭平公主很有可能是在逃生的时候被伏兵所杀，无人收敛尸体，也没有墓碑，导致怨念过重，所以死后依旧纠缠着秦之焕，不得超生。

"我明白了，如果想让秦小侯爷摆脱妖魔的纠缠，恐怕得想办法找到昭平殿下的尸体。"

虽然已经过去了五年，但是如果魂魄尚在，可能还有找到尸骨的希望。

罗盘转了几圈，却始终没有指定方向。

这不应该。

以纪飞臣的能力，只是寻找尸体的踪迹，应当再简单不过。

而就在这时，装着孤光剑宝石的竹筒飞出，一道光破出，直直地落在了昭平公主的眉间。

为什么孤光剑会对昭平公主产生反应？

昭平公主："什么东西？你们想暗杀我？"

纪飞臣觉察到了些许不对，询问了昭平的生辰八字，算了算，神情陡然变得严肃。

昭平紧张了起来："有什么问题吗？"

"昭平殿下，有没有人曾经对你说过你是极阴之体这件事？"

昭平回忆了下，点了点头："我父皇曾经提及过，说是在我年幼的时候宫里来了几个道士，说过这种话。"

风谣情会过意："飞臣，你不会是觉得……"

纪飞臣："是的，孤光剑成功封印了当年那个魔头，也是有代价的。曾经用来铸剑的前人魂魄和身躯，全都被那魔头的力量冲散，所以现在的孤光剑，应当是只有剑身，却缺少了剑魂，需要重铸才能恢复从前的力量。"

这段剧情，沈挽情再清楚不过了。原著的结局，风谣情以身祭剑，也正是出于剑魂没有被重燃的原因。

只是孤光剑作为抵御冥魔的神剑，想要重铸剑魂，条件也十分苛刻：第一，献祭者的根骨必须为纯阴之体；第二，献祭者必须是自愿活祭，不能是因为强迫。

所以很有可能，孤光剑对昭平有反应，是因为昭平曾经作为献祭者，献祭给了孤光剑。

但如果是这样，她为什么会什么都不记得呢？

"当年铸造孤光剑时，有三百四十一位前辈献祭了自己的血肉和魂魄。"纪飞臣说，"所以，想要重铸孤光剑，也需要这么多个纯阴之体进行献祭。"

一旁安静许久的义慈大师突然发话："还有一种选择，不过现在再无可能了。"

"什么选择？"

"如果有一位体质纯阴的烧血一族之人愿意献祭，那么就不需要这三百四十一人了。"义慈大师叹了口气，"只可惜，这一族的人早在十几年前就断了传承。"

空气在一瞬间凝滞。

谢无衍抬了下眼睫,轻扫了眼身旁的义慈大师。

沈挽情看戏看到自己身上。

怎么又多了一些不太好的设定?

她捋了捋自己身上的所有人物设定和风谣情的人物设定——

已知:风谣情 = 原著中最后一个纯阴之体 =1+340= 孤光剑锻造完成。

且:沈挽情 = 烧血一族 + 纯阴之体 =341= 孤光剑锻造完成。

又因为:等号两边相等。

所以:沈挽情 = 风谣情不用祭剑了。

她好像突然明白了系统设置的不得了的阴谋。

沈挽情:"我困了,拜拜。"

五十一

谢无衍今天晚上难得没来自己屋子里蹭觉。

沈挽情撑开窗看了眼外面的月色,皱了下眉。

仔细算算,明天晚上兴许就是再一次满月,她记得每到这时候,谢无衍都会比平时更为虚弱。

在义慈大师说出那句话之后,纪飞臣等人没有做出任何表情,没有暴露沈挽情的身份,并且找了个由头让她回屋休息,就当没听见今天的话。

沈挽情当然不能当没听见。

这或许并不是偶然。

系统选取"沈挽情"一定是有原因的。按照原著,纯阴之体并不是这么好寻到的,更何况还是自愿。这就是自谢无衍被封印后数百余年的时间里,孤光剑始终没有重新现世的原因。

而且原著最后风谣情献身,不单单是因为谢无衍要灭世,最重要的是冥魔的力量再也无法被压制,已经大批侵入人界,生灵涂炭,形势刻不容缓。按照现在的剧情发展,很有可能最后风谣情还是会因此而死。

"所以,如果想要达成最后的美好结局,意思是要拿我去换风谣情对吗?"

沈挽情为数不多地向系统进行提问。

系统沉默了许久,难得地给了回应。

提示:或许这并不是唯一的途径,但这是由主脑系统筛选后,最能够促成该世界达到目标结局的方案。宿主所寄生的身体,以及灵魂的选定,都是在高度甄选之后选择的绝对契合。

沈挽情:"那如果我在这个世界死亡了会怎样?"

检测到宿主无法返回原世界,完成任务的奖励是为宿主筛选最合适的世界重新投入意识。

所以她还是会死。

选中您来完成此项任务,其实您本身并没有损失。因为您在原世界已经消失,让宿主保有意识延长寿命,已经算是系统的额外奖励。

沈挽情没有回应系统的话,翻来覆去睡不着,有些心烦地披上外衣,打算出门透口气。

寺庙很小,她走了几圈,突然就觉得有些无趣。

自从来到这里,她好像认识了很多人,看上去挺热闹,但其实没有任何一个能交心的朋友。

她好像只是被系统和任务推着走。

该结识什么样的人,该同谁做朋友,好像都不是她说了算。自从从这副躯壳里醒过来,好像是一次重生,但其实,是从内到外彻底的抹杀。

这么一想,她唯一能说上话的,居然是谢无衍。

一个人待久了往往会觉得很孤单,越清醒,就会越觉得冷清。沈挽情想象不到,谢无衍到底是怎么坚持了这么多年。

不知道为什么,沈挽情突然有点想见到谢无衍。

但她很快打消了这个奇怪的想法,准备回屋。

长廊似乎比其他的地方更冷一些,风吹得她的长发上下翻飞,一股冷气贴着她的后背擦过,如同一只大手一般,一点点缠绕上她的脖颈。

不对劲。

沈挽情现在已经算是方士里面有点厉害的那一类。

她迅速转身,躲开了那道妖气,食指抵住腰侧,一道符还没抽出来,就听见面前传来娇嗔的女声——

"你还是女孩子吗?怎么这么凶啊!"昭平公主的魂魄不知道什么时候从房间里溜了出来,迅速地抱着脑袋往后飞了好一段距离,隔着老远叉起腰,气势汹汹道,"你们这些臭道士真是一点都不会怜香惜玉。如果我父皇在,肯定会把你们通通杀头。"

纪飞臣他们并没有刻意封住昭平。

虽然不确定具体是出于什么原因,但她的确不能离秦之焕太远。一个时辰前她好不容易挣脱金线想要偷溜,结果刚逃到寺庙门口,就被一股无形的力量扯了回来,险些被撞散魂魄。

昭平公主一生气就开始像小孩儿一样阴阳怪气:"也难怪,我看你一个人半夜三更不睡觉,兜兜转转地像是在找人,难不成是在找你爱慕的那位谢公子?"

沈挽情不擅长哄女孩儿,特别是小孩子气的女孩儿。

她觉得自己是一个挺成熟的人,成熟的人和这些幼稚的小姑娘是没办法沟通的,再加上她现在是个厉害的修仙之人,和妖物吵架太过于掉价。

于是沈挽情非常高冷地说:"哦,无所谓。"然后,她转身就走。

昭平公主哪受过这种委屈,立刻就跺脚:"喂!站住!本公主和你说话呢,你怎么说走就走?"

沈挽情才不站住。

"你如果停下来我就告诉你你找的那位谢公子去哪里了!我刚刚看见他了!"

沈挽情稍微停了一下步子,但转念一想——不对劲,自己为什么要找谢无衍?他不来烦自己才最好。

于是她又开始往前走。

"我真的不告诉你了哦!"

沈挽情假装听不见。

"我看他表情好像很凝重的样子欸,你都不担心吗?"

沈挽情继续假装听不见。

"没关系,你不理我也无所谓,我正好可以去找那位谢公子,没准他愿意同我聊天。"

沈挽情停下步子,面无表情地走到她面前,非常严肃地说:"他不愿意和你聊天。"

说完,她转过身就走,然而没走几步,就又转了回来,问:"表情真的很凝重吗?"

昭平公主沉默了一下,点头说:"真的很凝重。"

"哦,好,无所谓,我不关心。"沈挽情点点头,转身又走,结果刚走了三步又折了回来,提醒了句,"我不想知道他去哪里了。"

367

昭平:"好的,你不想知道。"

沈挽情安静了一下,转身,结果连步子都没迈开,就深吸一口气,又将身转了回来:"要不然你告诉我谢无衍他没有去哪边?"

昭平公主抱起胳膊,耷拉着眼皮一脸无奈地看着她。

表情要表达的想法显而易见:你是陀螺吗,这么能转?

沈挽情的解释非常苍白无力:"我是怕和他撞见,你别误会。"

昭平公主没忍住,笑了起来:"沈姑娘,你看上去真的很在意那位谢公子。"

沈挽情:"不在意。"

昭平公主:"在秦之焕的梦里我就看出来了,你总是紧张兮兮地盯着那位谢公子,身边明明还有那个叫纪飞臣的男人呢,我都没见你看他一眼。"

沈挽情想解释,但发现自己没办法解释,于是只能硬着头皮道:"不在意。"

昭平公主:"在意在意!"

于是这两个人就开始相互扯头发,两个人把平生里能用到的所有骂人词汇全都轮了一遍。

最后不得不承认,她们是半斤八两差不多地幼稚。

吵了一圈后,两人终于筋疲力尽。

昭平公主:"这样吧,你陪我聊聊天吹吹风,我就告诉你谢公子去哪里了。"

于是她们就寻了处宽阔的屋顶,开始吹冷风。

沈挽情还为此解释了一下:"我并不在意谢无衍去哪里了,我就是想上来看看风景。"

昭平公主毫不给面子地笑得前仰后合,然后往后一躺,枕着胳膊躺在了瓦片上,嘟囔道:"你不知道我这五年过得有多憋屈,睁眼闭眼都是秦之焕那张脸,平时里连个说话的人都没有。"

沈挽情:"你是因为怨气待在他身边的吗?"

这句话，让昭平沉默了一下，她并没有立刻回答，只是安静了一会儿，才深吸一口气，语气轻轻地说："我只是讨厌他。

"其实我也不傻，北国迟早要被灭。父皇的确很宠爱我，但我也的的确确知道北国在他手上只会日渐衰败，更何况朝廷上下到处都是些恶心的人，斗外人不行，自己人杀自己人倒是手段凌厉。"

昭平公主说到这儿，微微顿了下，然后闭上眼，语气里带着些玩笑般的笑意："所以啊，我有时候就想，还不如早点投降，态度好点万一还能混个不错的待遇，也不用像现在一样死得这么狼狈。"

沈挽情问："所以其实你并不在意北国是否覆灭？"

"我在意。"昭平公主笑了声，缓缓说道，"可是覆灭的只是'北国'这个名号而已。"

沈挽情稍怔。

"那块土地上的百姓，活得应该比我父皇在位时要更好些吧。"昭平公主说着，转过头看向沈挽情，"沈姑娘，牺牲一个人，和牺牲国内成百上千的百姓和将士，你会选择哪一个？"

沈挽情："为什么要我来选？"

昭平公主稍怔了下。

沈挽情将头靠在膝盖上，语气平静："这个问题，不应该让别人来选到底要牺牲谁，而是要问那一个人，愿不愿意死。

"无论是死是活，都应该由那个人来做选择。

"没有谁有权力强迫一个人死去，也没有谁有权力强迫一个人活着。"

昭平公主安静了一下，垂下眼，淡淡说道："也是。"

沈挽情转头，看着这位昭平公主。

不知道是不是她的错觉，她觉得这位公主殿下一反常态。

昭平的这些话，仿佛就是为沈挽情量身打造的台词铺垫，每一句看似在说北国的事情，但其实全都意有所指。

其实不只沈挽情一个人有疑问，纪飞臣等人在判断出昭平的纯阴体质时，也觉得有些许异样。

种种迹象表明，昭平的尸体无法找到，是因为她向孤光剑献祭了自己的肉体，而不是因为被叛军所杀害。但她似乎的确没有这段记忆了。

那么，四处搜集纯阴之体的人到底是谁？

昭平失忆，到底是意外，还是另有阴谋？

事情发展到这里，似乎打了一个无从下手的死结。

"你真的不记得自己死前到底发生了什么吗？"

昭平点点头说："不记得了，或许等我想起来，就能够彻底解脱了吧。"

沈挽情若有所思。

其实，倒也并不是完全无解。

她有办法能看到昭平的记忆，就像之前那样，如果自己的血液触及昭平的魂魄，并且产生灵魂波动，自己的脑海里就会重现那些画面。

只是，这么做，她很有可能会暴露自己。

她垂眼看着自己的指尖，只要指甲轻划，就会渗出一道血痕。而还没等她开始犹豫，突然就看见不远处腾起一道惨烈的火光，紧接着，一道浓郁的黑雾蔓延开来，笼罩住了整片山林。

哀号声响起，宛若在一瞬间，无数妖魔鬼怪聚集到了寺庙附近。

昭平公主突然浑身剧烈地颤抖起来，往前一跌，身体反复变得透明，胸腔也在起伏。

"怎么回事？"

"等等，是秦之焕，他好像出事了。"

昭平的魂魄和秦之焕相连。

她一句话还没说完，魂魄颜色就彻底浅了下来，然后化作一道烟，猛地破碎在夜色之中。

而就在这时，突然传来一道鸟鸣声，紧接着，一道乌黑的影子朝着自己飞来。

是玄鸟。

它浑身上下带着浓重的血腥味，就这么跌跌撞撞地扑进了沈挽情的怀中，似乎刚从地狱里逃出来一般，很是狼狈。

"你怎么受伤了？身上……等等，这不是你的血。"

沈挽情记得这股气息，是属于谢无衍的。

玄鸟似乎神魂也受到影响，胸脯上下起伏，许久之后才艰难地开口说道："殿下让我，带你离开这座寺庙。"

沈挽情："带我去找他。"

"你这个女人怎么这么愚蠢！"玄鸟气得扑棱起了翅膀，"难道你还看不出来吗？这里是天道宫的陷阱。他们一定是知道你的身份了，特地在这里设下了陷阱！"

沈挽情看着它，将它托起来放在自己的肩膀上："带我去找他。"

五十二

两个时辰以前。

在送沈挽情回屋之后，纪飞臣并没有回房休息。他喊来了风谣情，并且在房屋附近布下了隔绝术，以防有人听到两人谈话的内容。

"能够锻造孤光剑的剑炉只有天道宫有，所以，只会是他们在搜集纯阴之体。"纪飞臣直入主题，"而且按照这个进度，恐怕他们在五年前，就已经搜寻到了孤光剑的下落。"

风谣情皱起眉头："所以，如果让他们知道挽情的身份，恐怕……"

"他们一定会这么做的。"

纪飞臣将手握紧拳，重重地砸在桌子上，茶杯震动，溅出几滴滚烫的水。

他闭上眼，深深地吸了口气，说道："抱歉。"

"为什么……要道歉？"

"妖魔祸害人世，这一路，我看到了无数无辜的平民百姓遭此劫难。"纪飞臣睁开眼，手背经脉凸起，眼睫都在颤抖，"冥魔已经撕开界线，一路南下不断入侵，照这样下去，三年之内，那些毫无根基的百姓恐怕都会……"

孤光剑不仅仅是封印魔王的武器，百年前，正是由于有它的震慑，冥魔才始终无法越过界线，被拘束在魔域内，无法祸害人世。

而自从孤光剑的力量逐渐消失，冥魔也撕开了结界的口子。

直到现在，几乎没有任何可以抵御的方法。

"我的确无法赞同天道宫的做法，"纪飞臣看向风谣情，"但是，我想不出还有什么其他的转机。"

风谣情的语气有些难以置信："等等，你难道真的要将挽情……"

"我这辈子，都不可能做到把自己的妹妹亲手送进剑炉。"纪飞臣双手交错扣紧，指甲几乎要掐破手背，"可是直到现在，我才发现我有多么无能。我没办法牺牲挽情，但我也没办法说服天道宫，给出一个比这更好的解决方案。"

"纪家家训，以天下为己任，生死无惧。我曾经答应过你，永远会做出对的取舍和判断，为了我们的理念不畏惧任何牺牲。"纪飞臣将头抵在手背上，语气中全是疲倦，"我做不到了。"

风谣情没说话，蹲下身，将头贴在纪飞臣的膝盖上，安静了一会儿，轻轻地说："那就忘记这件事吧。"

纪飞臣抬起眼帘："阿谣？"

"从今以后，挽情就只是挽情，世界上不会再有烧血一族的人。"风谣情抬头看着纪飞臣，"她会好好活着，再也没有人会知道这件事。"

纪飞臣眼眶逐渐泛红："多谢。"

隔绝术解开后，风谣情才发现自己腰侧的玉佩亮起绿光。这枚玉佩是玄天阁的特殊联络法器，一般情况下不会有反应，只有在发生紧急事件的时候，玄天阁的长老才会通过它进行交流。刚才兴许是隔绝术的原因，他们才没有发现异常。

她用法力推动，空气中逐渐浮现出一行金色的字——

天道宫已知晓挽情姑娘的身份，请务必小心。

　　天道宫安插在玄天阁内的奸细死了，虽然玄天阁给出了一个合情合理的借口，却依旧没能哄骗过天道宫的人。在天道宫的利益驱使下，当时在场的人中，终于有人抵御不过诱惑，泄露了当日的情报。
　　"大约在七天前，天道宫就得知了那晚发生的事情。"风谣情脸色瞬间变得煞白，"只不过今日，玄天阁才知晓这件事。"
　　"七日的时间……"
　　"足够天道宫找到我们，并且，设下陷阱。"

　　一个时辰前。
　　玄鸟很紧张。
　　平时里它都是躺在戒指里睡觉，一般只有出大事或者自家主人心情不好的时候，主人才会把自己拎出来。现在，自己已经被揪出来整整一个时辰了。
　　而且自家主人一句话没说，就这么胳膊搭着膝盖，坐在屋顶上看风景。非常散漫的一个姿势，眉宇之中全是凌厉。当然，如果忽视一旁冻得瑟瑟发抖还被吹掉几根毛的玄鸟，场面还是非常帅气的。
　　玄鸟心酸，想回去睡觉，但是不敢先开口说话。
　　于是一人一鸟就这么一声不吭地沉默了整整一个时辰。
　　这就叫风雨欲来前的宁静吧。
　　终于，玄鸟忍受不了折磨："殿下，你要不然直接打我吧。"
　　从来没听过这么奇怪的要求。
　　谢无衍凉凉地扫它一眼："你都和沈挽情学了些什么？"
　　玄鸟总觉得，自家殿下提那个女人名字的频率高得出奇，不过听这话的意思好像不是会打自己。
　　玄鸟悬着的一颗心总算放了下来，感动地往谢无衍脸侧蹭了蹭，试图撒娇，结果被主人一脸不耐烦地推开。

玄鸟委屈。

自从那个女人出现之后，自己就不是殿下唯一的贴心小宠物了，但是这并没有打消它的热情："殿下，那我们现在这是在等什么？"

谢无衍："等着杀人。"

玄鸟：你为什么能把这么恐怖的话说得这么随意？

但玄鸟作为一个合格的魔王灵宠，起码的淡定还是要拿出来的，于是强忍住内心的惊涛骇浪，故作平静地问："殿下想要杀谁？"

"不知道。"谢无衍觉得麻烦似的皱了下眉，"应该有点多。"

它无法平静了！

而就在这时，寺庙前的幽林里有一阵灵力波动，虽然很微弱，但还是能够被轻易捕捉。紧接着，无数股力量从四面八方朝着那灵力波动的地方涌来，紧贴着地面，不断地汇聚、上升。

谢无衍撑起身，从房顶一跃而下，稳稳地踩在地面上。

他抬手，玄鸟张开翅膀跟了过来，在他的胳膊上落下："殿下，刚才那是？"

"万妖引。"

顾名思义，吸引方圆几百里的妖怪朝着这个地方靠近。

想必，是有人想制造一场混乱。

乌云翻腾，遮住月光。

月亮似乎也受到这股力量的影响，以肉眼难以觉察的速度发生改变。万妖引虽然强大，但只能在夜间使用，因为必须借助月光的力量，产生吸引妖物的气场波动。

玄鸟抬头望了眼天空，似乎突然意识到什么，连忙用嘴咬住了谢无衍的衣摆。

"等等，殿下！明天刚好就是月圆之夜！受万妖引影响，很有可能月圆会提前，贸然前去太危险了！而且这很有可能是陷阱……"

"这就是陷阱。"

"所以我们……"

谢无衍没有任何停顿:"走了。"

你说,三百四十一个人,每个都是万里挑一。

世界上哪里有这么多愿意献祭自己的纯阴之体?

当然没有。

人都想活着。

天道宫当然知道这些,所以会制造一个契机,一个让那些被选中的人不得不决定自愿献祭自己的契机。

这是天道宫的惯用手段。

为了达到最后的目的,一点点小小的牺牲,完全算不了什么。

即便万妖引的力量吸引来的妖怪会毁了整座山,可能会屠杀掉山内所有的村民。

他们想制造一场动乱,让纪飞臣和风谣情都无法招架的动乱。

天道宫了解纪飞臣和风谣情,他们二人必定不会独自逃离,一定会留下来封印被万妖引吸引的妖怪。

但只有他们两人,无疑远远不够。

天道宫就是要逼沈挽情用出烧血之术,证明她的身份,然后以纪飞臣等人为诱饵,逼她为了救他们而就范。

"殿下,你明明知道是陷阱……"

"闭嘴。"

为什么要帮沈挽情?

幽林内的树影重重,越靠近那处,盘旋着的妖气就越加强烈。谢无衍在枝头站稳,无数妖怪从他身旁擦过,阴冷的气流吹动他的衣袍。

被天道宫带走之后的沈挽情,会变成什么样子?

天道宫不会立刻献祭她。

因为他们需要一条能够延续烧血之术的血脉。

她会被绑在暗无天日的地牢，整整十个月。

她会被锁链束缚着脖颈和四肢，不见天日，只有一扇窗户隐约可以看见微弱的星光，不得生，也不得死，最后被活生生磨掉所有棱角，渴望最后的解脱，就像许多年前的自己一样。

这就是名为"自愿"的献祭。

谢无衍不在乎生死。

因为从一开始，他就知道自己一定会死。

他从来到这个世上的时候，命就不归自己选。

沈挽情还能选。

她那样鲜活的一个人，不应该待在那儿。

她应该是生来自由的。

火光漫天，山间到处都是妖魔的咆哮，混杂着几声男人、妇女的哀号。

暴雨浇灌着土壤，血污混着雨水淌下。

沈挽情看见了谢无衍，魔障之气在他身前不断汇聚盘旋，仿佛要钻入他的体内，在他的血肉之中扎根。血水顺着他的额角一路淌下，手臂、胸膛、脖颈，全是红褐色的血痕。

他双眸紧闭，封印咒已经爬到了眼尾，看上去应当是强行破开过几次，整个身体没有一处不带伤。宛若随时，这副躯体就会顺着封印咒破碎开来。

义慈大师站在他面前，手握禅杖，重重捶地。

一瞬间，地面裂出无数道碎痕。

义慈大师一直在隐藏自己的真实力量，并且他的能力高超到能够骗过纪飞臣等人。

"封印咒。"

"没想到，你居然会找上门来送死。"

义慈大师语气很淡，抬手，用禅杖抵住谢无衍的胸口。

玄鸟的反应霎时间激烈了起来，一跃而出，尽全力扑向义慈大师。

然而义慈大师只是一抬手，玄鸟就被震开了很远。

沈挽情手抚上腰间的佩剑。

而就在这时——

　　根据系统综合判断，该时间段成功封印谢无衍的概率为76%，且持续增长！

　　请宿主把握机会！

　　主线任务进度持续推进中，56%……68%……79%……

沈挽情："你的意思是，如果我不阻止，或者帮这个破和尚的忙，谢无衍就会被成功封印？"

　　宿主，不单单指封印。根据检测，谢无衍是本世界达到美好结局的关键。而且，他同样是纯阴体质。

"所以？"

　　所以，如果协助义慈大师抓捕谢无衍，不仅可以加速完成任务，宿主也不用死亡。

　　请宿主执行该项协助任务。

沈挽情站起身，握住腰间的佩剑。她抬起眼睫，语气很是平静：

"你说过,我是系统挑选出来契合度最高的灵魂。那么在选中我之前,你们没有做好功课,了解我是怎么样一个人吗?"

她抽出剑,将手握在剑锋之上。

"天道宫想让我为了拯救苍生而死,却没有问过我愿不愿意死。"

她从剑尾一路拉到剑梢,直到每一寸剑锋都沾满了鲜血。

她抬眼看向谢无衍。

"你们为了完成任务选中我来到这儿,也没问过我愿不愿意这样活。"

她见过很多种样子的谢无衍——

被囚禁在地牢里的谢无衍,被推向火海的谢无衍,被冥魔分食身躯的谢无衍,孤独地度过每个黑夜的谢无衍。

她本来应该没有任何选择。

她现在有了。

是他给她的机会。

她不是个为大局着想的人。

"我不会杀掉谢无衍,我不想他死。"沈挽情说,"这次总要轮到我来选了。"

说完,她手腕一震。

剑从沈挽情的手上飞出,只在一瞬间,径直贯穿了义慈大师的身躯。

警告!警告!主线任务进度倒退! 77%……64%……52%……

沈挽情好像没有听见那些警报声,目不斜视地从那些妖怪的尸体前走过去,同捂着胸口以禅杖拄地的义慈大师擦肩而过,然后,在谢无衍面前停下。

"沈姑娘，他是……"

"我知道。"沈挽情转头看向义慈大师，"你也知道了，对吗？"

"你……"

"所以我会杀了你。"

义慈大师的表情变得痛苦："你也要站在魔域那边吗？"

"不。"沈挽情说，"我只是单纯站在我喜欢的人这边。"

五十三

义慈大师将手腕一翻，一只血红的纸鹤出现在掌间。

血鹤，天道宫用来传递信息的东西。

沈挽情收拢握紧剑的手，因为太过用力，从伤口渗出的鲜血顺着剑柄一路淌下，重新湿润了锋芒，在一瞬间燃起火光。

剑从她的手中飞出，义慈大师侧身一躲，却还是无可避免地被划伤了手臂。火在一瞬间就蔓延了开来，顺着他的大臂烧到指尖，将那只血鹤瞬间烧成了粉末。

她不能让天道宫的人现在就知道谢无衍的身份。

"你知道你现在在做什么吗？你知道天下有多少人会因为你这点私心而死吗？"

"天底下人那么多，"沈挽情说，"每个人死了活了都要我管，我挺累的。"

义慈大师捂着伤口，血从指缝间不断渗出。他用禅杖支撑着直起身，胸口沉重地起伏着，刚才被那一剑撞散的灵力，也慢慢地聚集起来。

他站起身，松开手，禅杖横空飞起，无数金灿灿的光点朝着他的方向汇聚着。

"沈姑娘，想杀掉我没有那么容易。"

沈挽情的血的确可以加重刚才那一剑的力量，但多是因为出其不意。如果正面打斗，对于修为高出几个层次的义慈大师来说，并不能够伤及性命。

"除非,你要用烧血之术。"虽然义慈大师的手臂血肉模糊,但看上去灵力已经恢复了大半,"沈姑娘会用吗?"

如果用了的话,无疑正中天道宫的下怀。

还没等沈挽情开口,禅杖便重重地杵在地上。几乎是在一瞬间,那道金光如同雨点一般铺洒了下来,地面上裂出无数条裂缝。

刹那间地动山摇,无数道金光在一瞬间汇聚成镰刀形状的飞刃,从侧方朝着她逼了过来。

那光芒太过灼目,沈挽情眼前一片发白。但她凭借着自己的直觉召回了脱离的剑,食指抵住剑身,撑出一道用灵力汇聚成的屏障。

那金光来势汹汹,攻势异常凶悍,接二连三地朝着她的方向砸过来,每一下都可以听见屏障的破裂声无比清晰地响起,似乎是非要逼她用出那招不可。

黑云涌动,一点点遮住了月光,刹那间雷声大作。

攻势好像突然停了,然而还没等人松一口气,那些光点渐渐地汇聚了起来,接着在霎时间,如同一道雷电般,朝着沈挽情的方向劈来。

她其实不太能确定自己可不可以挡下这一击。

"轰——"一道黑影出现在她的身前。

墨发扬起,毫不退却地迎上那道光,即便胳膊上布满网状血痕,但看上去依旧苍劲有力。谢无衍就这么伸出手,迎上那道由灵力汇聚成的利刃,然后硬生生地将它给折断。

巨大的力量在一瞬间爆开,沈挽情在一片白光中,仿佛能看到那力量如同电流一般钻进了谢无衍的胳膊中,顺着他的血管,炸开一道道伤口。

满月之夜的谢无衍,无法动用自身的法力,就这么接下这股力量,不死算是他幸运,胳膊多半可能就会这样废掉。

"谢无衍!"沈挽情下意识地伸出手,想去握住他的胳膊。

"没事。"

谢无衍侧了下身，她只能看见他因为抵抗封印咒而重新变得猩红的双眸。还没来得及反应过来，她就被他一只手按住后脑，被扣在胸前，似乎是他刻意不想让她看到自己的伤一样。

"谢无衍。"

"别看。"

义慈大师没有给谢无衍恢复的机会。

在他看来，趁着这魔头被封印咒所控制，是重伤谢无衍的好机会。

可是还没等他发力，下一秒，胸口就被一道力量破开一个巨大的窟窿，五脏六腑都被硬生生碾碎。义慈大师惊惧地瞪大眼睛，看着面前的谢无衍。

眼前的谢无衍看上去格外平静，刚才因为灵力震动而上下翻飞的长袖和墨发都垂了下来，四周的风声也逐渐安静下来。

目睹了一切的玄鸟扑棱着翅膀，忧心忡忡地喊道："殿下——"

沈挽情听见这声音，抬起头想要看，却被谢无衍紧紧扣住后脑，完全动弹不得。

义慈大师说："怎么会？你分明不能再用这种秘术了，再继续用下去，你一定会……"

"所以呢？"

"你这是在自寻死路。"

"我是不是该多谢你的关心？"

宛若听到什么笑话一般，义慈大师大笑了起来，只是他现在太过虚弱，笑声卡在喉咙里，显得格外诡异。

"你会死的。"他说，"用不着天道宫的人来杀你，你就会死在你自己手里了。谢无衍，你……"

然而，一句话还没说完，随着一声清晰的骨骼碎裂声，义慈大师的声音戛然而止——看样子，是被谢无衍杀了。

沈挽情抵住谢无衍的胸膛，想要起身，却被重新按了回去。

"再等等。"

他的语气中充满疲倦,似乎是在强忍着什么。

沈挽情看不见他的样子,但是能感受到他在那一瞬间烫得仿佛可以把自己烧成灰烬的异常体温。

这很不正常。

谢无衍的身体从来都是冰冷的,像这样炽热的温度很少见。

"谢无衍,你放开我。"沈挽情心里没来由地一阵不安,抬手想将他用力推开,但又担心他身上的伤,所以又停住,"我数三声,三……"

谢无衍:"听话。"

沈挽情眼圈有些发红:"我凭什么听你的?"

但无论她怎么说,从气急败坏到撒娇请求,所有招数都用了一遍,谢无衍也没有松开手。

大约过了一刻钟,谢无衍才放下自己的胳膊:"好了。"

他的脸色似乎比之前更惨白了一点,赤红的双眸此刻也恢复了原本的颜色。他看上去除了有些脱力,好像并没有任何异常,那条原本应该血肉模糊的胳膊,也以异常快的速度愈合着。

沈挽情:"你做了什么?"

谢无衍笑了声:"怎么,我什么都得告诉你?"

沈挽情不知道心里哪儿来的气,转头看向一旁的玄鸟,换了个目标质问:"他刚才干了什么?"还威胁似的补充了句,"你不说真话,以后就别来我房间蹭点心吃了。"

玄鸟傻了,它小心翼翼地看了眼自家殿下。

谢无衍眯了下眼,似乎是在警告。

于是玄鸟说:"我瞎了。"

主仆一心。

沈挽情不知道到底是在和谁怄气,却还是没能和谢无衍发火,只是一声不吭地从锦囊里取出一堆治外伤的药,一言不发地给他糊上,系上绷带。

"在同谁生气呢?"谢无衍看她,皱了下眉,轻"啐"一声,觉得好笑,"这么用力。"

这人怎么这样?

明明自己受了很重的伤,还做了不知道有多危险的事情,但总跟没事人一样,还能这么吊儿郎当地开玩笑。

沈挽情想起义慈大师的话,那并不是玩笑或者绝望的语气,而是一种狂喜,就好像谢无衍真的随时可能死掉一样。

她鼻子一酸,突然就控制不住地滚落一滴眼泪。

谢无衍皱了下眉,收敛起脸上的笑意:"喂。"

沈挽情不吭声,低着头一言不发地替他缠着绷带。

谢无衍抬起她的下巴,让她看着自己的眼睛:"哭什么?"

"要你管。"

沈挽情气得腮帮子鼓鼓的,吸了吸鼻子,眼眶还是红的,跟只生气的小奶猫一样骂骂咧咧地说:"我什么都得告诉你啊?"

说完,她转开头,继续给他系绷带。

两人不约而同地沉默下来,四下安静得就连风声都显得格外清晰。

不知道过了多久,谢无衍突然开口:"我不会死。"

沈挽情停顿了许久,但很快又跟不在意似的轻飘飘地说:"谁管你?"她绑好最后一圈绷带,突然又小声地问,"没骗我?"

"嗯。"谢无衍说,"我不骗你。"

这好像是个挺没用的承诺,却突然让沈挽情的心情变得稍微好了一点。

她心情一好,连带着下手也稍微轻了些,最后顺带着给谢无衍绑了个漂亮的蝴蝶结,然后站起身准备扶他站起来。

谢无衍看着那非常俏皮的蝴蝶结,沉默了一会儿,突然伸出手,扯住沈挽情的胳膊。

"做什么?"

"我听得见。"

沈挽情没反应过来:"你听得见什么?"

"所有。"谢无衍说,"刚才,我只是没睁眼。"

刚才?沈挽情稍稍回忆了一下刚才自己说过什么。

等一下……难道说……

谢无衍:"我听见你说喜欢我了。"

沈挽情:社会性死亡。

她一下跳出好远,脸颊唰的一下就红了,慌乱地开口,噼里啪啦就是一串话:"不是那种喜欢啊喜欢还分好几种的!我的意思是和普通人比起来稍微喜欢一点!就很复杂反正不管是喜欢还是不喜欢你不许乱想全都忘掉!"

"哦。"谢无衍点点头,"我知道了。"

这么平静地就被说服了?

沈挽情小心翼翼地靠近:"你知道了?"

"嗯,"谢无衍伸出手,"扶我一把。"

沈挽情总觉得谢无衍今天有些听话得不可思议,在心里惊叹了几秒,走上前,搭上他的手,准备扶他起来。

谢无衍握紧她的手,将她往下一扯,几乎没有任何反应的机会,沈挽情整个人就被扯进了他的怀中。

"和普通人比?"

"是。等等,你稍微抱松一点。"

还没等沈挽情把话说完,谢无衍就不耐烦地打断。他一只手托起她的头,另一只手箍住她的腰,倾身而下。

即使周围还是一片血泊,时不时传来几声妖魔的号叫声,但这一刻,仿佛一切都变得安静,除了彼此的心跳声,好像什么都听不到。

谢无衍却在靠近她的唇瓣时,稍稍偏了下头,接着轻轻地咬在了她的耳垂处。

他语气里带着点顽劣的笑,听上去懒洋洋的:"为什么脸红?"

沈挽情:下次再有救人这种事一定要把你打晕。

玄鸟孤独地帮这两个人驱赶着不断靠近的妖魔鬼怪，在心底默默流泪。

你只在乎她脸不脸红，不在乎鸟鸟痛不痛。

五十四

距离天亮还有一个时辰左右，又一股黑云涌了上来，严严实实地遮住了天空，周遭的温度陡然下降。风声骤起，风雨欲来。

地面剧烈地震动，土块灰尘扬起，好像有什么钻入地壳之下，朝着某个地方一路蔓延。

他们还没有度过月圆之夜。

虽然不知道谢无衍刚才究竟是用了什么方法，但显而易见，以他现在的身体状况，不能轻易使用法术。

"砰！"又一声剧烈震动，一条条粗壮的藤蔓从地面破土而出，周遭还泛着幽幽的紫气，强有力地掀起了无数碎石。

"毒藤蔓。"

毒藤蔓的毒液扩散速度很快，如果不及时服用解药医治，只消半炷香不到的时间就会迅速侵入心脏。这并不属于生长在这附近的妖物，居然也被吸引到了这儿？

毒藤蔓的解药并不好配制，况且一行人完全没有料到会在这里遇到这样的妖物，所以不能让它们靠近。

玄鸟非常着急："来了很多毒藤蔓。"

谢无衍眉梢微皱，抬手搭上沈挽情的后颈，将她往自己身前一扣，然后伸出手，灵力汇聚在指尖，咒印在一瞬间发黑。

"等等！"沈挽情觉察到了谢无衍的动作，抬手握紧他的手腕，阻止了他接下来的动作。

沈挽情没有任何停顿，提剑转身，深吸一口气，掐破食指用鲜血画出一道符咒，用剑刃刺破。

灵力陡然炸开，撑出一道圆弧屏障，将不断逼近的毒藤蔓尽数推开。所有接触这道屏障的妖物，身上都会在一瞬间腾起火焰，惨叫着迅速远离。

沈挽情总算松了口气，转身在谢无衍面前蹲下，继续给他处理伤口。

谢无衍将头靠着树干，垂眼看着面前的沈挽情，唇角微翘了下。

她脸上沾着点血，眉头稍稍皱着，看上去就是个还没长大、格外乖巧的小姑娘。没想到，她已经开始学会保护自己了。

"盯着我看干什么？"沈挽情没好气地又绑好一个结，然后非常骄傲地抬起头，"我拿'修灵书'可不是只看八卦和故事哦。"

谢无衍笑了声："是是是。"

"还有差不多一个时辰天就亮了，你可以好好睡一觉。"沈挽情很有底气地拍了拍胸脯，"我可以支撑着这道屏障不被那些妖怪闯进来，你就安心休息吧。"

"恐怕不行。"谢无衍的伤口以肉眼可见的速度愈合，但脸色依旧苍白，声音带点沙哑，"它们不仅仅是被万妖引吸引来的。"

那它们是为了什么而来？

毒藤蔓发现无法靠近屏障之后，很快就再一次埋入了地底，连通着一旁的魑魅魍魉，全都朝着一个地方迅速涌了过去。

那似乎是，寺庙附近的一个村庄的方向。

这会儿沈挽情才注意到，那个地方是一切妖气汇聚的中心，吸引着所有妖物源源不断地靠近。

"轰"的一声，村庄上空破出一条用灵力汇聚成的青龙，在一瞬间爆裂开来，稳稳地扎在地上，撑出一道金光罩——是纪飞臣的力量。

所以这些妖物是冲着纪飞臣去的？

不应该啊，虽然万妖引能够吸引妖怪前来，却没办法控制妖怪的精神，这些妖物不可能莫名其妙地去袭击风谣情和纪飞臣。

"它们是为了昭平公主的魂魄。"谢无衍说，"纯阴的魂魄对于这些妖怪来说，是滋补自身妖力最好的材料。"

数百只妖魔鬼怪不断地撞击着那道金光罩。

这种程度的防御术，算是比较高阶的法术，沈挽情虽然成功撑起了一小块安全区域，但也不一定能抵抗住这么多妖怪的进攻，更何况纪飞臣明显是想保护一整个村庄，所以也明显看得出他灵力不支。

　　检测到男女主角身陷危机。
　　提示：由于宿主的不恰当行为，任务进度倒退。多次偏离主线行为累积，可能受到大千世界主系统的惩罚。

沈挽情："你在这儿待着，我得去帮他们。"

听见这话，谢无衍笑了声，背往后懒洋洋一靠，将手搭在膝盖上："怎么，我都得让你护着了？"

"是啊。"

沈挽情回答得倒是很理直气壮，转身，将腰一叉就开始训道："特殊情况要特殊处理，而且偶尔让别人照顾一下，也不丢人。"

谢无衍盯着她的眼睛，笑意敛去，抬手拽住了她的胳膊。

"天道宫就是为了逼你去救他们。"

"嗯，可我还是要去。"

"为什么？"

"不清楚，或许是因为，他们也算是我很重要的人吧。"

那双已经退去赤色的眸子就这么毫无躲闪地望着沈挽情，她能从他的眼眸中无比清晰地看见自己的身影。

他眸色渐沉，好像有什么话想问，但最后还是什么话都没说，只是无比平静地松开了手。

沈挽情垂下眼睫，有点想追问谢无衍到底要说什么，但深吸一口气，最终还是没问出口，转身御剑离开。

见人走后，玄鸟才小心翼翼地蹭了过来，落在谢无衍肩头，许久后，才小声地问:"殿下,您刚才用了烧血之术,会不会……"

"死不了。"谢无衍说。

玄鸟欲言又止,好像完全不信。

刚才沈挽情没看到,玄鸟却看得一清二楚。那火以血肉做诱饵,以骨骼当柴,几乎要将他原本就不堪的神魂烧光。如果不是义慈大师身上残留有沈挽情的血当引子,很有可能根本收不住那股力,会烧光他的魂魄。

谢无衍已经有数百年没有用过烧血之术了。

当年他被当作天道宫的武器,源源不断地燃烧着自己来作为抵御冥魔的祭品,后来又被推入剑炉,用了几乎将自己的全身上下烧光的力量,才撑着一口气从那里逃离。

光是来到这世上不过二十年的时间,他的魂魄就已经达到了所能承受的极限,如果再使用这等秘术,随时都可能爆体而亡。

天道宫知道这个秘密。

因为谢无衍在百年前被封印的关头都没有使用过这等秘术,即使他的力量完全能将烧血之术的强大使用到极致。

"殿下,您不能再使用这等秘术了。"玄鸟忧心忡忡,"如果再有一次,就可能会……"

"嗯,我知道。"谢无衍起身,"我说了,死不了。"

"可是……"

"没骗你。"

他不骗她。

玄鸟总算稍微松了一口气,但看谢无衍提步要走,连忙急乎乎地跟上:"殿下,您这是要去哪儿?"

"救人。"

玄鸟疑惑。

不是,你这么一个大魔头已经能把这个词说得这么理直气壮了吗?

沈挽情赶到的时候，毒藤蔓从金光罩的破裂处钻了进来，径直朝着那些惊慌失措的村民方向袭了过去。

一道白色的身影从空中迅速掠过，纪飞臣的剑由手中飞出，硬生生砍断了那粗壮的藤蔓，紫色的黏液一瞬间溅开。没有给人任何喘息的机会，毒藤蔓迅速生出两条分支，径直朝着护着秦之焕和昭平公主的风谣情扎去。

"阿谣！"纪飞臣转身，用背脊挡住了这道攻势。

"扑哧——"藤蔓刺穿了骨骼，紫色的液体迅速地从伤口处渗了进去，纪飞臣一口鲜血喷了出来。

"飞臣！"

风谣情一转身，鲜血溅在了她的脸上，她却顾不上那些，抬手斩断了藤蔓，将纪飞臣一把搂入怀中。

在那些妖怪将要撕开金光罩裂口的时候，沈挽情终于赶到。

三道符咒分散开加固在了那些破裂的位置，金光一闪，原本破裂的地方重新被加固。紧紧伏在周围的妖怪也在一瞬间被弹了出去，但即使这样，也不过争到了片刻喘息的机会。

符咒在轮番的妖力碰撞下，随时可能被撕裂。

沈挽情收剑，赶到风谣情面前，蹲下查看了下纪飞臣的伤势："屏障支撑不了多久，我们得尽快离开。毒素还没到心脏，风姐姐，你有能够解掉毒藤蔓毒素的解药吗？"

风谣情眼眶微微发红，却还是反应迅速地扶起纪飞臣："你给他输灵气减缓毒素的侵入，我身上有两枚从玄天阁带来的续灵丹，但是需要搭配毒藤蔓尖叶才能服用。"

沈挽情转头看了眼身后的毒藤蔓，起身："我试试。"

"不，让我来，你照顾好……"

"我们之中只有风姐姐你会医术，你得留下来照看纪大哥的伤势。"

风谣情看了眼怀中的纪飞臣，将牙一咬，点头道："拜托了。"

沈挽情其实心里没底。

这种毒素难解，最关键的是因为并不是所有的毒藤蔓都有尖叶，尖叶一般只会生长在一些修为高、防御力极强的毒藤蔓上。

她扫了一眼，这么多藤蔓里面，拥有尖叶的屈指可数。

而续灵丹，有两粒。

所以就算她被划伤，只要取回尖叶，也不会死。

草木都会怕火，虽然这种藤蔓不会怕寻常的火，可是如果由她的血做引，也能暂时逼退其他的妖物。

沈挽情撕开一道金光罩的口子，妖魔顿时嗅到了风声，一窝蜂地想要拥进来。

一道符咒从那缝隙中钻出，瞬间燃起一道火墙，硬生生将那群妖物全都逼退了几米远。

是时候了，她找准了拥有尖叶的那条毒藤蔓，腾身而起。但修为高的藤蔓反应速度都很快，迅速分出无数条分支，支成一道网，向她的方向扑了过来，巨大的阴影笼罩下来。

"相信自己的剑气。"谢无衍的声音。

沈挽情微怔，有片刻的停顿。

"不要分心。"

"只需要找准尖叶所在的位置，用你的灵力去确定那块区域。"

他的声音很近，似乎就在自己身边。

沈挽情回神，谢无衍在教自己。

"你得信赖你所支配的力量。"

"你不会有事的。"

沈挽情闭眼，深吸一口气，选择了相信谢无衍的话。

她从藤蔓交错的缝隙中，透过光准确地找到了尖叶所在的位置，握紧剑柄。灵力汇聚成剑气，在一瞬间撞开藤蔓的阻拦，为她撑起一道锥形的保护罩，尖叶就在触手可及的地方。

沈挽情斩断尖叶，将它一把握住，收回到腰间佩囊内，然而刚一转身，那些藤蔓便迅速地掉了个头，以难以闪避的速度向着她的胸腔袭来。

"砰——"

一道漆黑的身影出现在了她的面前，谢无衍抬起手，硬生生地将那些藤蔓撕扯开来，另一只手扣住沈挽情的腰，将她紧紧拘在怀中。

天光乍破，天色初晓。

"你不会有事的，"谢无衍说，"我告诉过你。"

沈挽情很感动，然后说："你很强也很跩，但是你胳膊在流血欸，你中毒了。"

谢无衍：你不会说话就闭嘴。

两人回到了金光罩内。

虽然天还没完全亮，但也算过了月圆之夜，谢无衍身上的封印咒也有所减弱。

除非天道宫要彻底撕破脸面，否则应该不会有太大麻烦。

沈挽情将尖叶交给风谣情，风谣情松了口气，推动尖叶同续灵丹融合，接着将其中一枚递给沈挽情："快给谢公子服下吧。"

沈挽情还没接过，一个满身带血的妇人冲上来扑到了风谣情的身边，拽住她的裤腿，眼睛通红地指着一旁的男人："我相公他快不行了。仙人！仙人救救我的相公。"

沈挽情顺着她手指的方向看去，男人脸色惨白，胳膊上有一道触目惊心的伤口，应该是被毒藤蔓划破的，此刻毒素已经进入他的身体，半个身体的肌肤都已经开始发紫。

解药只有两枚，但受伤的人有三个。

沈挽情没说话，伸出手从风谣情手上接过解药，没有任何犹豫地抬手塞到谢无衍唇边。

谢无衍没动，耷拉下眼皮看着她，解药就这么抵在他齿间。

沈挽情："吃了。"

谢无衍扫了眼一旁的风谣情和纪飞臣，目光又回到沈挽情脸上，微微抬了下眉,似乎是在询问。

沈挽情声音都不带起伏:"你挑眉毛干吗?我让你吃药。"

你还真的不会说话。

五十五

风谣情站起身,扫了一眼四周。

整个村庄都被毁得差不多了,残垣断壁,四面狼藉,周遭都是妇女孩童撕心裂肺的哭喊声。虽然纪飞臣已经极力护着,却还是免不了有无辜的人被波及,因此丧命。

那妇人的相公半个身子都已经发紫,毒素直逼心脏,已然刻不容缓,旁边还跪着一个五六岁的小女孩儿,抱着男人的胳膊哭着,稚嫩的童声更让人揪心。

风谣情握紧手中那唯一的续灵丹,指甲掐破掌心,渗出几滴鲜血。

沈挽情:"给我吧。"

风谣情转头看着她,眼眶通红,一滴泪倏地落下。

"总得有人选,你不想选,我帮你选。"沈挽情边说边扣住风谣情的手,示意她松开,"如果你觉得不好受,就不要把责任放在自己身上,想怪就怪我好了。"

风谣情眼神里全是痛苦,摇了摇头,张了张嘴,却不知道说什么,许久之后才轻轻道:"我怎么会怪你?"

"把续灵丹给我吧。"沈挽情重复了一遍,"尖叶是我拿到的,我来选。"

"他们是无辜的。"

"我知道。"沈挽情看着风谣情的眼睛,伸出手抚上她的背脊,安抚似的轻拍了下,"所有因为这场动荡死去的人都是无辜的。"

"我可以救他。"

"有私心不是什么可耻的事情。"

沈挽情知道风谣情为什么痛苦。

对于她这样的人来说，最令她自责的事情，不是她做不到，而是她本来可以做得到。

沈挽情知道，风谣情最后一定会选择救纪飞臣。

这和善良与否无关，这是每个人的本能选择。

她只是没有办法原谅自己，没有办法原谅一个拥有着这样私心，而亲手选择让另外一个人死亡的自己。

"但我会救纪飞臣。"沈挽情能感受到风谣情的颤抖，"他是我的兄长，是我的亲人，我会选他。"

风谣情呜咽了一声，抬起手扣住沈挽情的肩膀，似乎想要把她推开，却停顿了许久，最终将她抱得更紧："我不应该来这里的，我不应该来这里的。"

"你不可能谁都救得了。"

世界上有许多事情，原本就是没有正确通关答案的。

冥魔是为了自己能够生存下来，才会大肆屠戮人界。天道宫他们也是为了大多数人存活，才会选择牺牲少数人的生命。纪飞臣他们是为了拯救天下苍生，才会根据指引来到这里。

将这一连串的事情顺下来，就会发现这一切都是一条环形的锁链，没有一个人能够独善其身。

所有关于灾难和救赎的故事里，每个人都是无辜的。

没有人能够救下所有人。

每个人都要做出取舍。

风谣情深吸一口气，闭上眼睛，将续灵丹握紧，沉默片刻，将眼睛睁开，直起身退后一步，接着在纪飞臣面前蹲下身，将他扶起靠在自己的怀中。

在一旁的妇人瞳孔微缩，跪着爬上前握住风谣情的胳膊，整个身子都因为过度悲痛而不断抖动。她双唇翕动着,却说不出任何一句话,将头磕在地面上,哭着哽咽道:"仙人,求求您了仙人。"

"抱歉。"风谣情眼泪滚落,滴在纪飞臣的脸上。

她吸了吸鼻子,扯过胳膊,没有丝毫停顿地将手中的续灵丹塞入纪飞臣的口中,声音沙哑:"抱歉,我必须救他。"

四处都是哭声。

无论纪飞臣再怎么努力,因为这场意外而枉死的人依旧不计其数。

风谣情强忍着没有转头看身后的惨剧,在确保纪飞臣体内的毒素正在一点点被清退之后,才无力地将头抵在他的胸口,放声痛哭了起来。

"砰!"金光罩上的符咒被硬生生震碎,刹那间,密密麻麻地裂开无数缝隙,看上去随时都可能破碎。

这些成群结队的妖是杀不完的,这场面,即使是天道宫,也要派出一整个门派的分支来进行镇压。当然,如果谢无衍毫无顾忌地出手,这些妖魔自然不在话下,但那时他的身份必然会在众人面前暴露。

逃当然是可以逃,但是这块地域,甚至是山脚下的城镇村庄,恐怕都无一人能够幸免。

"这些妖怪是被我吸引来的吗?"

而就在这时,一直在后方沉睡着的秦之焕眉间突然聚起金光,紧接着,从他体内飞出一道影子。昭平公主那张平时看上去带着些娇气的脸,此刻眉头稍稍皱起,神情里全是冷静和镇定。

风谣情刚才已经同纪飞臣分析过原因,他们也发现,天道宫施展万妖引恐怕不单单是为了沈挽情。因为按道理说,剑炉中献祭肉体与魂魄缺一不可,昭平公主献祭了肉体,却还留着魂魄,所以天道宫恐怕会大费周章,想办法来得到这遗漏的魂魄。

昭平看了一眼身后满是断壁残垣的村庄,目光轻轻扫过躺在地上的秦之焕,然后转过头,半透明状的身体腾起:"我明白了,如果我让它们把我吃掉,应该就能让这些妖怪离开了吧。"

她的语气很平静,看上去和昨晚那个刁蛮任性的小公主判若两人,仿佛自己可能会神魂俱灭这种事情对她来说没有半点可怕。昭平甚至没有给人任何反应的时间,话一说完,便没有丝毫犹豫地飞身迎向那道裂口。

风谣情反应过来的时候,昭平已经贴近金光罩的边缘。

"拦住她!"风谣情喊了句,"这些妖物冥魔会为了争夺这魂魄自相残杀,然后引起更大的动乱。如果昭平的魂魄落到邪物手中,会让它们变得更加难缠。"

沈挽情迅速会过意,转身踩着剑飞身而起,抬手去抓昭平公主的魂魄。然而就在她的掌心接触到昭平身体的一刹那,眼前突然腾起一道白光。

这是……沈挽情错愕地低下头,才发现自己左手手心的伤口还没愈合。

两人的意识强烈碰撞,一瞬间无数记忆涌了进来,比以往每一次发生的排斥反应更加强烈。无数画面跟走马灯似的在脑海中翻涌,夹杂着各式各样的声音,让人眼花缭乱。

"公主殿下!"

"公主!"

"昭平公主。"

"阿昭。"

最后,画面翻涌的速度终于渐渐地慢了下来。

"公主殿下确定要把这份地图交出去吗?"

"嗯。"

"公主殿下想让我叛国?"

"是。"

"为什么?"

"因为我一点都不喜欢看花灯。"

395

记忆翻涌。

那是昭平公主十二岁的生辰。

北国闻名天下的风景,就是夜晚淮河湖泊的花灯盛宴,国君曾经派遣无数工匠在湖中建造了无数楼船灯塔,在其中摆上无数珍奇异宝,以及瑰丽的装饰。

每逢大节大日,都会点亮布置的花灯,无数朝廷重臣、达官贵人都会聚集到此处欢庆。灯光染进水色里,华丽奢靡。

昭平公主十二岁生辰那天,向来宠爱她的父皇突发奇想在七日前发布诏令,让人赶工造出一栋专属于昭平的灯楼,作为礼物送给自己的掌上明珠。

皇帝的圣旨只需要寥寥几个字,但苦的永远是百姓。

昭平不知道这些。

生辰那日,她得意地在自己的灯楼里跑上跑下,享受着旁人的阿谀奉承。她是受人瞩目的公主,衣食无忧,想要什么都唾手可得。

直到她贪玩偷偷乘船避开护卫的看管,溜到岸上逛夜市,一不小心迷了路,一头栽进了一个偏僻的巷子。巷子很破,到处都是腥臭味,还有地上黑色黏稠的污垢。

昭平觉得又冷又累,找了一处有光的人家,趴在窗户上小心翼翼往里头看。

她看见骨瘦如柴的老人奄奄一息地躺在床铺上,看见坐在灯下衣衫褴褛的妇人眯着眼绣着花,用脚摇着摇篮,哄着一旁哭啼的孩子。

后来昭平看见了许多自己曾经在北国看不到的东西。

因为修灯楼而丧命的男人,他的爹娘妻子坐在屋子里,从窗口望着不远处淮河上的绚丽,双眼哭得红肿;被活活饿死的孩子、得了肺病死在床上的老人,因为没钱安葬而只能用草席一卷。

她曾经以为北国足够好。

后来,她发现,原来只有自己过得足够好。

那天,十二岁的昭平被侍卫找到,被他们牵着手送回父皇面前。

她抱着花灯，号啕大哭，眼泪混着鼻涕往下流，止不住地抽抽搭搭。

父皇心疼地揽住她的肩膀："谁欺负你了？"

昭平点了点头，摇了摇头，然后咬着下唇抽搭着说："我再也不想看花灯了。"

这就是北国覆灭最关键的原因。

南国攻下北国，动作十分迅速，几乎没有多少场劳民伤财的战役。

因为昭平早就替他们铺好了路，是她亲手促成了北国的覆灭，将南国的人引进皇城。

"有百姓在的北国，才是真正的北国。

"就算我不投降，也阻挡不了北国的覆灭，只会让无辜的人更加痛苦。

"这或许不是一个正确的决定。

"但我只能这么做。

"从今往后，我终于不再是昭平公主了。"

昭平将手中的地图递了过去。

沈挽情看见了站在对面，从昭平手中接过地图的那个人，是秦之焕。

秦之焕在昭平面前单膝跪下，屈身行礼："昭平殿下。臣必当为您赴汤蹈火，在所不辞。"

五十六

有许多记忆即便是埋在土壤里，在经过无数次的冲刷后依旧会破土而出，重新生长出枝丫。

十几岁的昭平总是最肆意妄为的那个，穿着颜色最张扬的衣服在京城中策马，身后跟着一群忙得晕头转向替她收拾麻烦的护卫。

昭平殿下，这是她的封号。

北国赋予她的封号，也将由她亲手赋予北国灭亡。

南国攻上皇城的那天，昭平来到了金龙殿，向来疼爱自己的父皇坐在那至尊之位上，头冠抛落在一旁，衣衫凌乱，就像是个无比狼狈的普通人。

"昭平，过来。"父皇冲她招手。

昭平走了过去，将头倚在他的膝上，像从前无数次那样。

在那一瞬间，这位九五之尊的皇帝，就像一个寻常父亲一样，慈爱地抚摸着她的头发。

如果忽略外头的兵戈声，这样的场面，看上去格外温情。

"领兵打过来的那人是秦之焕。"

昭平没有说话。

"是你把城池图送给他的，对吗？"

昭平沉默许久，抬起头，看着面前老人的眼睛："父皇曾经对我说过'一国之内，民生为本'这句话，我还记得。"

北国的内、外都已经烂透了。

朝廷重臣只为了自己兜里的油水而活，尔虞我诈，明争暗斗；父皇不过是一个架空的傀儡，撑着破烂不堪的颜面随时摇摇欲坠，最后也无能为力地同那些人同流合污；忠臣被谋害；抵御边关的将士在被召回后被父皇亲手赐死；宦官不允许有任何新的拥戴者产生。

南国的野心逐渐膨胀，随时可能领兵城下，但北国上下还在自己人杀着自己人。

"秦之焕，我知道南国的野心。

"父皇知道，那些衣冠楚楚的朝廷重臣也一清二楚，但他们不愿意抵抗，他们怕死，他们怕输。

"我们想等一个属于北国的救世主，但南国不会等。他们会多久发动进攻？一年，还是明天？

"南国的屠戮绝对不会顾及百姓和将士的性命。

"战胜则屠城。

"可如果领兵的人是你，你不会这么做。"

这就是她让秦之焕拿着城池图离开，去投诚南国的原因。

这是交换。

"从今天开始，我也终于不再是昭平公主了。"

皇帝看着昭平，双唇翕动，许久后伸出手，温柔地撩起她耳侧的头发。他似乎有很多话想说，然而最后，却只是叹息一声："傻孩子。

"走吧。

"离开这里，从此你不再是公主，也不要再回头。"

他口中吐出鲜血。

作为一国之君，国亡殉国。

昭平看着疼爱自己的父亲死在自己面前，哭得撕心裂肺，直至双手沾满了鲜血。

兵戈之声近了，昭平站起身，深吸一口气。

她亲手葬送了北国。

但作为北国的公主，也要为了北国的葬送而葬送自己。

但昭平没死，秦之焕救了她。

他杀了一小支南国的士兵，带着她从小路离开。

"你帮助敌国的公主逃生，就算功绩再大，南国的人也不会放过你。"

"不救你我会后悔。"

秦之焕死了。

就算是再怎么武功高超，也难从那场混战中逃脱。

冷箭袭来的时候，他将昭平护在身下，全身上下插着羽箭，血打湿了衣襟。

"昭平殿下，"秦之焕说，"臣必当为您赴汤蹈火，在所不辞。"

一个国家里有多少人，有多少事每天都在发生。

许多细枝末节的故事，压根儿就是不起眼的。

昭平拖着秦之焕的尸体，摇摇晃晃地在堆满死尸的战场上走着。

她站在高坡之上朝下望，看见了城关。

昭平愣住了。

狼烟烽火，城关支离破碎，将士战死，百姓被屠。

她捂住唇，突然号啕大哭起来。

她想起了父皇欲言又止的话。

她怎么没想到呢？她怎么能没想到？

她是北国的公主，但南国永远只是南国。

在南国攻城的时候，北国的子民不再是子民，而是比草芥还不值得的流民。

南国不会在意失败者会经历怎样的惨痛，他们只需要一个没有二心、彻彻底底臣服在自己脚下的国家。

所以说，父皇其实是知道的吧。

所以他才会说"不要再回头"。

谁都不知道在那场战役中有多少人死亡，也不知道曾经有谁出现在那里。天道宫的人就是在那个时候来到这儿的。

"我们修仙之人的规矩，是从不插手这些恩怨，但你身上有我们想得到的东西。"

昭平说："我答应。"

"你不问是什么？"

昭平俯下身，抹去秦之焕脸上的血迹，眼泪一滴滴落下，滴在他的眼角，顺着他的脸颊淌下："我做过错事，是生是死对我来说已经不重要了，但是他不该死在这里。"

"我们需要你的神魂和躯体。"

"好，但还有一件事情，希望你们能答应我。"昭平抬起头，看着站在自己面前的道士，开口道，"不要让秦之焕记得我。"

"他前路广阔,不应该为了这些事情而停留。"
天道宫答应了昭平的请求。

只是在执行分离和献祭的时候,发生了些意外。因为两人神魂中彼此的吸引力和执念太深,所以昭平的部分魂魄在脱离时,被扯进了秦之焕的躯体里。

虽然秦之焕并不记得昭平,但在潜意识里,会用自己的身体和魂魄去养昭平残缺不全的神魂。这也是秦之焕的体质在五年前突然变得极其容易招来妖魔的原因。

天道宫的人自然是发现了这一切,但是昭平的记忆缺失,很难再次让她自愿进行献祭。

所以他们重新设了一个局,用万妖引制造一场动乱,让昭平再一次做出牺牲。

昭平果然这么做了。

她一定会这么做。

因为她无法忘记那个由自己导致的恶果。

白光逐渐消失,沈挽情扣住昭平的魂魄,将她扯了回来:"别去!"

昭平双目空洞,就这么像木偶一样往后一跌。

许久后,她才回过神,转头看向一旁的沈挽情,说:"谢谢。"

沈挽情一怔:"你记起来了?"

"嗯,在你碰到我的时候。"

"所以——"

"天道宫的人就在附近,"昭平转过身,看了一眼一旁的秦之焕,然后笑了声,"我知道该怎么做了。"

她闭上眼,周身顿时腾起无数星火。

就在那一瞬间,四面八方都闪烁着星星点点的白光,接着,那些白光缓慢地朝着这个方向靠近。

"退后。"谢无衍将沈挽情往身后一扯,眉梢微皱,全是戒备。

沈挽情:"怎么了?"

"天道宫的人来了。"

风谣情也觉察到了不对,将纪飞臣安置好,走上前,挡在沈挽情面前:"怎么回事?怎么把天道宫的人引过来了?"

白光靠近的一瞬间,金光罩也轰然破碎。然而妖物还没来得及闯进去,一道更强而有力的屏障便"砰"地砸在了地上,将那些妖魔全都逼退。

一个个黑白交加的影子从空中落下,白袍黑纹,长冠上刻着天道宫的标志。

"昭平公主,许久不见。"

"这就是你们的手段。"

"不。"为首的长老摇了摇头,抚了一把自己的白胡子,缓缓说道,"你的魂魄太容易招惹妖物,再过上一年半载,同样也会落得这样的局面。而且在那之前,秦小侯爷就会因为承受不住你魂魄的力量,而被活生生抽干阳气。"

昭平没说话,沉默许久,才平静地说:"我和你们走。"

风谣情皱了下眉:"昭平公主!"

"五年前我就不应该在这儿了。我无法弥补自己曾经犯下的错,但也不想重蹈覆辙。"昭平公主的语气中没有半点波澜,她笑了声,"作为交换,这里的妖怪,你们会解决吧?"

长老淡淡道:"即便您不做此决定,我们也会收手。"

昭平点了点头,迈开步子。

"殿下。"沈挽情上前一步,轻声喊住她。

昭平转过头。

"秦之焕他……"

"别让他记起来。"昭平翘起唇角,笑得明媚,"五年前,就应该结束了。"

说完，她转过身，走进了天道宫的收魂囊。

沈挽情目送着她离开。

她在昭平的记忆里，看到最多的，是一个不断重复的片段。

肆意妄为的公主惊了马，被一袭青衣的少年救下。

公主春心萌动，却还是装出一副高傲的样子来掩饰自己的羞赧。

少年性情冷淡高傲，转身离开，却被公主扯住衣角。

"我可是北国的昭平公主，你一介小小的布衣，居然不认识我？还敢在我面前这么放肆？"

秦之焕笑了声："天底下的公主这么多，我难道得每个都记得？"

这是他们故事的开始。

也是最后的结局。

"万妖引的事情，天道宫自然会善后。"长老挥了挥手，示意身后的人先退下，"现在，风姑娘、谢公子，还有沈姑娘，我们该聊聊烧血之术的事情了。"说完，他目光凉凉地扫了一眼沈挽情受伤的手掌。

谢无衍眸色一沉，抬起食指示意了下，让沈挽情退到自己身后。

风谣情："我不知道什么是烧血之术。"

"我以为，风姑娘至少是个深明大义的人。"长老的语气很平静，甚至没有任何波澜，"你们也看到了，面对着这样的进攻，今天晚上你们到底有多么无能为力。"

"所以呢？"

"这还只是一个村落，"长老走到风谣情面前，低头看她，一股强烈的压迫感油然而生，"如果是一千个、一万个村落同时遭遇这种状况呢？"

风谣情张了张嘴，哑口无言。

"风姑娘，你知道我这不是在危言耸听。"长老说，"没有孤光剑，我们完全束手无策。更何况，还有一个如果彻底解开封印，动动手指就能毁掉天道宫的魔头不知道在何处。"

谢无衍抬了下眼睫，看了眼身后的沈挽情。沈挽情觉得两个人此刻头顶上都顶着一个硕大的"危"字。

生活真是不容易。

风谣情转头看了眼一旁的沈挽情，然后正视着长老，一字一句道："我并不知道什么叫烧血之术。"

长老眯了下眼。

"天道宫要带走挽情，总得给我们一个解释。"风谣情字句清晰，"总不能凭那些不知道从哪里听来的捕风捉影的风声吧？"

只要沈挽情没有当着他们的面用过烧血之术，天道宫就始终拿不到确切的证据。

他们不会贸然就这么彻彻底底地撕破脸面。

"风姑娘，你知道天道宫的人为什么有着同样的理念吗？"长老声音很沉，每个字都宛若重重敲击在人的心上，"因为他们都是从抵御冥魔时的死人堆中爬出来的。"

"他们目睹了那种惨剧，也亲身经历过无数牺牲。风姑娘，没有任何牺牲就能顺顺利利地打赢这场恶战，你太过于天真了。"长老问，"或者在你的眼中，因为你这么一点私心，就算数以万计的人因此而死，都无所谓吗？"

然而，风谣情还没来得及说话，地壳便剧烈地震动了起来，比之前的任何一次都更加强烈。

天道宫的人显然也没反应过来，他们对视一眼，迅速地加固了防御。然而只在一瞬间，还没来得及喘息的工夫，金光罩便轰然碎裂。

"走。"谢无衍一把扯起沈挽情的胳膊，腾身而起，在树枝上落下身。

地皮被巨大的冲击力掀起，房屋树木一瞬间倒塌。巨石翻滚，整座山宛若都在摇摇欲坠。

骨戒一闪，玄鸟飞了出来："殿下！这是……牛面巨蟒。"

那破土而出的妖物虽然只露了半个身子,但依旧可以看出其体形巨大。

牛头蛇身,身上是血红的纹理,即便隔着许远,也能感受到那微微发烫的气息,像是有岩浆在它的身体里流动。

"这种程度的冥魔,怎么会出现在这儿?难道也是被万妖引吸引过来的?"

"不。"谢无衍说。

牛面巨蟒不可能被那普通的万妖引吸引。

引它来到这里的,是谢无衍刚才使用过的,属于他的烧血之术。

章柒　焚我

五十七

牛面巨蟒瞳孔里闪烁着血红的光，精准地锁定谢无衍的方向，硕大的身躯只要稍稍动弹，就会引起山崩地裂。它鼻息滚烫，在锁定谢无衍时，瞳孔聚成一条红线，好似在发怒。

"它认得你？"

"嗯。"谢无衍说，"打过交道。"

沈挽情发自内心地问："真的吗？我怎么感觉它表现得像你杀了它全家，顺带还偷了它的蛋煎着吃的样子？"

谢无衍沉默了一下，看了一旁的玄鸟一眼。

玄鸟心虚地往后躲了躲。

牛面巨蟒。

这东西，可以说是谢无衍的老对头。

当然，对于当年正值盛年的谢无衍来说，就算是牛面巨蟒这种令无数修士闻风丧胆的冥魔，收拾起来也费不上多大的工夫。

当年谢无衍刚从天道宫手上逃出来，被无数妖魔鬼怪觊觎着那副躯体。兴许是被苍蝇似的绕在自己身边一个又一个来送死的冥魔闹得不耐烦，谢无衍就去了趟魔域，择菜似的弄死了一大批修为不浅的冥魔，顺带捡回了落入冥魔圈套被撕咬着翅膀的玄鸟。

玄鸟天生的狗腿属性立刻就发现这个男人不一般，于是迅速抱上大腿，每天邀宠撒娇，打不还手骂不还口，每日晚上都会哭唧唧地和谢无衍哭天抢地地说自己不容易，最后谢无衍烦不胜烦地问："你想让我帮你做什么？"

玄鸟就告状,说自己原本在自家窝里待得好好的,突然一群冥魔就来围攻自己,自己殊死抵抗,结果被牛面巨蟒一尾巴扇蒙了。牛面巨蟒把自己打了一顿不说,还把自己好不容易搭好的漂亮小窝搞了个稀巴烂,最后离开的时候,还一嘴咬死了无数只雏鸟。

玄鸟一族死的死伤的伤,活下来的,只有它一个。

反正概括起来就是让谢无衍给自己报仇。

谢无衍觉得很麻烦,结果发现玄鸟天天在自己耳边哭着唱歌真的很难听,所以终于忍无可忍。

玄鸟说:"这是修炼了万年的冥魔,非常凶险,殿下,我们得小心行事!"

谢无衍说:"哦。"

他飞进牛面巨蟒的窝里,噼里啪啦一顿黑光紫光红光闪烁,然后悠闲地飞了出来,顺带用鄙夷的眼神看了眼一旁的玄鸟。

玄鸟:有被侮辱到。

但牛面巨蟒毕竟是老滑头,逃跑得很快。不过这并不妨碍自那以后,玄鸟坚定了抱大腿的想法。

但它本质很小气,所以在谢无衍收拾完牛面巨蟒之后,自己还飞进人家窝里把别人的窝也折腾得乱七八糟,一不小心弄碎了人家一个蛋。

说到这里的时候沈挽情忍不住打断:"只弄碎了一个?"

玄鸟:"好吧……弄碎了一窝。"

沈挽情:真有你的。

反正从此以后,牛面巨蟒便和谢无衍彻底地结下梁子。往后的数百年,牛面巨蟒多次召来无数冥魔,一次又一次地向谢无衍的领域发起进攻,每一次都被打得很惨,接着熟练运用逃跑技能离开。

打了几百年,玄鸟都开始怀疑牛面巨蟒是挖了一条逃跑密道,要不然怎么能够逃得这么熟练？

话虽然这么说，但是冥魔获得力量的方式十分蛮横，主要的来源，是通过吞噬别人的力量来提升自己。

像牛面巨蟒这种程度的冥魔则是更加贪婪，虽然无法撼动盛年时期的谢无衍，但力量的确在飞速增长。它不断地吞噬着周边的冥魔，每一次兵戎相见，都能比以往更加强大。

而且很容易看出，作为冥魔中的扛把子之一，牛面巨蟒并没有那么好杀死，几次从谢无衍手下逃生，绝对不会每次靠的都是运气。

而现在，它的力量明显比之前任何一次交手时都更为强大。

但谢无衍的大半力量被封印，此刻又有天道宫在，恐怕必须得强按着不发力。

这场交战，一定会异常难缠。

天道宫的人也很快觉察到了不对，迅速会聚在一起，不约而同地撑起屏障护住自身，然后急切道："长老，牛面巨蟒在这儿，单凭我们没有办法降服这等冥魔。况且牛面巨蟒从来不会独自行动，兴许会召来更多难缠的冥魔，我们得尽快离开……"

"对，必须得带这些人一起走，万一他们死在这儿，烧血之术的事情恐怕真的……"

"不。"长老扫了一眼四周，摇了摇头，抬手打断，"这是好机会。"

"什么意思？"

"风谣情想让我们拿出烧血之术存在的证据。现在，牛面巨蟒会逼出这点证据。"

"可是……如果有任何差错，风谣情和纪飞臣恐怕都会因此丧命，那我们天道宫对玄天阁和纪氏也是无法交代的！"其中一位手下显然有些担忧，"况且，山附近还有这么多村民和城镇，现在显然已经不可控……"

"冥魔暴乱，天道宫全力相救，但奈何人手不齐，只得束手无策。"长老扫了身后的小辈一眼，声音平静，"明白了吗？明白了，就离开这里。

"我们只需要等待着看自己想要的结果就好。"

"殿下，天道宫的人不见了。"
"他们应该是想逼着沈姑娘用出烧血之术。"
"我知道。"

谢无衍眸色微寒，抬手将沈挽情往自己身后一挡，胳膊瞬间覆上一层火焰："退后。"他声音很沉，莫名地让人感受到强烈的安全感。

他将手一握，面前顿时烧出一片火焰屏障，硬生生将牛面巨蟒逼退了些许远。随着它的动作，山崩地裂，高耸的山体似乎也快承受不住冥魔的力量，开始一点点地崩塌。

周围有些许异动，沈挽情皱眉扫了眼四周，无数漆黑的小点以极快的速度顺着山脊向着这儿的方向不断地汇聚过来。每一个都是沈挽情从来没有见过的魔物，但看得出来，比以往遇到的妖魔鬼怪都更加具有攻击性。

是冥魔，听从牛面巨蟒的召集而来的冥魔。

才稍稍一个晃神，牛面巨蟒就以肉眼难以捕捉的速度发起了进攻。它的身躯重重一甩，尾巴从地面破土而出。这时沈挽情才发现，这冥魔比自己想象中的还要巨大，掀起的波澜让山体随时都可能崩塌。

还没反应过来，谢无衍伸手揽住了她的后背，将她往自己身前一带，紧紧地拥在了怀中。

牛面巨蟒发出一声吼叫，那声音浑厚，宛若要直接贯穿人的头颅，人的神魂都要被震碎。

谢无衍的手收紧，浑身上下源源不断地聚集起灵力。沈挽情觉察到了谢无衍的动作，伸出手抵住他的肩膀，想将他推开："不行，你不能……"话还没说完，她就被谢无衍按住睡穴，一瞬间昏了过去。

他的瞳孔在一瞬间变成红色，身前汇聚起一道无形的屏障，将那牛面巨蟒所引起的灵魂震荡全都隔绝在了方寸之间。

"为什么还不发力？"

"谢无衍，百年未见，你已经变得如此懦弱？"

"还是说，被封锁住大半力量的你，现如今只是一个只知避战不敢迎战的废物？"

牛面巨蟒的声音，只有谢无衍能够听到。

它大笑着，嘲弄着。

"你还是小瞧了我。再这么下去，你谁都护不住。"

而就在这时，两把飞剑紧贴着两人身侧而过，蓝、黄两色的剑气碰撞，直挺挺地击上牛面巨蟒的眉心。

"砰！"这等冥魔的躯体格外坚硬，这一击虽然没有伤及它的元魂，却还是硬生生将它逼退，眉心处出现一道碎口。

"带挽情离开。"

纪飞臣不知道什么时候醒了过来，唇间毫无血色，一只手捂着还在冒血的伤口，在谢无衍身边站定："走。"

谢无衍看着他。

谢无衍此刻浑身上下全是戾气，血红的眸，以及身上无比清晰的咒印。

纪飞臣当然能看出异样，但是什么都没有问。

有些事情没有必要一定有个结果，至少现在，他看得出来，谢无衍不会害挽情，甚至会比那些虚与委蛇的人更希望沈挽情活着。

"放心，天道宫想要做什么我们心里都清楚。"风谣情在纪飞臣身边站定，"他们不会和玄天阁撕破脸面，如果挽情不在这儿，他们一定会迫不得已放弃计划，出手救人。"

说完，她转头，字句坚定："带挽情走。"

谢无衍没有丝毫停顿，收拢了拥住沈挽情腰身的手，飞身离开。

牛面巨蟒在看到谢无衍转身的一刹那，发出一声怒吼，紧接着，无数冥魔一拥而上，带着凌厉的杀气朝着这边拥了过来。冥魔撕咬着，剑气划破血肉，强大灵力的碰撞产生轰鸣。

最后，传来风谣情撕心裂肺的喊叫。

纪飞臣生命流失！纪飞臣生命流失！
请宿主务必阻止悲剧发生！重复一遍，请宿主务必阻止悲剧发生！

沈挽情被颅内强而有力的电流感击醒。她睁开眼，眼底全是因为强烈的疼痛而布满的血丝。她胸腔一震，咳出一口鲜血。

她转过头，见到纪飞臣的胸口被冥魔的利爪刺伤，又因为身体尚未痊愈，无力地跪在地上，用剑艰难地支撑着地面。

风谣情或许没有说错，天道宫大概率会因为沈挽情的离开导致计划失败，迫不得已出手救人。

但这只是概率，就连系统也无法准确预测到最后的结果。系统是以男女主角为中心运转的，不可能让这样的概率事件发生。

但沈挽情知道，如果自己回去，谢无衍很有可能会因为想要救自己而暴露身份。

她不想让谢无衍死。

警告，警告，红色警告，请宿主务必做出选择。
如果宿主在规定时间内无法做出正确选择，完成系统所交付的任务，系统将会采取强制措施。

"放我下来。"
谢无衍没说话。

五、四、三……

"谢无衍！"

二、一！

几乎在倒数结束的时候，沈挽情感受到自己肩膀处传来一阵强烈的剧痛，就仿佛一把滚烫的刀子在自己的身体上刻下了什么东西。那痛感直达骨头，传递到五脏六腑。

她垂眼一看，肩膀上生出一道黑色的印记，宛若一道符咒一般，痛得人龇牙咧嘴。

谢无衍觉察到了沈挽情的异样，迅速将她放下，伸出手握住了她的肩。

沈挽情强忍着那几乎贯穿身体的疼痛，推开了谢无衍的手，反应迅速地聚起灵力，建起一道金色的屏障，隔开两人的距离。

"我得回去。"

谢无衍看着她，眸色深沉，声音很低："沈挽情。"

"你必须离开这里，谢无衍。"沈挽情看着他的眼睛，想像之前许多次那样，用轻松的语调冲他说话，但鼻子一酸，滚落眼泪。她将唇角一翘，突然笑了，"你这个人，虽然不知道为什么，但不要总是为了救我而做这么不惜命的事情。"

谢无衍就这么看着她，漆黑的瞳孔中无比清晰地倒映出她的身影。

沈挽情浑身一震，感受到那由系统施下的强制咒印已经顺着肩膀蔓延开了，直到身躯的每一寸地方。她脸色苍白，语气却忍住颤抖："谢无衍，求你了，你和我说过你不会死。"

"沈挽情，"谢无衍说，"有什么东西在控制着你吗？"

沈挽情没说话，站起身，转过身深吸一口气，看着牛面巨蟒的方向，迈开步子。

"轰——"那道金色的屏障被硬生生捏碎。

谢无衍伸出手，一把搂住她的腰身，将她扯了回来。

沈挽情还没来得及开口说话，就被谢无衍箍住下巴。

他俯身，吻上了她的唇，同以往的每一次都不一样。

这是没有半点缱绻的吻。

那是一股温和而又舒适的灵气，源源不断地进入沈挽情的体内，与那黑色的咒印相互抵抗、克制。

"我在只有玄鸟知道的地方设下一座宫殿。

"那里有我的庇护，是绝对安全的地方。

"你不想说的我不会问，但从今以后，你可以去任何自己想去的地方。

"不要再为了别人而活着。

"对了，别养死我的花。"

谢无衍松开了手。

他漆黑的头发被风扬起，一张脸惨白，眉心浮现出一道血红的咒印，顺着那道咒印爬开一道道血痕，然后一瞬间，覆上了焰火。

地面从他脚下站立的地方蜿蜒出无数裂痕，接着，如同星火般，无数火光从地底腾起，刚刚破晓的天光同他的身躯融为一体。

"还有一件事。"

谢无衍转身，看着沈挽情，眸光前所未有地柔和。

他说："我喜欢你。"

五十八

朝阳喷薄而出的一刹那，天地间仿佛都被染成了同样凄美的颜色。

他一路朝着那天光的方向走过去，让人分不清到底是无数星火向他聚集，还是他身上的每一寸肉体和魂魄都像星火一样消散。

那是异常绚丽的场景，凄美而又惨烈。

他一步一步地朝着牛面巨蟒走去，每走一步，周围刹那间就会铺开一朵朵火莲，将四周的冥魔连魂魄都烧成灰烬。

牛面巨蟒怒吼一声，缓缓低下头颅，浑身上下流淌着滚烫的岩浆，同他对视，一晃就好像看见了不知道多少年前。

谢无衍在面对那场围剿时，好像也是露出平静而又让人不寒而栗的表情。

那是沈挽情从未见过的强大力量。

她知道强行冲破封印咒的拘束到底会有什么样的后果。

他的灵火会熄灭，神魂会被拉回那个曾经让他禁锢了百年的深渊，被封魔窟的万妖啃噬，最后一点又一点地彻底在人世间消亡。

"谢无衍！"

沈挽情视线模糊，身上的咒印就像一张绷紧的网，紧紧地禁锢住她的全身，仿佛每一根血管中流淌的血液都在发烫。

她看不清周围的画面，听不见四周的声音。

但她能感受到冥魔的惊恐。天道宫的人在迅速靠近，叫喊声嘶吼声不绝于耳，无数只血鹤从他们手中飞出，几乎在一瞬间铺满了整个天空。

"是他！"

"怎么会？他不是被封印了吗？怎么可能用出……"

"强行突破封印，这魔头也活不了。"

"他恐怕也是为了烧血之术而来，只可惜自食恶果。"

谢无衍脚下铺开一片血色，衣袍同黑发被风扬起，封印咒已经一瞬间蔓延至全身。配上那妖冶的眸色，他仿佛从烈狱中捞出来的修罗。

沈挽情不知道过了多久，风沙混着石子飞扬，眼前是一片红白交错的光。

她撑起身，浑身上下的血管仿佛都要破碎，能用余光看见那黑色的咒文已经爬到了自己的胳膊处。

眼泪混着鲜血滴落在地上,她抬头,朝着他的方向看去。

他们之间的距离很远,但仿佛一瞬间又近在咫尺。谢无衍有感应似的转过身,看着她的眼睛,然后微微一笑。那是在旁人的口中,被称之为"疯子"和"魔鬼"的恐怖人物。但不知道为何,从来不会让沈挽情感到害怕。

光与影交错,炽热的火焰将所有的黑雾驱散。

风声渐渐平息,只剩下最温柔的一缕,穿身而过。

沈挽情看不见谢无衍了。

她双手撑着地面,一点点握紧,眼泪一滴又一滴地砸落,手背上的经脉格外清晰。

有无数黑白相交的影子从四处飞了下来,站在已经恢复平静的土地上。是天道宫的人,比刚才的更多。

因为血鹤的讯息,所以附近所有的天道宫弟子都被召集了过来。

当年的魔头现世,这一消息非同小可,就连闭关修炼的师祖都被惊动。

数把剑抵在沈挽情的肩侧,她没有抬头。

是否查阅目前任务进度,以及最优解决方案?

"谢无衍死了吗?"

检测"阻止谢无衍毁灭人间"该任务进度……
任务进度已到达95%,并不需要人为干涉即可完成。

沈挽情缓缓闭上眼。

因为强行突破,神魂受损,谢无衍重新回到了封魔窟,或许会被封印很久，一百年，抑或是一千年。

可按照剧情，不需要多久孤光剑就会被唤醒，无论沈挽情是否选择献祭，他们都能做到。

"沈姑娘，能从那魔头手中活下来，实在是幸运。"有人在沈挽情身旁蹲下，收起剑，一只手轻轻拍了拍她的肩膀。

沈挽情深吸一口气，直起身子。

以往总是鲜活的一张脸，在这一瞬间变得无比空洞。她脸上看不出什么表情，眼泪却顺着眼角淌下，看上去全是濒临崩溃的绝望。

天道宫的人停在了纪飞臣和风谣情的面前，替他们处理着伤口，顺带控制住了他们的动作。

"沈姑娘，你应该见识到了冥魔的强大。"站在沈挽情身边的人，显然在天道宫中地位很高。他的实力深不可测，光是这么站着，就是一种压制。

那位长老背着手，看着周遭的狼藉，语气平静："它们成长的速度比你想象中的还要快，三年，不，或者一年之后，这世间每一寸土地都会变成如此惨烈的样子。"

"我曾经也像你们这样犹豫过，想要护住自己珍惜的人。"长老淡淡地说，"我以为自己能做得到，但这才发现，当灾难真的来的时候，没有一个人可以幸免。"

"所以呢？"

"沈姑娘，我不是在说服你，我只是在陈述事实。"长老转身看着她，一字一句，"你的兄长和友人今天获救，纯属侥幸，再过上一年半载，还会这么幸运吗？"

沈挽情许久没说话，唇角一扯，低低笑了一声，然后笑声越来越大，胸腔都在起伏。

"你在劝我去死，对吗？"

"这不叫死，"长老纠正，"这叫做正确的选择。"

正确的选择?

风谣情挣脱了天道宫的束缚,手中的剑脱出,朝这边辟出一道凌厉的剑气。

她将身体隔在沈挽情和长老之间:"你没有任何带走她的理由。"

"风姑娘,你太年轻。"长老很平静,"有些事情,并不一定需要理由。"

沈挽情抬头看着她。

没有任何意外,在天道宫的拦截下,身受重伤的风谣情根本拖延不了多久,就被无数把剑抵住喉咙,被硬生生制服在地。

  宿主,任务即将完成。

"只要我答应和天道宫走吗?"

  是的。
  在任务完成后,您的意识就会脱离这个世界。
  我们会挑选出适合您的世界让您进行选择,作为奖励。

"如果我不答应呢。"

系统过了许久,才用机械化的声音冰冷答复道:

  本系统是根据该世界的祈愿,为了达成最终目标而制定的程序化系统,只会做出当前最合适的判断以及选择。为了避免该世界崩塌,希望宿主做出正确选择。
  如果出现消极情绪面对任务,系统会出现惩罚措施,希望宿主仔细考虑。

沈挽情闭上眼，深吸一口气，抬起头。天色雾蒙蒙的，宛若暴雨过后的阴天，看不见光，也望不见远方的尽头。

天道宫不会放过她，系统也并不是为了她而存在。

她突然觉得异常疲倦。

她从来没有选择。

就连唯一拼了性命想替她开出一条新路的人，也不在了。

沈挽情好像突然就理解了谢无衍为什么从来不在意死亡，因为比死亡更可怕的是孤独。

长老看了眼沈挽情，抬手示意了下。

有天道宫弟子上前，从左右两边握住沈挽情的胳膊，语气没有起伏："沈姑娘，和我们走吧。"

沈挽情站起身。

风谣情眉头紧皱，转身想要挣脱，却被剑锋死死地抵住喉咙。

"挽情，"她问，"你记得你曾经对我说过什么吗？"

说过什么呢？

沈挽情被推着往前走，眼前是一道白光汇聚成的阵法，风声骤起，有许多画面在眼前不断汇聚、交错，女人在一片血泊中哼起歌，俯身对怀里的婴儿说："不要成为任何人的献祭品。"

沈挽情抬起头。

她看见了什么呢？

谢无衍好像站在那片白光里，身躯同那光晕融为一体的他微笑着转身看着自己的眼睛，就好像在那一瞬间，即便周围是怎样的血海，都变得不再可怕。

"从今以后，你可以去任何自己想去的地方。"

沈挽情停下步子。

    检测到宿主产生逆反任务目标情绪。警告！警告！

沈挽情:"放开我。"

长老微微沉色,示意周围的人警惕:"沈姑娘——"

沈挽情垂眼,腾空化出两道凌厉的气流,快且急,在一瞬间几近割断身旁两位控制住自己的天道宫弟子的手臂。几声吃痛的惨叫,接着,周围的人很快做出反应,布下阵法,一副蓄势待发的样子。

"小心!"长老伸出手准备握住沈挽情的肩膀,却被腾空出现的一道火焰隔开。

沈挽情握紧手中的骨戒,那是谢无衍离开时塞到她手上的。

玄鸟从其中一跃而出,那两道凌厉的弧状气流干脆地划破沈挽情的胳膊、大腿,血液没有落地,而是源源不断地朝着玄鸟的方向汇聚。

"轰——"

玄鸟的身体以惊人的速度增长着,随着一股巨大力量的涌动,掀起阵阵灰尘,轰然炸开。

它在一瞬间变得巨大,玄色的羽毛、赤红的眼球,浑身上下散发着一股同谢无衍相似的戾气,振翅长鸣,引来万鸟回应。

虽然维持的时间很短暂,但玄鸟还是借助沈挽情的力量,变成了它原本的样子。

请宿主注意,请宿主注意!
任务进度倒退! 43%……27%……

"不要再为了别人而活着。"

她能透过谢无衍的魂魄,看见那段孤独的记忆。

他好像一直在告诉自己。

"你应该是自由的。"

沈挽情抬眼。

"我不会再让你来控制我的存在了。"她眸色平静,抿唇,泪顺着脸颊滚落，滴在玄鸟的背脊，肩膀上的黑色印记在一瞬间发红，烫得仿佛要将她的骨头都烧干。

"沈姑娘！"长老厉声道，"你这是什么意思？难道想要……"

"能不能重铸孤光剑和我毫无关系。

"我不会献祭。

"我要救回谢无衍。"

　　　　任务进度倒退！ 14%……11%……

"你疯了！那可是……"

沈挽情："我从来不做正确的选择，我只做自己想做的选择。"

"你知道多少人会因此而死吗？"

她安静片刻，然后轻轻笑了起来，明明眼眸含笑，却一直在哭："你们忘记了吗？我也是个被你们忌惮而又期盼着死亡，从来就不应该活在这世上的怪物。"

　　　　任务进度倒退！ 5%……3%……1%。

咒印的疼痛让她几乎站不稳，她却强撑着挺直背脊："所以，我和谢无衍是一样的人。"

火光烧红了天空，她站在星火汇聚的中心，就像曾经的谢无衍一样。

在任务进度变为0的那一瞬间，沈挽情喷出一口鲜血，终于撑不住痛苦，跪在玄鸟的后背上。玄鸟飞身而起，却被无数灵力汇聚而成的锁链圈住。

"就算你用烧血之术，也是走不掉的。"

天道宫几大长老乃至师祖都在这里，依照沈挽情现在的力量，根本没有办法突破这道防线。然而话音刚落，一道紫气便破空而出，斩断了困住玄鸟的枷锁。

那是一把剑,谢无衍的佩剑。

下一秒,那佩剑在一瞬间碎裂成无数道碎片,一道半透明的影子浮现。

沈挽情回身一望,再也忍不住地哽咽出声,是谢无衍的神魂。

他在即将消散的时候,还不忘把自己一缕神魂留在剑内。

"砰——"

伴随着谢无衍那道虚影的碎裂,涌出一道力量绝对压制的紫光,在一瞬间推平了天道宫的力量。

"你想去哪里都可以。

"相信我。

"我不骗你。"

五十九

　　直到那天,我终于知道那个恶名远扬的魔尊叛离魔域,心甘情愿为抵御冥魔灰飞烟灭的原因……

这是"修灵书"中"江湖逸事"这个分类里近期热度最高的一条帖子,详细地讲述了一个月之前那场轰动了各大修仙门派的惨烈交战,并且用类似于小说的描写手法反复煽情烘托。

　　他本是孑然一身毫无畏惧的魔,却没想到遇见了她,从此红鸾星动,一发不可收拾。

　　为了她,他甘愿回到那不见天日的封魔窟,也要强行突破封印,护她周全。而为了他,她也背离了亲友道义,为天下所不容……

这条帖子里这么描述那位让魔尊心动的神秘女人——

她倾国倾城，宛若谪仙。一双杏眸含情，一抬眼就会让人心疼和怜惜。她肤如凝脂，娇弱无骨，声音宛若出谷黄鹂。

偷看"修灵书"的玄鸟用嘴咬着纸张又翻过一页——

自从魔尊为她而死，那段画面成了她的梦魇。她的心一点点被仇恨沾染，日日以泪洗面，心如死灰……

玄鸟沉默了一下，看了眼不远处那位"心如死灰"的"出谷黄鹂"沈挽情。

她站在花圃中心，双手叉腰，不耐烦地用脚尖点着地。

"我数三声，到底是谁拔了我养的食人花？如果还不主动站出来，我今天全部把你们红烧了喂玄鸟吃。

"还有，我说过多少遍了，我放在房间里当装饰的花请不要碰，到底是谁给我往我桌上的花盆里施肥？"

她的声音过了道传音咒，整个宫殿都听得一清二楚。

玄鸟：我是那种什么东西都吃的鸟吗？

但不知道是不是玄鸟的错觉，它总觉得在一瞬间，附近的每一个角落都弥漫着紧张的气氛。

整个宫殿的魔将都很怕沈挽情，虽然这人看上去就是一个乖乖巧巧的漂亮姑娘，但是给这些冥魔魔将带来的阴影丝毫不比谢无衍少。

事情还是得从沈挽情刚来到宫殿说起。

她刚来的时候，样子很狼狈，浑身都是血，符咒让她疼得几乎喘不过气，玄鸟连拖带拽才将她安置在谢无衍百年前经常休息的那张石床上。

然后她就这么一睡,睡了整整三天。

三天后她醒过来,一言不发地披上衣服,一个人在这偌大的宫殿转了一圈,沉默着望着窗户的方向。

场面一度让人觉得揪心。

玄鸟也很揪心。

它觉得,女人向来都是感性的,沈挽情很有可能就这么自暴自弃,从此消沉,最后一蹶不振。

玄鸟想了想,觉得不能这样。虽然它也很伤心,但当下沈挽情是唯一有希望帮忙将谢无衍的魂魄从封魔窟里重新救出来的人了,所以她一定不能消沉!

于是玄鸟强忍悲痛,小心翼翼地飞上前:"沈姑娘,殿下他……"

"我有个问题。"沈挽情开口打断。

"什么问题?"

"你们这么大个宫殿,就这么一个跟我头差不多大的小窗户,大中午了,光只能照到窗前两米,其余地方全是黑的。这种天才设计到底是谁的主意?

"而且床为什么是硬的?

"这些都不提,占地面积这么大的地方你们居然只修了一个宫殿?

"灯上都是灰而且还坏了,你们几百年都没打扫卫生吗?"

玄鸟终于能插上话了:"是这样的,我们宫殿就我和殿下两个人,没人打扫卫生。"

沈挽情:"我懂了。"

第二天,她出了一趟门,绑了几个歪瓜裂枣的妖魔鬼怪回来,往宫殿前一扔。

"这是什么东西?"玄鸟说。

沈挽情:"我称之为魔将。"

玄鸟:"有什么用?"

"打扫卫生,改善宫殿环境。"

玄鸟惊恐:"你怎么抓回来的?"

沈挽情:"以理服人。"

玄鸟看了眼面前躺了一排"哎哟哎哟"直叫的鼻青脸肿的妖怪和冥魔,沉默了一下,陷入了沉思。

在那场死战的刺激下,沈挽情的修为突飞猛进,而且对烧血之术的运用更加炉火纯青,更别提她身体里还有一部分谢无衍的灵力支撑。如果不是十分难缠的对手,她基本都可以解决。

一开始宫殿门口总会来些小鱼小虾挑衅,沈挽情杀了几个,活捉了几个,然后假装好心地放走了几个,在它们逃得累死累活以为自己要逃掉的时候又把它们给提溜回来,让它们再跑一次。

没过多久,就没有人来宫殿门口骚扰了,甚至引来了一小部分妖魔鬼怪投诚。

于是,沈挽情指挥着这群"魔将"开始进行宫殿装修工程。先是做了一次大扫除,然后给宫殿开了窗,保证更好地透光;给地面铺上了地砖,加上了各式各样的装饰品以及搭配上新鲜绿植;最重要的是在那张石床上铺了蚕丝被和飘纱床帘,还设了几张软榻。

接着沈挽情来到谢无衍的花圃,发现这些花的品种自己一个都叫不上来,而且百年来没人照料,枯的枯,死的死。

玄鸟安慰她:"很正常,殿下的这些花都是珍贵难养的品种。"

沈挽情:"怎么养?"

"很难养,"玄鸟想了想,"具体方法大概只有住在悠南山深处的花妖知道,而且花妖最擅长对付这些植物。"

沈挽情:"哦,简单,我懂了。"

玄鸟:怎么就简单了?

当晚,沈挽情离开了宫殿。

没过几日,她就提溜着一脸哭唧唧的花妖小红回来了。

不知道为什么,玄鸟总觉得这个女人和谢无衍越来越像了。

过了几天，沈挽情发现宫殿后面还有一个小楼，问："这是谁住的？"

玄鸟非常自豪地挺胸抬头："后殿。"

什么玩意儿？你再说一遍？

玄鸟解释了一下："这个是我给殿下建的！虽然里面从来没人住，但我还是觉得像殿下这样强大的人，必须拥有一个后殿。"

"你说得对。"沈挽情微笑着表示赞同，第二天领来了一大群五大三粗孔武有力面色狰狞的妖魔鬼怪，塞进后殿里，然后对玄鸟说，"惊喜吗？现在这是你的后殿了。"

玄鸟：女人好恐怖。

时间一长，难免就有些魔将猜测，说沈挽情恐怕要占领这个宫殿自成一派，彻彻底底地代替谢无衍。

但玄鸟知道，她比任何人都想见到谢无衍。

沈挽情看上去好像一直在忙碌，忙着种花，修缮宫殿，把干涸的湖泊灌满，然后在里面养鱼，在高楼上挂满花灯，甚至每天指挥着那群魔将早起做广播体操强身健体。

她好像忘记了谢无衍。

但其实，她做的一切里都有谢无衍。

"这是什么？"

"暖炉。你没发现谢无衍的体温一直都很低吗？揣着这个好歹也会舒服些吧。"

"枕头为什么一个软一个硬？"

"因为我喜欢软的啊！"

"那为什么有硬的？"

"你还是他的灵宠吗？都不知道他睡觉不习惯软枕头，硬的他睡起来才会更舒服一点啊。"

"你每天睡得那么早，怎么晚上还把灯亮着？还有外面的花灯，花里胡哨的。"

"我发现你这只破鸽子怎么对你家主人一点都不了解，你没发现谢无衍晚上都是不睡觉的吗？"

玄鸟知道，所有人都觉得谢无衍能够被重新救回来几乎是不可能的，即便有希望，也太过于渺茫。

但沈挽情好像从一开始就确信着，谢无衍一定会回来。

她在殿前挂了一个牌匾，一笔一画地写上"谢无衍的小窝"这几个字，并且得意扬扬地给玄鸟看，说这就叫作书法。但玄鸟一直没好意思揭穿她的"窝"字写错了。

她身上的咒印总会每隔几天就发作一次，玄鸟从没有见过这样的咒术，看上去和谢无衍身上的封印咒不相上下。

有一天，那咒印再一次发作。

那时候的沈挽情正在通过谢无衍残留在剑上的碎魂，寻找着封魔窟的踪迹，却总是无法准确地锁定方向。终于，在某一瞬间，一道紫光顺着某个方向涌动了下，但动作很快，稍纵即逝。

是机会。

但就在这时，咒印亮了起来。

玄鸟已经见过无数次这黑莲状、如同刺青一般的咒印发作时的样子。它仿佛在全力抵抗和操控着她的行为，直到她服软地停下自己的动作才算终止。

然而这一次沈挽情没有停，眼睛都没眨一下，握住一把刀子，用火烫了烫，然后干脆利落地剜在自己肩头咒印的地方。下手非常狠，鲜血在一瞬间冒出，顺着她的肩往下淌。

宿主，您已经偏离主线任务一个月有余，请尽快回归任务进程。

沈挽情唇色发白，额头上有大滴的冷汗渗出，眼睫轻颤，却没有哼出一声,直到将肩头咒印的地方剜得血肉模糊,都没有停下推动神魂进行感应的动作。

请不要做徒劳无功的抵抗。

"没有人的抵抗是徒劳无功的。"
但她最终还是失败了,残余的神魂太少,根本没有办法准确地指引。
她咳出一口鲜血,将刀放下。
那原本被削掉的符咒又浮现上来,在血肉模糊的左肩上,仿佛刻进了骨头里一般清晰。
沈挽情闭上眼睛,头抵在椅背上,将手中的刀往桌上一抛,抬起一只胳膊抵在自己额头上。

玄鸟小心翼翼地开口:"沈姑娘,我们……"
"陪我玩飞行棋吧。"沈挽情放下胳膊,撑起身,睁开眼睛,"我晚上睡不着。"
玄鸟见自家殿下和她玩过无数次这个看上去非常无趣的游戏。

沈挽情今天的运气很好,从头到尾扔出来的数字一直都是"六",玄鸟才刚出家门,她四个子就已经飞到了终点。
玄鸟玩不起:"你作弊!"
"是你菜!"
"我不信!你再扔一次!"
沈挽情又扔了一次,毫无意外是"六"。
只是这一次,她发现了异样。
那粒骰子周围包裹着一层紫光,很微弱,却始终存在着。
她很熟悉这股力量的来源,是谢无衍的灵力。
在沈挽情第一次同谢无衍下棋,因为自己的坏运气生闷气的时候,他就施下了这个小法术。只要是她在用,这个骰子扔出来的,永远是她想要的数字。一个除了能够哄小姑娘开心,就没有其他用处的小法术。

沈挽情将那粒骰子攥紧,抬起胳膊抱住自己的头,另一只手狠狠地抵住唇,却再也忍不住地哭出声。

这么久过去,玄鸟终于看见她的眼泪。

她收拾那些妖魔鬼怪的时候没有落泪,她削肉抵抗咒印的时候没有落泪,却因为这么一粒小小的棋子,哭成这副样子。

她说:"我要救谢无衍。"

"我想见他。"

检测到宿主需求。

为确保任务完成,可提供一项交易信息,是否接受?

六十

沈挽情:"我觉得,我们宫殿缺了些东西。"

玄鸟很捧场地问:"宫主大人,你觉得缺了什么?"

"宫主"这个叫法,来由是这样的——

那些"自愿"加入沈挽情麾下的魔将,一开始总是"魔君大人魔君大人"地喊,但是她觉得很不满意,因为这个称号怎么听怎么像男的,自己这么个白白净净的小姑娘,总被喊这个称号会断桃花的。

于是她说:"如果你们实在要喊的话就喊我'宫主'吧,谐音是'公主',乍一听还挺尊贵的。"

玄鸟一开始不乐意,喊惯了"该死的女人",现在突然要它改口感觉很没尊严。于是当晚沈挽情就拔掉了它尾巴上的几根毛,还把它变回了之前那副鸽子的模样,气得它直跳脚。

第二天,玄鸟就开始甜甜地喊:"宫主大人早上好,吃了吗?吃的什么呀?"

有了这个非常没骨气的狗腿子做代表,没过多久,大家都开始喊沈挽情"宫主"。

沈挽情:"你知道什么地方宝器多质量好,最好能给我们每个人一份吗?"

玄鸟:"哦,我知道,往南几千里有个金虎府,他们那个门派是专门搞铸造的,而且还有个大宝库,里面装满了他们打造的宝物。"

沈挽情懂了。

于是第二天,她就拉扯着一大群不情不愿的魔将去了一趟金虎府,开门见山道:"是这样的,我想借个千百来件宝器之类的东西,可以吗?"

金虎府的人根本不听,拔剑就喊:"你就是和那魔头沆瀣一气的妖女!今日我就要替天行道。"

"那我自己拿了哦,过几天还你。"

没过几天,"修灵书"的"江湖逸事"就多了一条帖子——

光天化日居然发生这样的事!金虎府的宝库惨被洗劫一空,凶手居然如此嚣张。难道她将会代替当年那魔王成为下一个恶徒存在?

下面跟帖——

我本人就是金虎府的弟子,当日我不在门内逃过一劫。但据我师兄师姐说,那天血流成河尸横遍野,那魔女心狠手辣毫不顾及掌门的求饶,就把所有东西都掳走了。看来天下要不太平了。

看到这个帖子的沈挽情气得揪着玄鸟头顶上的两撮毛:"小气鬼,

我都说了过几天还！我还留了借条！而且怎么就血流成河了？我都没杀人，反而是他们削掉了我家魔将的小指甲盖！"

玄鸟沉默。

又过了一天，沈挽情问："你知道哪个地方的冥魔比较好用来当坐骑吗？我们家魔将都是用脚走路，太丢人了。"

玄鸟："魔域北边有个地方叫蛮荒之地，不过那里的主人是头很难缠的冥虎王，我建议……"

沈挽情："我懂了！"

第二天，她又拉扯着一大群生无可恋的魔将去了趟蛮荒之地，非常友好地下来鞠了个躬，然后问："是这样的，我想邀请千百来头可爱的老虎来骑一骑，过几天就还，可以吗？"

玄鸟用翅膀遮住自己的头，觉得有点窒息。

冥虎王显然更窒息。

结果显而易见，冥虎王哪能受这气，直接就率领着自己的崽崽们"嗷呜"一声扑上前，和她打了起来。

场面十分激烈，反正最后的结果是沈挽情把冥虎王也顺了回去当坐骑。

后来她又觉得光有老虎太单调，坐骑得海陆空结合，于是去了趟死亡之海搞来了烈狱龟，去了趟虚无之境抓了几只赤炎鸟，最后在宫殿里面设了个动物园，把这些"小乌龟""小老虎"和"小鸟"放进去养。

没过几天，"修灵书"的"江湖逸事"又多了一条帖子——

前所未闻！魔域竟出此动乱，无数冥魔都遭此劫难。这一切的源头竟然都是那位让魔王都愿意为之牺牲的妖女！她这么做究竟有何目的？

跟帖——

　　此女心机深沉，必定是想联合这些冥魔进攻人界，屠戮无辜的人。果真是心狠手辣！

玄鸟看了眼这条帖子，又看了眼不远处站在动物园里和冥虎王玩丢球游戏的沈挽情，陷入沉思。

又过了几天，沈挽情说："我想买身新衣服。"
玄鸟："我想想啊，好像北秋山上有个望仙阁。别的不说，但是我知道里面的女修特别多，衣服裙子都特别漂亮，而且每件衣服都融入了法咒，算得上一件小法器。"
于是第二天沈挽情就去了："我想……"
望仙阁的女修："别说了，给您，都给您。"
其实一开始，有许多修仙人士都是不服的，并且在私底下密谋要想办法将这个妖女除掉以绝后患。但沈挽情所拥有的烧血之术十分强大，并且这种秘术的上限很高，谁都不知道它究竟能爆发多大的力量。除此之外，也没有人知道谢无衍到底给她留下了些什么杀招。
再加上天道宫当时那么多杰出的弟子乃至于长老和师祖都没有拦住沈挽情，所以一时之间没有人敢贸然出手。

除此之外，天道宫的人也在暗中对想对沈挽情动手的人加以阻拦。
原因很简单，无论如何，她也是世间已知的唯一有希望传承烧血之术的体质。如果没有到最后关头，天道宫还是希望能够将她活捉。
但眼下，谁都没有把握，因为沈挽情成长的速度很快。
玄鸟知道，沈挽情看上去是个心挺大而且还有些跳脱的性子，但其实手段的狠辣并不输谢无衍。
她的确做到了。

魔将一开始挺瞧不起这个小姑娘，认为她不过是借着谢无衍残留的力量耀武扬威，但现在谁在她面前都只能乖乖低着头听话。

甚至一开始总是和她掐架的冥虎王，现在都开始躺在她旁边撒娇舔她的手心。

玄鸟这才发现，难怪自家殿下那么中意这个女人。

原来两个人根本就是一路货色！

而且拔毛的位置还是同一块！

沈挽情说："明天去一个地方。"

玄鸟已经见怪不怪，以为她又要搜刮什么东西："去哪儿？"

"封魔窟。"

玄鸟愣住，惊愕地看着沈挽情："宫主……您怎么知道封魔窟的位置？"

沈挽情伸了个懒腰："这不重要，重要的是，到时候得由你来和谢无衍解释为什么他的宫殿面前有一尊你的雕像。"

这就是她在这段时间像疯了一样逼自己不断向前的原因吗？

为了能够救回谢无衍，哪怕知道自己会背上什么样的名号，也完全不在意吗？

玄鸟突然发现，沈挽情身上的咒印，好像很久没有发作过了。

宿主，我必须要提醒你。

如果在规定时间内你没有成功完成系统给予你的任务，将会按照我们一开始的交易，达成强制措施。

"你觉得我做不到吗？"

抱歉，宿主，并不是系统携带个人感情，而是根据数据推测，谢无衍能在封魔窟里活下来的概率，不到5%。

"他活着。"

为什么？

"他答应过我。"

"难道没有孤光剑就真的没办法重新加固封印咒吗？万一那谢无衍有朝一日再次突破封魔窟该怎么办？依照他的性格，想必定然会大开杀戒。"

"而且，那个女人近期的动作……难道是想办法找到封魔窟，救回谢无衍？"

"不，他不可能再活着出来。"

"为什么？"

封魔窟中封印着古往今来无数妖魔的灵魂，在那里只有不断地杀戮才能贪婪地吞噬其他的魂魄。它们生生撕咬着他人的神魂，来充盈自己的力量。

最可怕的是，被封印进封魔窟的人，如果神魂不够强大，那么意识就会逐渐消散，记忆会逐渐被抹去。

失去意识的灵魂与死魂没有区别，会没有信念和活下去的意志，只能空洞麻木地任由那些妖魔宰割。

"谢无衍当年被封印的时候，神魂充盈，这才有逃出来的机会。而这次他为了救那个女子，几乎折损光了自己的魂魄，根本用不着我们出手，就会成为任人宰割的食饵。"

"他会在封魔窟中，被万妖吞噬魂魄和肉体，彻彻底底地死在那个地方。"

"正常来说，他最多撑得住七日。"

"可现在，已经过了这么久，就连师祖都感受不到他身上的气息，所以……"

"应该早就死了吧。"

正如天道宫所说，封魔窟就是这样一个地方。

每一寸石壁都布满鲜血，每一个缝隙和洞窟中都盘踞着恶魂，新鲜的肉体会被撕咬，魂魄会在屈辱中消散。

谢无衍就在那里的最深处，被由符文组成的锁链紧紧束缚着四肢和身躯，双目紧闭，浑身上下沾满血垢。黑气源源不断地朝着他的方向靠近，幻化出一只又一只面目狰狞的恶妖，啃噬着他的身体。

他的身躯一点点被无数黑气笼罩，眼看，就要被彻底吞噬。

"砰——"谢无衍睁开了眼。他的眸色一片赤红，身上的锁链似乎感应到了他的反抗，在一瞬间收紧。

万妖暴动，将整个封魔窟搅动得天翻地覆。

从谢无衍的眸中看不到任何一丝神光，宛若只剩下一个空壳，像毫无意识的疯子，没有知觉地将靠近自己的恶魂撕裂。符咒的力量一次比一次强大，从他身上溢出来的金光甚至波及了一旁的妖魔。锁链收拢，仿佛要将他仅存的神魂勒碎。

比起疼痛和折磨，最痛苦的，是毫无光亮的意识。没有未来也没有过去，只有一片空洞和虚无，只要稍有疲倦，那点仅存的神魂也会不复存在。

但谢无衍比所有人、所有妖预料中的，要撑得太久太久。他在这种死斗中重复了无数段光阴，鲜血顺着发间淌下，身上的每一寸肌肤都血肉模糊。

"他不应该能撑得住这么久。"

"都到了现在这个地步，为什么还是不愿意放手离开？"

他到底是为什么不愿意死去呢？

谢无衍双膝跪在地上，腰板却挺得笔直，身旁传来梦魇般的低吟，吵得人头痛欲裂，身上的封印时时刻刻地折磨着他的神经。

他不记得自己是谁，也不记得来到这里的原因，但依稀能够清楚地记起来，自己答应过一个人，一定会活下去。

谢无衍抬起头，鲜血顺着脖颈淌下，缓缓地站起身，束缚在他身上的枷锁"噼里啪啦"地传来碎裂的声音。

他忘记了很多东西。
但他知道。
他不会骗她。

六十一

沈挽情并没有率领那些魔将浩浩荡荡地去进攻封魔窟，因为这样势必会引起天道宫的注意。她并没有十分把握能和天道宫正面交战，也不想把精力浪费在无用的战役上。

况且，封魔窟附近的区域对妖魔的镇压效果很强，会大大折损魔将的实力。

所以她把手下的魔将分成很多分支，在天道宫的许多区域同时制造了些不小的骚乱，分散那些修士的注意力，趁他们防守虚空的时候，留下一小队跟着自己朝着封魔窟的方向前进。

系统给的范围很有限，但按照道理说，距离封魔窟越近，她手中残留的谢无衍魂魄吸引就会越强烈，应该能成功指明方向。但抵达那个区域寻找了半个时辰之久，那点魂魄始终没有任何反应。

这并不是个好的预兆。

一定程度说明，谢无衍的气息的确不在了。

距离封魔窟越近，魔将的力量就被压制得越厉害。

"魔将不能再继续往前了。"玄鸟变成那小巧的样子，停在沈挽情的肩上，低头看着前方那深不见底的黑色通道，"它们身上的杀戮之气太重，再继续往前，就连魂魄也会被吞噬。"

"被吞噬？"

"是的，封魔窟的恶妖以拥有杀戮之气的魂魄为食，所以殿下也有可能……"

"我知道了。"

沈挽情抬眼，看着那一片漆黑的尽头，有阴风从那深渊涌了出来，拂动她额前的碎发。

她伸出手将身上的玄鸟放下来，淡淡道："我去就行。"

"等等，宫主大人。"玄鸟咬住了她的袖子，"就算烧血之术再强大，也烧不尽封魔窟中万妖的魂魄。而且，你只能在里面待上一炷香的时间。"

"如果超过一炷香的时间呢？"

"你会逐渐迷失自己，神魂会被吞噬。"

沈挽情抬头，朝着那深处望去。

系统没有办法给出准确的答复，谢无衍的神魂也没有感应，甚至天道宫似乎也对封魔窟的防御十分空虚，就连不想承认事实的玄鸟也不得不认定一件事，那就是谢无衍可能真的，已经死了。

所有人都觉得，她会徒劳无功，一去不回。

沈挽情点头，声音毫无波澜："嗯，我知道了。"

玄鸟连忙跟上："那我和你一起去。"

沈挽情视线都没偏，将手一抬，一抹红光一闪，隔开一道屏障，硬生生将玄鸟撞开。

"在这儿等我。

"我会带他回来。"

那迷雾尽头，是一片虚无。周围没有光，也没有任何方向，只能凭借直觉毫不停歇地往前走着。阴风从四面八方涌来，宛如要钻进骨髓里。

不知道走了多久，沈挽情看见了一个通道，像是一口石井一般，稍稍靠近，就能感受到那穷凶极恶的杀戮之气瞬间涌上来，压抑得仿佛要让人窒息。

这里，应该就是真正的入口了。

沈挽情闭上眼，几乎没有任何犹豫地跳了下去。

浓郁的妖气如同利刃一般在一瞬间向她冲来，让她不得不撑起金光罩护住自身。但那力量太过蛮横或者强大，只在一瞬间，就将她的护身术撞碎了。

"这里只是入口，越往深处走，那块儿的恶妖修为也会越可怖。"玄鸟的声音突然响起。

沈挽情一愣，低头一看，见玄鸟从骨戒里探出半个身子："你怎么在这儿？"

"刚才你隔开我的时候，我趁你不注意，偷偷躲进你的骨戒里了。"玄鸟挺胸抬头，"我可是最忠诚的神鸟！"

它刚说完话，看见一阵迎向自己的妖气，连忙又缩了回去，但声音还是能传出来："所以不用担心，宫主，您完全可以对付这些，只要不把他们……"

沈挽情懂了。

于是她用自己的掌心血搞了个小爆炸，声音折腾得很大，感觉周围整个入口都颤了一下。

果然，那些妖气在一瞬间被火焰驱散。

沈挽情觉得的确很容易。

玄鸟沉默了一下，又悄悄露出一个头："我话还没说完。"

"什么话？"

"就是动作小点,不要把其他恶妖吵醒。"

沈挽情沉默了一下:"我觉得或许还没醒。"话刚说完,就听见"轰"的一声,石壁上的巨石因为刚才的爆裂而摔落了下来,重重地砸在地面上。

而就在这时,周遭的墙壁上陡然亮起一点光,是红光,然后在顷刻间,亮起千万点红光。

那是眼睛。

无数妖魔的眼睛。它们盘踞在封魔窟的石壁上,在一片压抑的黑暗中看不清模样,却如同毒蛇一般,缓缓挪动着,紧紧盯着这个意外闯入的食饵。

沈挽情:"好,它们醒了,然后我该怎么做?"

玄鸟将头缩回骨戒内:"晚安。"

不愧是忠诚的小鸟!

封魔窟内让人分不清方向,仿佛每一寸都是由那些妖魔铺成的。源源不断的阴气朝她涌来,即使将那些魂魄扯碎,也很快会有下一道扑上来。

不过这些恶妖多半只是烦人,看上去等级却都不算特别高,而且似乎因为沈挽情身上有些谢无衍的气息,所以大多不敢贸然放手一搏。

沈挽情深吸一口气,索性将自己的身体当作火源,不断有赤色火莲在自己身旁铺开,烧出一条火红的通道。她顺着这条道路往深处走去。一路上,不停有妖魔朝着她的方向袭来,然后在接触火花的瞬间烧成灰烬。

"来了一个送死的。"

"好吵。"

"奇怪,她身上有和那人一样的腥臭味。"

"居然敢胆大包天地闯入这个地方,真是不知死活。"

周围的声音并不响亮，那些低语此起彼伏，像是萦绕在人耳边的咒语，搅得人神昏意乱。

沈挽情捕捉到了关键词，停下步子，试图先友好问话："是这样的，我就待一炷香的工夫，不打扰你们睡觉，就是问问你们有没有见过一个红眼睛、黑色头发、鼻子很高、薄唇、有点小帅的男人，身上气味和我差不多的那个？"

听见这话，那群恶妖瞬间沉默了一下，然后爆发出猖狂的大笑声。

"原来，你是来找那个废物的。"

"来晚了，应该早就被分食干净了。你如果来早些，兴许还能留口好肉给你。"

"不过知道这些也没用，你迟早会和他一个下场。"

听到这句话的沈挽情没有说话，抬手撑住自己的额头，似乎是叹了口气，然后抬眼。那双向来看上去娇俏的双眸，此刻没有半点情绪。

她开口，语气很轻："我再问一遍，谢无衍在哪儿？"

"死了。"那些恶妖显得更为猖獗。

"想知道他怎么死的吗？就是因为他不心甘情愿地被吞噬，所以只能被活生生地一点点吃掉，眼睁睁地看着自己的肉体被分食干净。

"你如果来早一些，没准还能看见他那痛哭流涕的惨状。"

玄鸟安静了许久，然后偷偷探出头："宫主……"

沈挽情垂下眼，眸光被长睫遮住，让人看不清眼底的情绪。

她沉默许久，唇角忽地一翘，将手握紧，似乎是笑了，身边的火在一瞬间炸裂开来，火光由黄变成如同血色一般触目惊心的红。

周围的恶妖在一瞬间被这强烈的力量冲撞开。

"等等……这是和那人一样的力量。"

玄鸟急切地一跃而出："这样下去，你只会死得更快。"

它恍惚在一瞬间看到了许多年前的谢无衍。

他也是用这种方式，像疯子一样地用自己的身躯作为引子，不管不顾地屠戮着，好像生和死对他来说，完全不重要一样。

这样强大的爆发力，吸引来了无数藏在深渊里的恶妖。

玄鸟突然发现，沈挽情看上去比任何人都相信谢无衍活着，却也比任何人都无法接受谢无衍已经死了。

她或许一直在用希望来掩盖自己的绝望。

玄鸟活了几百年。

而沈挽情，还只是个没有满二十岁的小姑娘。

那好像是完全没有生存希望的死斗。

火光最终会被源源不断的黑雾吞噬，沈挽情最终会被里里外外烧成一把烟，然后像谢无衍一样，彻彻底底地消失在这个世界上。

妖气不断盘旋着，分裂出无数条巨棱，然后在一瞬间，朝着沈挽情的方向挤压过去，仿佛要将她的五脏六腑都贯穿。

沈挽情有些累了。

她抬起头，闭上眼睛，没有哭。

风声却好像逐渐平息了下来。

那枚骨戒闪烁着幽幽的紫光。

而就在这时，陡然一道紫气伴随着巨大的力量重重地砸在地上，硬生生将那些妖气撕裂、撞散。

"殿下！"玄鸟的声音。

沈挽情眼睫微颤，抬起头。

谢无衍站在她面前，浑身带血，整个人身上没有一块好肉，鲜血顺着黑发和衣袍淌下，滴落在地上。只是，眼眸中没有半点光，只有一片猩红，宛若一副只剩下躯体的空壳。

"谢无衍。"沈挽情的声音有些颤抖，她试探着伸出手，想去触碰谢无衍的身体。

谢无衍没动，然后就在沈挽情即将碰到他的时候，猛地抬起手，仿佛要朝着她的胸膛贯穿过去。

玄鸟瞪大眼睛："殿下！"

"啪嗒"，然而那只手并没有碰到沈挽情，而是从她的身侧握住她身后那只恶妖的身躯。他胳膊上满是鲜血，烫得吓人，在一瞬间用力，将那恶妖硬生生撕裂。

谢无衍退后几步，忽地笑了起来，声音如同最令人胆寒的地狱修罗，身侧陡然燃起火光。

他像是个没有任何灵魂的、纯粹的武器，完全不顾自己会受多么重的伤，不顾及自己会不会死，偏执而又如同疯子一样地烧着靠近的妖魔。

直到万妖都退却，没有人敢靠近他一步。

沈挽情看着站在万妖中心的谢无衍，眼泪滑落，深吸一口气，朝他走了过去。

"宫主！"玄鸟喊道，"殿下他现在没有神魂，已经完全失控了，他会连你一起杀掉的。"

六十二

他就像一匹身陷囹圄的恶狼，撕咬着靠近自己的猛兽，没有半点意识，全靠着身体中原始的兽性进行着反抗和杀戮。

终于，恶妖也开始胆怯。

谢无衍双膝重重地跪在地上，低垂着头，血顺着胳膊淌下，腰身却挺得笔直，瘴气反复穿过他的身躯，他却像毫无知觉一般，没有丝毫反应。

他这种不怕死的自毁式打法，的确让周遭的恶妖都望而却步。

沈挽情在他面前蹲下身，紧紧抿着唇，却还是难以控制鼻尖那点酸涩。她伸出手，搭上他的肩。

谢无衍猛地抬起头，一双血眸中没有半点光芒，看上去就是一只暴动的猛兽，没有半点理智。

几乎是在沈挽情触碰到他的一瞬间，他以无法给人任何招架机会的速度,抬手掐住了她的喉咙。

"宫主!"玄鸟急切地想要靠近,却被凭空腾起的一道火墙隔开,只能焦急地大喊,"快离开那里。"

谢无衍现在看上去的确很恐怖,没有任何神智,浑身上下都是最纯粹的杀意,蜘蛛网般的血痕从他的眼尾一路延伸开来,周身陡然覆上一层火焰。

他像野兽看着猎物般看着沈挽情,眸中没一点感情,全是原始的怒意。

沈挽情能感觉到谢无衍的手一点点在收拢,窒息感顿时涌了上来。她被迫抬起头,下意识地覆上他的胳膊,那火蔓延到她的身上,仿佛要将她的身体一同烧成灰烬。

一滴泪从她的眼角滚落,滴在谢无衍的手臂上。

她能够挣脱,却没有挣脱,只是垂下眼帘,望向他的双眸。

不知道为什么,谢无衍突然停顿了下,收拢的手也稍微松了松。

沈挽情伸出手,闭上眼睛,揽住他的肩膀,将他一把拥进自己怀中,然后紧紧扣住他的背脊。

刚才看上去全是怒意的谢无衍,在沈挽情抱上自己的那一瞬间,蓦地愣住。他下意识地松开了手,像个孩子般手足无措起来,甚至都不知道将手往哪儿放。

他茫然了好一会儿,皱起眉又露出凶狠的表情,伸出手扣住沈挽情的肩和腰,十指用力,仿佛想像对付那些妖魔一样将她撕碎。

沈挽情却没松手,反而抱得更紧了些,将头埋进他的肩窝处,声音带着些轻颤:"我就知道你还活着。

"你可以不用那么累了。

"我来带你离开。"

谢无衍的指尖还是没有再用力,松开手,就任由沈挽情这么抱着,向来都是一副戾气的脸上,头一次出现了慌张的表情。

他似乎是呆了很久，低头看看沈挽情，又看看自己，小心翼翼地伸出手，学着她的样子，回拥住她。他就像一匹被人捡到的小野狼，一开始龇牙咧嘴地想要展示自己的厉害，却在被领回家的一瞬间，乖巧而又慌乱地黏在人身边试探。

　　他抱了一会儿，满身的怒火一点点平息下来，仿佛一匹闹腾累了的小狼，将头枕在她的肩上，闭上眼睛。

　　玄鸟看傻了。

　　它完全没适应自己家那位平时一脸"我就是天下无敌"的殿下，居然会变得比自己还像宠物。但这种不适应的情绪稍纵即逝，很快它就开始感动了。

　　殿下没死！

　　而且还没动沈挽情！

　　太感人了！

　　玄鸟激动得差点儿流泪，张开翅膀，非常欢快地朝着两人的方向飞了过去，准备一家三口相拥而泣。

　　正当它泪流满面地扑过去时，谢无衍将眼帘一抬，眸色骤寒。他抬手一握，精准无比地抓住了玄鸟的尾巴，将它往下一扯，准备掐住它的脖子。

　　"等等，"沈挽情连忙起身，握住谢无衍的手，"别杀它。"

　　谢无衍的眼神又变得茫然起来，他看了看在自己手上拼命扑腾的玄鸟，又看了看沈挽情，然后小心翼翼地将手松开。

　　玄鸟连滚带爬地蹭到沈挽情身边，哭得更大声了。

　　原来殿下并没有变得好脾气！

　　他只是在搞特殊化！

　　玄鸟有被伤到。

　　谢无衍安安静静地看着沈挽情，一动不动。

周围的恶妖也一动不动。

这可能是它们活了几千年第一次露出这种目瞪口呆的表情。

这还是那个反派代表人物谢无衍吗？

现在这副样子着实侮辱"反派"这个称号了。

但是它们仔细一想，觉得谢无衍现在这个样子好像弱了吧唧的，自己如果偷袭一下的话一定能行，没准还能顺便带走他们两个人。

恶妖觉得自己又可以了，斗志昂扬地发起进攻了。

一道妖气猝不及防地袭向沈挽情，她敏捷地侧身一躲，但脸颊还是被蹭破了些皮。

其实不光是恶妖，沈挽情也觉得现在的谢无衍看上去好像很弱，于是皱起眉，运起灵力，下意识地想帮他抵挡一下。还没来得及起身，她就看见谢无衍在一瞬间露出被惹怒的不耐烦表情，腾身而起，把那些妖魔像撕纸一样撕了。

在把那些恶妖全都吓蔫之后，谢无衍又转过身乖乖巧巧地在沈挽情面前坐下。

玄鸟：殿下，你好像狗啊。

玄鸟很委屈。

按照道理来说，从封魔窟出来并不容易，谢无衍的体内神魂很微弱，几乎只剩下一具空壳。一般这种情况，必须有人进入他的神府，将自己变成灯芯，才能引领着他离开。

这件事难度非常高，更何况谢无衍的灵府里十分危险，一搞不好就容易神魂俱灭。

玄鸟很担忧地出谋划策："宫主，你可以先谨慎些，拿出一缕分神试探一下，然后……"

谢无衍抬起眼睛，一眨也不眨地盯着身旁的沈挽情。

沈挽情好像没认真听，只是抬头，看了眼那根本望不见的出口，皱了下眉："想上去的确很……"

谢无衍：哦！我明白了！

然后沈挽情话还没说完，小狗牌谢无衍就非常懂事地明白了沈挽情想要上去，将她抱起来，脚尖点地腾身而起。

他们就这么出去了。

沈挽情没反应过来，玄鸟也没反应过来。

玄鸟甚至还差点儿因为跟不上而被落下，只能惊恐地扑扇着翅膀努力追着谢无衍，然后被沈挽情抬手收进了骨戒里，一起带了出来。

成功离开了封魔窟的玄鸟，依旧觉得自己在做梦。

就这？就这样出来了？

怎么感觉谢无衍出来比给宫殿大扫除还容易？

按道理说，将人救出封魔窟明明是一件十分危险的事情，引领他意志的人必须做出极大的牺牲才能完成。可是到你这儿，就沈挽情说句"我想上去欸"，就这么上去了？

你的强大意志力呢？你坚不可摧的灵府呢？你就不挣扎一下？

玄鸟觉得自己的殿下好像是真的狗。

"一炷香的时间过去了，咱们宫主还是没出来。"

"难道说，宫主已经……"

蹲在门口的魔将们非常忠心耿耿，一边拨着地上的石子无聊地玩着五子棋，一边为沈挽情悲痛不已。

它们决定为沈挽情和谢无衍建个雕像，所以就为雕像该摆出什么样的姿势比较有气势而吵了起来。

沈挽情从封魔窟出来的时候，它们还在吵架。

"我觉得应该宫主在上殿下在下，毕竟是宫主将我们纳入麾下的。"

"分明应该是殿下在上宫主在下，你可别忘了，这宫殿到底是谁布下的领域？"

447

沈挽情：你们在聊什么不能发表的内容？

直到玄鸟重重地咳嗽了一声，它们才跟拉响警报似的迅速立正站好，然后在看到谢无衍的时候，不约而同地愣在原地。那些魔将脸上的表情一瞬间变得复杂，有震惊、狂喜，同样也有恐惧。

魔域的人向来都是渴望得到力量，又崇尚力量。几百年前的谢无衍即使是孤身一人，但确实是令人闻风丧胆的存在。而现在，这样一个强大的人，居然活生生地出现在了它们的面前，而且……很有可能成为它们的老大！

这说出去就是件很有排面的事情。

然而，那些魔将还没来得及兴奋，刚才一直没有动静的谢无衍眼睫突地颤了颤，紧接着猛地抬起眼，身上烈焰全开，陡然向前，抬手便掐住了领头的一个魔将的脖颈。

杀气，毫不加以掩饰的杀气。

那是这些魔将从未接触过的狠戾，让一群人顿时后退几步，露出惊恐的表情。

沈挽情没拦住谢无衍，只是在下一秒，谢无衍好像真的要掐断那人脖子的时候，才喊了句："谢无衍，别杀他。"

谢无衍松开手，慢慢转过身，看着沈挽情。

"他刚从封魔窟出来，没办法控制自己的杀气。"沈挽情解释了句。

魔将不敢吱声。

其实沈挽情刚才可以拦下谢无衍，但并没有。

因为她不能让太多人知道谢无衍现在还没有找回神魂这件事，这会给许多居心不良的人可乘之机。而且她不能信任所有魔将，万一有人走漏风声，天道宫一定不会放过谢无衍。

所以她必须得让这些知情的人害怕，让它们知道，谢无衍的力量到底有多么可怖。

"你们先回去。"沈挽情说，"天道宫的人不蠢，我们这些天制造的纷乱很容易让他们觉察到异样,所以一定在宫殿附近安插了眼线,谢无衍现在不会回去。"

魔将问:"那宫主,你们要去哪儿?需不需要我们跟着?"

"不用,人太多反而不方便。"

她必须修补齐谢无衍的魂魄,在一个月之内。

那是系统给她留下的期限。

沈挽情说:"我需要一辆马车。"

玄鸟不解。

且不提她现在的御剑术很高超,只提自己这只神鸟已经恢复了能随意变大变小的力量,如果还要靠马车来赶路,简直是侮辱鸟。

为此,沈挽情解释了下:"谢无衍现在的状态很不好控制,而且我们需要掩人耳目。马车比较好掩饰身份,能够让我们看起来普通一些。"

玄鸟觉得很对。

其实说起来,沈挽情觉得现在这个状态的谢无衍,应该不会给自己惹什么麻烦,毕竟看上去乖巧懂事不添乱,而且还非常听话……直到晚上睡觉的时候。

章捌 看佛

六十三

这是系统布下的一盘棋，沈挽情对此心知肚明。

系统给出来的说法，是以谢无衍现在的状态，根本没办法依靠外力重新恢复神魂，所以他们必须去一个地方，那里是他魂魄被封锁住的源头。

那里，就是孤光剑所在的地方。

封印咒所汇聚成的锁链，会一点点地将他的神魂汲取干净，然后再回到孤光剑中，依靠那里封存着的强大力量，将谢无衍的魂魄彻底消磨。

一个月。

如果在一月之内不能够找到孤光剑，那么谢无衍恐怕一辈子只能保持这副没有心智的样子活着。

所以沈挽情必须得找到唯一能寻到孤光剑的风谣情她们。弯弯绕绕，只要想让谢无衍活下去，她就无法彻底逃开原著中的主线故事。

至于找到孤光剑恢复谢无衍之后，她又会面临什么，那就不得而知了。

该怎么找到纪飞臣……沈挽情算了算。

自己离开这两个人已经三四个月，按照原著，现在应该发展到出现书中的最后一个女配角，也是最棘手的一个女配角——"妖媚狠毒款女妖"。

身为原著中的王牌女配角，她必定没有之前那些那么好对付，首先在物种上就很特殊。

这个女配角的心路历程也很简单,一开始就是在逛街的时候一不小心看见了纪飞臣,然后看他丰神俊朗、身强体健,一看就很补身体,想勾引他采阳补阴增进修为。结果没想到纪飞臣身为男主角,普通的勾引对他来说没什么用。

于是该女配角一下子被激起了可恶的胜负欲,觉得"为什么世上居然有对我这么冷漠的男人",便找了个理由缠在他们身边,借此机会不断给女主角找刺,明里暗里地魅惑男主角。

沈挽情不知道剧情具体进展到了哪里,但是知道纪飞臣是在池潼关附近除掉这个女妖的,并且该女妖的修为极其恐怖,在修仙界还弄出了不小的阵仗。

所以只要他们去池潼关附近守株待兔就可以了。

但是按道理说,现在自己并不适合以真面目出现在人前,毕竟几乎全天下的人都能把他们这几张脸背熟了,甚至江湖上还有画师以他们为原型画了画本,销量非常好,直接把江淑君的著作挤下了神坛。

沈挽情给自己和谢无衍施了个易容术,顺带把玄鸟变成了一只玄凤鹦鹉。

但谢无衍好像很不喜欢自己被易容,沈挽情刚一转头,他就将自己刚换好的面皮烧掉。

来来回回十几次之后,沈挽情不得不像哄小孩儿似的哄谢无衍:"听话,我们得换张脸。"

谢无衍才不。

他不仅不换,还非常有脾气地烧了沈挽情的易容术,顺便还赌气似的把一旁的玄鸟变成了一只乌鸦。

于是两个人就莫名其妙开始斗法,马车里乌烟瘴气砰砰乱响,玄鸟从乌鸦到老鼠几乎所有动物都挨个儿体验了一遍。

终于,沈挽情忍无可忍:"谢无衍!"

谢无衍似乎是觉察到沈挽情在凶自己,将牙根一咬,不甘示弱地回瞪着她。

沈挽情有被气到。

她将身一转,抱着胳膊轻哼一声不去看他。谢无衍也和她置气,一言不发地不去理她。剩下被两人波及的玄鸟,奄奄一息地趴在桌上看着面前这两个让人头痛的祖宗。

大概过了半炷香的时间,谢无衍动了动,抬头悄悄地看了眼沈挽情。

沈挽情还在生气。

又过了半炷香的时间,谢无衍又看了眼沈挽情。

沈挽情依旧在生气,于是谢无衍往她那边挪了挪。

沈挽情觉察到了谢无衍的动作,其实以她的脾气,早就不和这个心智只有两三岁的谢无衍生气了。但是碍于女孩子的尊严,她还是假装不知道似的不看他。

直到谢无衍挪到她旁边时,沈挽情才端出面无表情的样子转过头。

谢无衍看着她眼睛,抿了抿唇,然后低下头。他浑身上下波纹似的涌动了一层紫光,接着变成了另一个人的模样。

他给自己施了易容术,就像是小孩子为了哄人开心一样。

沈挽情愣了下,看着耷拉着脑袋、满脸不高兴的谢无衍,似乎突然明白了什么。

以谢无衍现在的心智,并不能理解自己为什么要变成另一个人的样子,他不高兴,纯粹是以为她这么做是不喜欢他这张脸。

这对即使失去魂魄都无比桀骜的谢无衍来说,是一件非常伤害他的骄傲的事情。

但他为了哄她开心,还是选择乖乖听她的话。

沈挽情突然就替他难受了起来。

她伸出手,将谢无衍拉入怀中,任由他将脑袋窝进她的颈窝,顺毛似的揉着他的头发。

她抽了抽鼻子,声音强忍着哽咽。

虽然知道谢无衍听不懂自己话里的意思,她却还是想对他说:

"抱歉。

"我没有不喜欢你。

"你很快就不需要这样委屈自己了,到时候你想做什么都可以。"

奔波了几日,沈挽情估摸着第二天就能抵达池潼关。当晚,一行人找了家客栈过夜。

谢无衍刚从那地方出来,浑身上下都是伤,即便他自己好像没知觉似的,但以这个状态,还是不宜长时间奔波。

更何况此时的池潼关恐怕会有一场恶战。

一开始,沈挽情倒是真的担心以谢无衍现在的状况会不会出什么纰漏,但是很快,她就打消了这个疑虑。他现在很乖,甚至比玄鸟还要省心,而且在自己和玄鸟吵嘴的时候,还特别护着她,出手薅掉玄鸟半只翅膀的毛。

然而到了晚上:乖个屁。

睡在谢无衍怀里的沈挽情非常懊恼,为什么隔了这么久,自己都进化成尊贵的宫主了,居然还是摆脱不了这样的命运。

而且之前的谢无衍,好歹还是尊重她的,不会乱动。但是现在的谢无衍,越来越过分了!

沈挽情忍无可忍地一把按住他的手,接着,将谢无衍推开一点。

不行。

怎么说自己现在也是进阶版沈挽情,面对这种被削弱成"奶狗"的谢无衍,怎么还能任由他这么肆无忌惮?

于是她很有骨气地开始发火了:"谢无衍,放开我!"

谢无衍右手被她扣着,一双漆黑的瞳孔紧紧盯着她的脸,抿紧唇,一言不发,然后皱了皱眉。不知道为什么,总觉得他这张脸光是皱眉,就显得很能唬到人。

沈挽情小小地心虚了一下,但很快又想起自己才是有理的那个,

455

于是将眉一挑，非常硬气地说："放开。"

谢无衍一动不动地看她好一会儿，放开了手。

这么听话？

然而就在这时，谢无衍将头一低，像发怒的猛兽似的，咬住了她的颈窝。沈挽情下意识地将头一偏。

谢无衍倒也没用力咬下，他眉头紧锁，原本眸中全是不悦，但是在接触到沈挽情的肌肤时，却犹豫了。

他停顿很久，抬起头，看向沈挽情的脸。

沈挽情偏着头，没有看他。

她停顿许久，闭了闭眼，松开了扣住谢无衍的手，转而抚上他的后背，接着安抚似的轻拍了下。

谢无衍的神情稍稍放松了些，在她的安抚下，很快就放下了芥蒂。

他俯下身，将头埋在她的颈窝处，闭上眼睛。

不知道是因为沈挽情的身体里拥有他自己的灵力，还是因为别的什么，总之，谢无衍很喜欢她身上的气息。

终于，在沈挽情的安抚下，谢无衍放下了所有的警惕，安心地睡了过去。他安安静静地伏在她的身上，甚至还能听见细小的呼呼声，就像一只非常好哄的小狗。

"谢小狗"安心睡熟。

次日，沈挽情顶着黑眼圈一脸麻木地上路了。

为了尽快抵达池潼关，她选择直穿密林。但密林四处都有妖物，不仅要分心用灵力操控马车，还要隐藏自己的气息不被那些妖物发觉。

沈挽情累了，怀念起自己当"咸鱼"的岁月。

身为强者真的好疲倦。

她看了眼自己身旁的谢无衍。

他完美地继承了自己的"咸鱼"属性，坐在旁边揉着惺忪的睡眼，脑袋跟啄木鸟似的点着，一副昏昏欲睡的样子，最后非常安逸地将头抵在沈挽情肩上,睡了过去。

他最近的嗜睡频率,像是要把这么些年没睡好的觉都补回来一样。

沈挽情气死了。

昨天到底是因为谁,自己才没办法睡觉的啊!

她又看了眼一旁的玄鸟。

玄鸟显然心情更好,站在窗户上欣赏风景,顺便向过路的极致漂亮妖鸟抛媚眼。

沈挽情生命中最不能忍受的事情,就是自己在忙碌赶工作的时候,自己的同事可以快乐摸鱼。于是她把玄鸟拎进来,欺负了一下,顺带封住了它勾搭其他母鸟的窗户,转过头,准备把谢无衍揪起来。

但她转头便看见那张安心熟睡的面孔——为了掩人耳目,谢无衍披着件黑色的斗篷,兜帽遮了大半张脸,衬得他脸色更加白皙;他呼吸很轻,眼睫稍颤,看上去没一点戾气和防备——很让人怜惜。

沈挽情很心疼,但下一秒就把他摇醒了。

没想到吧?我没有心,我不怜惜人。

昨天你不让我睡觉,今天我就不让你睡觉。

被闹醒的谢无衍有点发蒙,一脸茫然地看着沈挽情。

沈挽情非常温柔地伸出手摸了摸他的头,理直气壮地找理由唬他:"不可以睡觉哦,现在附近很危险的。"

谢无衍没听懂似的歪了下头,露出一个疑惑的表情,打了个哈欠,准备继续睡,沈挽情又把他摇醒了。

沈挽情开始哄小孩儿:"乖啦,听话。你想,万一你睡着的时候有妖怪偷袭你,是不是很危险?"

危险?

这下谢无衍听懂了。

然后下一秒,他就"嗖"的一下不见了。

457

六十四

玄鸟和沈挽情齐刷刷傻眼。
怎么回事？
"谢小狗"这么叛逆的吗？
不让睡觉就离家出走？

沈挽情还没来得及反应，就听见密林四周陡然响起一阵阵撕心裂肺的惨叫，接着就是噼里啪啦的打斗声，一堆妖非常有节奏地开始鬼哭狼嚎。

等一人一鸟赶到事发地点的时候，勇士谢无衍已经把密林打穿了，正在嚣张地闯进山妖的老穴敲敲打打。

山妖抱头痛哭："干吗？我今天就吃了一只小白兔！！"
密林里里外外哭成一片。
"我们几十年来都超老实的，就是偶尔吃几个迷路快死掉的人而已嘛！已经是非常乖的妖怪了。"
"耍赖皮，这么厉害的人欺负小妖怪！我闭关突破了好久才刚刚睡醒，我就是一只普普通通的小蛇妖。"
"他还烧死了我的小盆栽！"

不知道为什么，这些妖怪哭得很凄惨，恍惚间让沈挽情以为这群人都是良民，自己才是妖。但她想了想，倒也确实是，它们也没招惹谁就被揍了一顿，的确可怜。

于是沈挽情拉住准备把它们巢穴都捅烂的谢无衍，劝道："算了算了，它们一看就知道错了。"

谢无衍有些不解地停下来，看了看自己手上沾染的血腥气，指了指旁边那一团妖怪。被他指到的妖怪浑身一抖，抱团痛哭起来。

谢无衍轻轻地吐出两个字:"危险。"

……明明你更危险。

沈挽情总算知道什么叫搬起石头砸自己的脚。

她连哄带劝地将人重新拖了回去,山妖甚至还迅速地帮她把马车找了回来,排成两队眼含热泪地目送两人上车。

沈挽情突然想到什么:"对了,请问……"

"您尽管问!"被揍之后的妖怪立刻立正站好。

"前面的池潼关里有只叫作夏倾的妖怪,你们有人知道她的来历吗?"

夏倾,也就是试图魅惑纪飞臣的那只女妖。

提到这个名字,周遭的妖怪全都变了脸色。

"仙人,夏倾不是妖怪,而是一只灵魅。"

"灵魅?"

"是的,灵魅不是妖,而是在机缘巧合下由人变化而成的,几百年甚至千年才会出现一次这种状况。"

沈挽情从"修灵书"中看到过灵魅。灵魅的修炼速度比人类要快很多,而且修炼方式也更加蛮横,力量也很容易暴动,不好控制。

"几十年前,夏倾屠杀了密林内大半的妖怪,然后去了池潼关。"

所以密林内的山妖都受到重创,才会变成现在这副样子。

沈挽情道了句谢,拉着谢无衍回到了马车上。

她不确定纪飞臣现在到底在不在池潼关,以及剧情发展到哪一步。

剩给她的时间不多了,她不能在池潼关浪费太久。

于是沈挽情决定直接杀掉夏倾。

坐在马车上,谢无衍打了个大大的哈欠。

沈挽情立刻拍了拍自己的肩膀:"您请。"

谢无衍乖乖巧巧地靠了上去。

疲倦的沈挽情掏出自己记录"谢无衍几要几不要"的小本子,在第一页写下一行字："重要提醒：不要阻止谢无衍睡觉。"

临近池潼关的时候，他们就能隐约嗅到一股很重的血腥味。

乌云环绕在城池上空，雷声滚动，显得分外压抑。

"除妖人？"守卫掀开帘子往里看了一眼，目光扫过穿着斗篷的谢无衍，然后笑着同沈挽情说话，"这几十年池潼关的确不怎么太平，只是最近除妖人来得倒是挺多的。"

"最近？"沈挽情问，"这些天可还有除妖人到这儿？"

"是啊，就前两天，来了一男一女两位仙人，来这附近除了不少妖，据说还是玄天阁那处来的人呢。"

看来纪飞臣已经到了。

于是沈挽情打听了一下他们住的客栈。

自从池潼关变得不太平，几乎就只有出的人，没有进的，守卫也是个话痨，一聊就刹不住嘴。

"对了，里面那位是姑娘的朋友吗？怎么在马车里还披着斗篷？"

沈挽情看了眼靠在自己肩上熟睡的谢无衍，刚准备开口，谢无衍便猛地抬起眼帘，眉峰稍压，漆黑的眼仁稍动。紧接着，他猛地翻身，抬手，似乎是想掐住那守卫的脖颈。

"等等！"沈挽情敏锐地觉察到他的动作，眼疾手快地扣住他的手腕。

虽然谢无衍还没伸出手，但守卫有被那双阴冷的眼神吓到，连忙止住声，退后了几步。

"抱歉，他……他不久前才和妖怪缠斗，受了些伤，所以比较谨慎。"沈挽情解释道。

谢无衍紧盯着守卫，牙根一咬，像是只护主的狮子，随时都可能暴起。

守卫擦了擦额头的冷汗，干笑几声："没事没事，几位赶快进去吧，再过一会儿，城门就要关了。"

等帘子放下，马车进去后，沈挽情才松开按住谢无衍的手。

她想错了。

谢无衍的乖巧和顺从，只是对她一个人的。

除她之外，他几乎对周遭一切的人和妖都抱有强烈的敌意和攻击意图。

谢无衍眼底的杀意还没散去，手在不断地试图挣脱，直到沈挽情捧住他的脸，迫使他看着自己的眼睛，才逐渐安静了下来。

谢无衍的神魂消失时，肉体却仍记住了他在离开前紧咬着的"反抗"和"不要死"，所以才会本能地想要杀掉一切靠近自己的人。

她无法确定他具体是因为什么才会对自己这么顺从。

但看现在的情况，他的暴戾只会越来越难以控制。

寻常人暂且可以糊弄过去，但纪飞臣和风谣情都是聪慧的人，一定会看出端倪。

原本的计划，是自己假装同为除妖人，同他们搭话，逼出夏倾的真面目后速战速决，与他们一同将妖除掉。但现在看来，还是少接触他们比较好。

一番折腾后，沈挽情住进了纪飞臣他们在的那家客栈。

自打从封魔窟出来之后，谢无衍就变得越发嗜睡，进客房没多久，便在床上睡下了。

沈挽情也看出了些端倪。

一开始在封魔窟的时候，周围都是不断想要吞噬他的洪水猛兽，所以存留在谢无衍躯体中的那些意念始终支撑着他不愿死去。

而离开封魔窟之后，他不再需要那样每时每刻殊死搏斗，渐渐地，残留的意识也越来越弱。

嗜睡，就是一个明显的证明。

沈挽情起身，看着谢无衍像个孩子一样蜷缩在床上，黑发柔顺，双目紧闭,看上去好像睡得非常安稳。

她垂眼。

再这么拖下去,谢无衍真的会死掉。

沈挽情坐在客栈二楼,嗑着瓜子,看向楼下,果然是纪飞臣和风谣情。

许久不见,他们两人好像有很大的变化。

纪飞臣身上有伤,能够清晰地看到从脖颈处开始的一道长长的伤痕,就像是藤鞭抽出来的一样;风谣情正在同一旁的店小二说话,腰身站得很直,看上去和以前一样,但眼神中有什么又很不一样。

两个人一副"我有故事"的样子,光是站着,就吸引了全部人的注意。

顺着他们坐的方向,沈挽情看见了夏倾,原著中最后一个女配角。她光是坐在那儿,都显得风情万种,锁骨处文着一朵血珠花,一只手托着腮,笑脸盈盈地看向纪飞臣的方向。

纪飞臣转头同她说了几句话,头压得很低,看起来像是在耳鬓厮磨,然后,笑了几声,抬手轻拍了下夏倾的背。

沈挽情惊掉了瓜子,顿时怒从心中起。

不知道为什么,虽然系统好像自从那日之后就没有再响起那令人头痛的警报,但是此时此刻,她脑子里仿佛能听到那刺耳的尖叫声——气抖冷[①]。

有一种自己玩养成游戏时,辛辛苦苦一整天,好不容易要攻略女主角了,结果挂了一会儿机就发现剧情全崩了的感觉。

她看了眼风谣情。

风谣情跟没看见似的,甚至还给夏倾递了杯水。

[①] 网络用语,意为"气得浑身发抖,大热天的全身冷汗、手脚冰凉"。一般形容内心十分气愤。

沈挽情有被爽到，熟视无睹才是爽文女主角！

一边的夏倾说了什么，笑得花枝乱颤起来，娇嗔地推了下纪飞臣，递给他一个香囊，然后——纪飞臣收下了！！

沈挽情心冷。但仔细一闻，有过花魁经验的沈挽情一下子就发现，夏倾递出来的这个香囊里含有媚药。虽然气息很弱，但是以她现在的修为，还是能一下子就感觉到。

那为什么……

沈挽情皱眉看向纪飞臣。

纪飞臣的修为应当不弱，怎么会感觉不到这香囊有异？

难道他是故意收下的？

而就在这时，店小二走到纪飞臣和风谣情跟前，附在他耳边耳语了什么。

下一秒，两个人同时抬起头，和在楼上偷看的沈挽情来了个精彩对视。

沈挽情嗑瓜子的动作暂停了。

在短暂的慌乱之后，她想起自己是易过容的。

于是她放下瓜子，装作非常大方地冲着他们微笑了一下，接着准备开溜。

但那两个人被店小二领着，"哐当哐当"地上了楼，整整齐齐地站在她面前，一眨不眨地盯着她。

被认出来了吗？

下一秒，纪飞臣抱拳说道："刚才听店小二提起，才知道原来除了我们二人，还有其他除妖人在此。没想到在这里还能遇见同道之人，幸会。"

沈挽情："确实意外。"

你们好热情啊。

"听闻池潼关近几年，几乎每日都会有男子女子被吸食干精血而死，姑娘想必也是为此而来吧？"

"是的吧。"

"姑娘真是侠肝义胆。"

"那确实。"

"姑娘没有同伴吗？自己孤身一人而来？"

沈挽情头痛，正在考虑该怎么解释谢无衍身份的时候，突然听见谢无衍所在的客房方向，陡然传来一声巨响。

糟了。

等她赶到客房时，才发现整个门都被砸坏，一位店小二口吐鲜血地倒在门口的走廊里，身体不断发抖。

风谣情连忙伸手将他扶了起来，运功稳住他的心脉。

谢无衍垂着眼，坐在床上，揉着自己乱糟糟的头发，抬了下眼，眸光很冷。

周围人声鼎沸，对于他来说，周围的人就像一个个面目狰狞的怪物围绕在他身边。肉眼可见地，他的情绪似乎一点点地在面临失控，浑身上下腾起一股浓烈的杀意，宛若下一秒就要掀起一场腥风血雨。

"谢……"沈挽情刚喊出一个字，想起什么似的止住声，朝他走了过去，伸出手抱住他的头，"已经没事了。"

但谢无衍的情绪似乎没有被彻底控制住，眼眸带着寒意，浑身上下都在发烫，胸腔起伏着，似乎充满了抵触。

沈挽情没有松开，将他抱得更紧。

谢无衍抬手紧紧地扣住她的手臂，似乎要将她掐出血。

沈挽情蹲下身，用自己的额头抵住谢无衍的额头，反反复复地安抚着，将自己的灵力不断地推入他的体内。

终于，不知道过了多久，门口的人都被纪飞臣清散，谢无衍才终于冷静下来，将头抵在沈挽情肩膀上，仿佛睡了过去。

沈挽情抬起头，才后知后觉地感觉到，自己被谢无衍掐过的地方如同火烧一般疼。

周围的摆设都被谢无衍刚才涌动的力量冲击破碎,一片狼藉。

"姑娘,你的同伴这是……"

纪飞臣和风谣情的声音在她身后响起。

沈挽情现在很疲倦,甚至没想好怎么扯个漂亮的谎来骗过两人,揉了揉眼眶:"他……"

"是被邪魔夺去了魂魄吗?"

纪飞臣并没有让她解释,自己说出了一个合理的借口:"我们世家曾经也出过这种状况,魂魄被抽走但肉体未死,在一些机缘巧合的情况下,会产生这样的暴动。"

沈挽情愣了下,看向身后的纪飞臣和风谣情,点了点头:"嗯。"

"不要紧,我会同客栈内的人解释清楚,这些天我们在这儿也算是有些话语权,他们会谅解的。"风谣情笑了声,扫了眼沈挽情胳膊上的伤,"我来替你处理伤口吧?"

沈挽情沉默许久,笑了声:"好。"

纪飞臣的世家根本就没有出过这种状况,他们或许已经认出了自己。

六十五

"江湖逸事"论坛最新热帖——

据可靠消息,被魔尊救下的那个魔女最近都没动静,天道官的人说她很有可能已经死了。

道友是天道官的高阶弟子。前段时间不是那魔女的手下总是频频惹事,让各大仙门都应付得有些分身乏术吗?结果最近她突然就偃旗息鼓了,天道官打探之后,发现她好像并不在官殿之内了。

天道宫的长老认为，这会不会是调虎离山，其实那魔女是去封魔窟救那个魔头了？赶过去之后，发现封魔窟的确有被人闯入过的痕迹，但是天道宫没有感受到那两个魔头的任何神魂和气息。

活人不可能从封魔窟救人出去，所以很有可能，那女魔头已经死在里面了。

下面立刻有人询问——

万一那女魔头将人给救走了呢？

不可能，就连天道宫师尊都没有办法从封魔窟活着出来。她如果有这样强大的本事，早就带人打上门了。而且那样强大的力量波动，天道宫的人不可能一点都感觉不到。

原本只是猜测，但口口相传之后，几乎所有人都确信，沈挽情想要救谢无衍，最后自不量力地死在了封魔窟里。

这件事很快就传得尽人皆知，给说书先生的话本又添上了一笔新的剧情。

"上药的时候会有些疼，得忍着些。"
"嗯。"
风谣情的动作很温柔，她轻轻吹了吹沈挽情胳膊上的伤口，将药膏放下："好了，这药敷上去，过一晚上伤口就会好。"
沈挽情道了句谢，将胳膊放下。
虽然她觉得十有八九纪飞臣和风谣情恐怕是已经看出了些什么，但是既然明面上还没戳破，就得继续装下去。
"放心，飞臣会照顾好你的朋友。"风谣情先开了口，拍了拍她的手背，像是在劝慰，"不过他……会一直这种样子吗？"

不知道为什么，明明换了一副容貌同风谣情相见，但她的语调和神情，就好像是看见自己阔别已久的亲妹妹一样，温柔而又带着些宽慰，亲近到让人都不想去说那些欲盖弥彰的谎话。

沈挽情："我不会让他一直这个样子。"

"我明白了……那你，要不要和我们同行？"风谣情垂下眼帘，语气轻缓而又平静，"想找到让他恢复的方法，一路对付那些妖魔，还要控制着不让他失控，这些事情，一个人这么走下去太辛苦了。"

这一句话，让沈挽情稍有错愕。

她几乎已经确信，风谣情认出自己了。

虽然沈挽情猜到主角二人组不会被单纯的易容术糊弄过去，但还是意外他们能发现得如此之快。

更加意外的是，他们没有苛责，也没有质问，好像知道沈挽情为了什么隐瞒，于是迁就地不去戳破，甚至，都不用沈挽情开口，就帮她找好了全部的理由。

"我……"

"姑娘看上去不大。"风谣情突然提了个话茬。

沈挽情怔了下，抬眸看着她。

"好像，也才快二十岁的样子。"

"嗯。"

"是啊，"风谣情笑了声，一双温柔的眼眸直视着她，脸上笑意温和，眼底却带着些酸楚，"还是个小姑娘嘛，为什么要自己一个人扛着呢？"就像是温柔的姐姐，带着些嗔怪而又心疼地看着自己离家出走的妹妹。

沈挽情能够感觉到风谣情的关心。

这样的关心，让她的鼻尖酸涩，她偏过头，抽了抽鼻子，忍住眼底的那点酸痒。

"说好了,我们一起走。"

"好。"

从风谣情的房间里出来,拐过一道弯,沈挽情用余光扫到站在走廊尽头的高挑身影。

纪飞臣站在那儿。

他抱着剑靠在栏杆处,同沈挽情对视,眉头稍皱,薄唇紧抿,却只是这么看着她,没说一句话。

在月光下,他脖颈处的那道伤疤更加显眼。

两人对视许久,但沈挽情最终还是没有说话,朝着纪飞臣稍稍点头致意,然后回到了屋中。她看着在床上熟睡着的谢无衍,思忖片刻,拿出"修灵书"。

自从离开他们之后,沈挽情几乎就没有刻意去打探他两人的消息。因为那时系统的咒印几乎无时无刻不逼着她回到主线剧情,所以她只能通过抗拒接受有关主角的一切动态来进行反抗。

所以,这是她第一次去打探关于自己离开后纪飞臣他们发生的故事。

提到他们俩的人很多,因为魔尊现世是个轰动人世的大事。

无论写故事的人有多么喜欢拿沈挽情和谢无衍来进行创作,但他们最终还是被划为了反派,在与正道对立的阵营。天道宫让玄天阁和纪家给出态度。

虽然两个家族都是有地位的,但是在是非关头,当然得做出正确的判断。

纪家以修炼邪道走火入魔、同魔尊同流合污的名义将沈挽情除名。

纪飞臣不认。

"邪道?挽情是我自小带大的,这一路为救黎民苍生,几乎都是让她以身犯险作为诱饵,反复用烧血之术耗损自己的神魂。单单是不愿意听从天道宫的命令自寻死路,怎么就成了邪道?"

但这些说法,对于"正道"二字来说,只能算是借口。

世上有多少人,而其中认识沈挽情的有多少?在乎沈挽情的又有多少?

人不会在意自己不相识的人的死活。

火烧不到自己身上的牺牲,就算不上牺牲。

世人只知道一件事。

这件事是天道宫给出的解释,也是所有的派别默认了的解释。

他们称之为"道义"。

能让大多数人活下去的东西,才能叫作"道义"。

"纪氏养女沈挽情,因贪生怕死置苍生于不顾,受魔尊蛊惑,两人存有私情,为一己之私,叛入魔道。天理不容,道义不容。"

有很多种说法,仔细看上去,天道宫给出的说法和纪飞臣的说法,好像的确是同一件事,但在给对错提前判定了性质之后,这就是罪证。

而那时的纪飞臣和风谣情也突然明白了,几百年前,谢无衍也是这样"叛入魔道"的。

于是,纪家责罚纪飞臣削骨鞭,向世人证道。

风谣情的父亲出关后,将她拘禁在玄天峰,说她被魔道蛊惑心智,令她反思。

尔后,风谣情叛离玄天阁,纪飞臣将自己的名字从纪家族谱上烧去。

这两件事闹得轰轰烈烈,但毕竟二人之前除魔降妖多年,在世人心中的形象很好。而且两人虽说叛离,但毕竟还是家族中最优秀的血脉,再加上他们离开后还在继续寻找孤光剑,一路帮扶不少人。

所以虽然江湖上有不少议论,却不至于像对待沈挽情那样,给他们也扣上污名。

看到这里,沈挽情明白了什么:"所以,这是我身上的咒印很久都没有发作的原因吗?"

是的。

这是这几天来,系统第一次开口。

咒印是强制性惩罚,不可抹去,不可消除,会发作在宿主每次叛离主线目标,以及任务未完成的时候。
但近期,主角行为处事与原著产生巨大偏离。

一次又一次给男女主角制造恩爱机会,或者替他们解决女配角,其实并不能改变他们二人的悲剧。纪飞臣和风谣情都为了剧情而诞生的标准化人设和性格,无论给出多少次机会,最终也只会选择同一个选项。
沈挽情改变了他们。
从风谣情给纪飞臣喂下那颗药的时候,他们就不会重蹈覆辙了。

但宿主,有必要提醒你,最终任务的完成,需要一个必要条件:唤醒孤光剑。我们约定的期限快到了,如果到时候你不能复活谢无衍,你就再也没有其他选择了。

沈挽情转头看了眼身旁的谢无衍,站起身道:"我知道了。"

原著中说,夏倾同纪飞臣一战的那日,整个池潼关上空布满了血云。无数藤蔓从地面破土而出,紧紧束缚住关内的黎民百姓。
为了能让自己的修为迅速提升,夏倾将这些百姓都当作肥料,藤蔓扎进他们的血肉之中,疯狂地吸食着他们的精血,鲜活的生命转眼变成一具具枯骨。

夏倾就在一片血色之中,被花藤簇拥着,几近癫狂地笑了起来。

那场大战,持续了三天三夜。

沈挽情算了算时间,三天太久了,不太行。

于是当晚,她来到了夏倾的住处。

灯影绰绰,在一片朦胧之中,依稀能看到两个人影。一个妙曼的身影步步风情地朝着另一个人的方向走去,俯下身。其身体曲线玲珑,光是看到虚影,都能感受到满屋的媚色。

沈挽情有点怪不好意思的。

别人在搞动作片的时候自己闯进去杀人,是不是有些不太友好?

但她站在这儿看更不友好吧?

风吹帘动,夏倾的侧脸格外清晰,而另一个人……

纪飞臣???

等等……不是纪飞臣。沈挽情仔细分辨了下,虽然长相极其相似,但是眉眼之间还是有微妙的差别,而且更关键的是,这个"纪飞臣二号"是个光头。

看这打扮,好像是和尚?

很快,沈挽情就觉察出端倪。

那和尚的神情里没一点光彩。她还能嗅到空气中弥漫着一股浓烈的腐臭味和尸气。即使屋内再旖旎,却还是令人作呕。

那气味都是从这和尚身上散发出来的。

他是个死人,而且看上去,死了好多年。

夏倾却浑然不觉,反而俯下身,同那已经死去的和尚厮磨了起来。她的笑声格外清朗,每个音节都有些上扬。

"大师,"夏倾抬手,抚上了和尚的脸颊,"我遇到个和你长得很像的人。"

她说着，食指顺着他的胸口向下滑，突然，眉峰一寒，原本柔媚的声音突然转了一个音调，变得激烈而又癫狂。

"他凭什么——

"顶着那张和你一模一样的脸做那些道貌岸然的事，他有什么资格？

"我决不允许。

"放心，我马上让他来陪你好不好？只要吃了他的魂魄，你就可以活过来，你一定会有活过来的机会。"

那和尚脸上依旧没有什么表情，只是麻木地眨了眨眼睛。

这种情况，沈挽情很清楚。

和尚死后，因为夏倾的执念过重，强行不肯让他转世投胎。但他体内的魂魄早已经变成了死魂，肉体看上去没腐烂，但其实也只是一具空壳。

行吧，沈挽情看出来了，这是个病娇女配角。

她估摸了下时间。

再晚点回去，谢无衍就要醒了，万一到时候看见自己不在，又去欺负别人，店小二就麻烦了。

但现在屋内的一人一尸打得火热，让沈挽情有些不知道该怎么开口。

于是她礼貌地敲了下门："您好，打扰了，请问我可以进来吗？"

但其实她根本没给夏倾开口的机会，敲完门就直接推门进来，摸了摸后脑勺，怪不好意思地说："是这样，我是来杀你的。"

六十六

其实按照原著，是夏倾在香囊里下了特制的媚药，那味道非常浅，不容易让人察觉，而且不会立刻发作，要在三到四天后才会起效。

她想用香囊来迷惑纪飞臣。

纪飞臣对此浑然不知，中计之后半夜三更被迷了心智，来找夏倾。就在夏倾准备动手杀人时，风谣情赶到，唤醒了纪飞臣。

但是在沈挽情来到之后，男女主角都受到了影响，所以，在这段剧情里，当夏倾楚楚可怜地要求和纪飞臣同行的时候，情况就突然变了。

纪飞臣现在叛离纪家，坚信的道义被击垮，又听说自己的妹妹已经死了，心情本来就不好，怎么还有心情带妹子旅游？他拒绝了："不。"

夏倾："为什么？我一个人待在池潼关好害怕。"

纪飞臣："那好吧，我给你点钱搬家。"

夏倾："不是钱的问题，是我觉得你有安全感。"

纪飞臣："那我再给你点钱，你请几个侍卫。"

于是，纪飞臣的人设从"温柔、照顾女生、不会拒绝人"的老好人，摇身一变成了直男领袖。

不仅纪飞臣变了，风谣情也变了。

原著中，风谣情看到纪飞臣和别的女人亲密，立刻就会心酸、隐忍、垂泪、失望、心如死灰。但是现在，她刚被自己的爹罚了禁闭，脱离玄天阁的时候还打了一架，脾气便刚了，会为自己着想了，而且被沈挽情潜移默化地影响了一下，撑人技能也提升了不少。

于是在夏倾柔弱无骨地试图靠在纪飞臣肩上的时候，风谣情说："这是我道侣。"

夏倾："抱歉，我只是过于疲乏了。"

风谣情："那你靠我。"

之前两个人的矛盾都是源于误会和猜忌，现在没什么猜忌了。风谣情开始在乎自己的感受，有委屈就直接挑明白了。纪飞臣也不是个傻子，未婚妻吃醋了就去哄，边哄边觉得喜滋滋。

反正就是夏倾原本一个王牌女配角，现在直接降级。

而且主角两人不吵架、不怄气，就会专心捉妖，一专心，就比原著更快地发现夏倾不对劲。所以纪飞臣是故意收下那含有媚药的香囊，准备佯装中计的。

但沈挽情时间比较紧，不想演戏。

于是，她推开门，非常礼貌地和夏倾说明来意："是这样的，鉴于你谋害了太多人命，而且还想杀我的好友，所以我来杀你了。"

夏倾愣了片刻，突然放声大笑起来，眼里没有半点惧意，将头靠在和尚的身上，手指缠着自己的头发，声音又缓又媚："你果然和传闻中说的一样与众不同呢，沈姑娘。"

沈姑娘。

夏倾也认出自己了。

沈挽情有点窒息。

她的易容术这么糟糕吗？怎么是个人都能认出来！

"沈姑娘，我们灵魅认人靠的不是脸，而是气味。"夏倾缓缓从床上下来，走到沈挽情面前，俯下身，眉眼含笑地看着她，"而且，我认出的不是你，而是你身边那位……魔尊大人。"

沈挽情将眼稍眯。

"即使他变成这副样子，我也能嗅出他身上的气息。"

"行吧，"沈挽情看了眼外面的月亮，掐算了下时间，非常大度地说，"那我给你半炷香的时间和我聊天。"

既然她认出了自己，那就更不能活下去了。

"杀我？"夏倾笑了起来，回到和尚身边，柔柔地倒在他怀里，抬手去抚他的下巴，"为什么杀我？我还以为我们会很有共同话题呢。"

"不觉得我们很像吗？我的确杀了很多人，但堕入魔道的沈姑娘和我提什么滥杀无辜？自己过得开心，那他人的死活又有什么关系？私欲这东西，你我应该最能理解彼此。"

夏倾说着，坐起身，笑意潋滟："而且，你和我不是一样吗？将死掉的人强行留在身边陪着自己，我们都一样——"她靠近沈挽情，盯着她的眼睛，蛊惑般地开口，"自私到骨子里。"

沈挽情垂眼，眼眸微动："可是……"

"所以，"夏倾说，"你不会杀我。"

"可是，"沈挽情的眸光瞬间平静下来，她抬手，刹那间，手穿进了夏倾的胸腔，"半炷香时间到了。"

夏倾是灵魅，不知道修炼的是什么法术，的确能够将媚术的力量发挥得淋漓尽致。

从她开口的时候，就一直在试图控制沈挽情的思想，蛊惑她的心智。但是沈挽情好歹也是在论坛上天天被骂为"女魔头"的人物，怎么可能那么容易就上套？

不仅如此，她还偷偷去天香阁的藏书阁偷看了《学会媚术之后我变得……》这本禁忌小说，看到一半的时候被天香阁弟子发现，掌门带领一群人浩浩荡荡来捉拿女魔头。

于是沈挽情揪着魔将和天香阁弟子打了一架。

过程不必描述，反正最后走的时候，天香阁的人把自己藏书阁里那些关于媚术的书全都复刻了一份送给她当礼物，然后，沈挽情就在宫殿里也搞了个书房，书架上全是这种小说。

魔将：比魔道还邪门。

所以——没有人比沈挽情更懂媚术！

夏倾的神色在一瞬间变得扭曲，额角青筋暴起，目眦欲裂，将身体往后一挺，捂着自己胸口那个血窟窿，身体不断地颤抖着，血一滴一滴溅落在地上。那血呈乌黑色，流淌过的地底下像是涌动着什么巨大的力量。

玄鸟从沈挽情的骨戒中飞了出来，一口咬住她的衣领："宫主！小心！"

"砰！"地面破土而出无数藤蔓，缠绕住沈挽情的脚踝。

"灵魅的身体就算被捅伤，但是只要心脏不碎，就不会死。"玄鸟看着不断变得魔化和狰狞的夏倾说，"而且，灵魅的对手越强大，她的力量也会变得越强大。"

无数藤蔓从她的身下涌出，就好像她站的地方是所有植物的根基一样。

心脏。

可是沈挽情刚才那一击，是直奔她的心脏去的。

玄鸟："宫主没有捏碎她的心脏？"

"不，"沈挽情说，"夏倾身上没有心脏。"

"怎么会？那……"

沈挽情目光微偏，看向一旁的和尚。

夏倾是如何让这具尸体这么多年来都没有腐烂的？而且明明和尚的躯体里是死魂，为什么却还有残留的一点意识？

答案很容易就能猜得到，夏倾把自己的心脏放在了和尚的身体里。

如果捏碎了心脏，夏倾才有可能死，和尚的躯体也会在一瞬间灰飞烟灭。

说起来也很唏嘘，早一点让和尚的躯体死掉，她没准还有机会。但这么多年过去，死魂早就没办法转世超生了。

夏倾显然是知道这一切的。

但她即使无法让和尚转生，也不想让他离开。

沈挽情知道自己的目标是什么了。

她袖间一抖，一把剑凌厉地朝着和尚的胸口刺去。刚才还在狂化的夏倾，却在一瞬间挡在和尚的身前，硬生生捏住了那把剑。

"你怎么敢？"

夏倾的眼底再也没有半点魅色，变得赤红，黑发也一点点沾染上了些血色，整个人被包裹在藤蔓中心，藤蔓收紧，将和尚一点点地包裹起来："你怎么敢动他？"

她看上去愤怒到极致，喉咙里发出一声咆哮，顿时，藤蔓变得赤红，刹那间砸向沈挽情头顶。

其实这样的力量，沈挽情完全挡得下来，但有人比她更快。就像很久以前那样，一道漆黑的影子挡在她身前，将面前的藤蔓撕裂。

那个背影，沈挽情永远不会忘记。

"谢无衍！"

但这次谢无衍没有回头看她，没有用那带着些鄙夷的语气，故作漠不关心地调侃她几句。他像被碰了自己宝物的凶兽一样，紧紧盯着夏倾，浑身上下每一寸肌肤都因为力量的涌动而发烫。

夏倾很快做出了反应。像书中一样，那藤蔓很快就蔓延了整个池潼关。它们的毒液渗透进了百姓的身体，让他们如同可以操控的尸妖一般，朝着谢无衍的方向走了过来。

杀意，谢无衍被激起了强烈的杀意，这样的场景很容易让他的躯体一下子记起封魔窟。以谢无衍现在的状态，他会把所有的百姓都杀掉的。

"我明白了。"夏倾大笑了起来，"原来，你养了个不人不妖的怪物。"

沈挽情迅速转身，抬手捧住谢无衍的脸："谢无衍，相信我，我可以解决，你会没事的，你……"但显然，这次没有奏效。

因为夏倾的影响，加上她媚术的暗示，谢无衍的双目一点点变得赤红。

他会彻底地失控，会屠城，会彻彻底底地暴露，引来天道宫。

"沈姑娘，你不想让他屠城对吗？"

"这样一来，人不是我杀的，而是我们的魔尊大人亲自动的手。"

"既然你不想让他屠城，那你就杀了他吧。"

夏倾的声音带着些猖狂，尖锐地刺进沈挽情的脑海里。沈挽情快要控制不住谢无衍，几乎在调动自己五脏六腑的灵力压制他的狂暴。

"你以为我在骗你吗？"

"不，不是。他已经死了，但时间还是活的，他的肉体会一点点发臭，身体会逐渐冰冷，会越来越不被你控制。"

"沈姑娘，我们的魔尊大人想要这么活着吗？还是说，这也是你的一己私心呢？宁可看着他像个疯子一样这么活着，也不愿意放他离开？"

"沈姑娘，你是和我一模一样的人啊。"

六十七

沈挽情最终还是没能控制住谢无衍，他艰难地站起身，浑身烫得出奇，随时可能撑破经脉，爆体而亡。他却低低地笑了起来，就如沈挽情在封魔窟见到他的时候，眼底一片赤红，脸上的笑容除了猖狂，只能看见已经变得麻木的杀意。

谢无衍撕开周遭的藤蔓，就好像感受不到疼痛一样，毫不在乎自己的身体已经被那些尖刺划开深可见骨的伤痕。压制谢无衍已经耗费了沈挽情大半的力气，她跪坐在那一片藤蔓中间，抬头看着他的背影。

"支撑着他活下来的，只有刻进骨子里的战斗欲望。只要他活着，他就会不断地杀人，直到自己伤口没有办法愈合，身躯彻底腐烂，力竭而亡为止。

"他为什么不肯离开呢？非要活在这世上，变成一副不人不妖的样子。

"或许应该来问你。"

夏倾的声音逐渐近了，她如同魑魅一般，不知何时出现在沈挽情身后，像蛇芯子一般，舔舐着她的脖颈："你为什么不愿意让他离开呢？"

沈挽情看着不远处的谢无衍。

她没意识到，现在的谢无衍到底有多痛苦。他的身体不再冰冷，强烈的求生欲强迫着他全身上下每一个部位都变成武器，就连皮肤下流淌着的血液都变得滚烫，就像一个没有意识，幻化成人形态的武器。

"承认吧,其实自私一点也没什么不好。"

藤蔓悄无声息地生长着,一寸寸束缚着沈挽情的腰身,仿佛要将她整个人包裹成一个密不透风的蚕蛹。

夏倾:"你可以和我一起留在这里,和他一起。池潼关会变成一座死城,世界上再也没有人来打扰你们。"

周围的风声逐渐变弱,藤蔓拉扯着沈挽情的身体,一点点朝着夏倾的方向靠近。沈挽情隐约间可以听见风谣情和纪飞臣的声音由远及近,但因为藤蔓的阻隔,所有的声音都变得不真切了起来。

"到我这儿来。"夏倾的声音很低,无比清晰地在沈挽情耳畔响起,"我们是一样的人,没有人会比我更了解你了。"

是这样的吗?

火焰在顷刻间汇聚成一把剑的形态,从沈挽情手中生出,几乎就在眨眼间,她翻身借着两人之间无比贴近的距离,迅速将那把剑准确地刺入夏倾的身体之中。她抬头看着夏倾的脸,无奈地叹了口气:"都说了,没有人比我更懂媚术。"

夏倾的确很聪明,一直在利用沈挽情的软肋,刺激着她来放松精神,以此来找到突破口。

"而且,"沈挽情补充了句,"我和你不一样,你说了不算。"

说着,她趁着夏倾承下这一击,还无法动弹的间隙,迅速伸手穿进一旁被藤蔓束缚着的和尚的胸腔。夏倾的瞳孔在一瞬间缩紧,发出一声几近撕心裂肺的尖叫,顷刻间强行挣脱了那把剑,伸手够向和尚的方向。

但沈挽情已经握住了那和尚体内夏倾的心脏。

滚烫的,在体内跳动着。

"大师。

"大师。

"给我讲讲佛经吧,大师。"

夏倾坐在庙前的石阶上，手托着腮，笑意潋滟地看着扫地的僧人。她白色的裙摆拖在地上，沾上了些许灰。

那不是什么美好的邂逅。

夏倾年幼的时候，父母招惹了江湖上的人，一家人被杀了个干净。月影楼的楼主看她长得漂亮，将她从死人堆里捞了出来。

她自小就以杀人为营生，练了一身媚术，软玉温香后见血封喉。只要雇主出的价钱漂亮，什么人都能杀，什么人都敢杀。

楼主将她养大，给她锦衣玉食，对她很好。

但人家对你好，都是想从你身上得到什么。

夏倾一直都知道。

有活儿的时候推她出去，没活儿的时候就把她当个宠物养在身边玩。

夏倾什么都有，但什么都没有。

时间长了，她对许多东西都不太在意。

杀的人多了，每晚她都要暗自伤神，未免也太矫情。

她从头到尾都是个恶人，自己选的，没谁强迫她。

有许多事情夏倾能料到，比如月影楼招惹了仇家，楼主推她出去挡刀，没了庇护她的人，就算夏倾是再好用的一把刀，也终究是会断的。

她被玩坏身子，但也终于找到机会逃了出来，然后被他救了。

僧人不是什么得道高僧，很年轻，法号清远。

庙很小，周围的村庄都很穷，没什么香火钱。但每次遇到有逃荒的人来到这儿讨饭，清远总会匀出大半的粮食。

只顾活命的人是不知道感恩的，时间一久，隔三岔五就有穷人往庙前一躺，好手好脚不愿意去找活儿，能混一顿就混一顿。

夏倾总会撑着下巴看着清远大师揣着米兜出去。虽然心知肚明那些人的心思，他却还是温和地分出大半的米。

她心想：白痴。

但想了想，他不是白痴也不会救自己。

她一身血腥味，就算躺在大道上，也没有人敢管这个闲事。

但庙里真的太穷了，多了她这么个累赘，还得照顾附近那些穷人，僧人碗中的粥越来越稀。但他还是每次都会先把水沥干，捞出大半的米来给她。

夏倾不喜欢白受人恩情。

但是她除了杀人，什么都不会做。

她长得很漂亮，许多店家愿意花高价钱请她来干活儿，光是站在那儿都揽客。

夏倾不是个在乎颜面的人，偶尔遇见些色痞借机揩油，都会笑眯眯地调笑回去，一来二去，店里的生意好上不少。

直到某日来了个大人物，得寸进尺，夏倾得罪了人。她身上伤没好全，还被那人手下的侍卫拦住，羞辱了一番。

那日正好下了场大雨，店家不敢再留她。

她静静地看了会儿雨，突然就看见了清远。

他撑着伞站在不远处，说："雨天担心施主不好回去。"

夏倾突然发现，总会有人没有理由地对别人好。

她喜欢谁，就直接说了。

她想做什么，就直接做了。

她原本就不是个良善守礼的人，清远让她回头，她偏不回头。

但许多事情是没有结果的。

无论那团火烧得有多么热烈，清远总是安静地站在火光的对岸，静静地喊她："施主，切莫明知故犯了。"

没过多久，村庄闹饥荒，死了大半的人。

清远想救人。

他拄着禅杖，拿出庙内所有的粮食，挨家挨户地敲门。

但那些只是杯水车薪，庙内的粮食空了。

村内的人没得选，易子而食。

清远又去了一趟，回来的时候浑身是血。夏倾揭开他的袈裟，饶是见过无数血的她，都不由得触目惊心。

481

他为了救那些孩子，割去了自己的血肉。

夏倾骂他"白痴"。

他说"怎能不度苍生"。

是的，清远度的是苍生，从来不是她一个人。

夏倾又干起了杀人的营生，没再回寺庙，只是每隔一段时间都会在庙前放上一包袱的银子。

直到某天夜里，她放下包袱准备离开，庙门却开了。

夏倾放下斗笠，转身准备离开。

清远却喊住她，说："外头风寒露重，前路难行，要不要进来喝杯茶？"

一杯热茶。

清远劝她回头，夏倾问他凭什么劝她回头。

意料之中的沉默。

夏倾笑着站起身，清远一言不发，抬头看着庙宇中那座佛像。

她俯身亲吻那座佛像，转头看向清远。

"佛都敢看我，你为什么不敢？"

没了月影楼，夏倾很快就再次被仇家找上门。她不记得那天自己杀了多少人，只记得自己倒在冰冷的血泊之中，突然看见了一个人的身影——黄袍、禅杖。

他背着她离开，却被仇人追上。

他让她走，对她说："施主，不要回头。"

夏倾回来的时候，僧人被挂在十字架上曝晒，身上全是鲜血，将袈裟染红。

她伸出手，捧起他的脸。

僧人睁开眼，只剩下最后一口气，定定地看着她的眼眸。

他问她为何回头。

夏倾："我偏要回头。"

周遭瞬间燃起大火，仇敌叫嚣着这次一定要将她烧成灰烬。

但夏倾没有死，变成了灵魅。

那是一场残忍的屠杀。

夏倾满身是血地在僧人面前跪下，掏出自己的心脏，塞进了僧人的胸腔里，伸出手摸着他的脸颊，让他醒来。

僧人双眸一片空洞。

夏倾却对此视而不见，伸出手将他拥入怀中。

"施主，莫要再明知故犯了。"
"如果我非要一意孤行呢？"

晚了一步。

沈挽情在夏倾赶过来之前，将清远胸腔的心脏扯了出来。

"不——"

夏倾的力量在一瞬间突破瓶颈，带着强烈的冲击性扑向沈挽情，伸出手要夺回心脏："把它还给我，还给我。"

"抱歉。"沈挽情说。

下一秒，她将心脏捏碎。

夏倾的瞳孔瞬间缩紧，脸上全是强烈的愤怒和绝望，嘶吼了起来，仿佛要和沈挽情同归于尽。

"夏倾，"沈挽情喊住她，"回头。"

夏倾刹那间怔住，僵硬地转过头。

僧人的尸体极速腐败着，眼睛却不知何时已经睁开，眸底闪烁着些神光，看着夏倾的方向。

夏倾身上的狂躁一点点地平静了下来，她转身迈开步子，走到僧人身边，跪坐了下来。

僧人嘴巴张张合合，声音却听不清，她将身趴下，贴近他耳边。

清远说："夏倾姑娘，我不敢看佛。"

这是他第一次喊她的名字，而不是施主。

他也没再自称"贫僧"。

"佛都敢看我,你为什么不敢?"
"我不敢看佛。"

这是他想对她说出口的,私心。

"所以我必须毁掉你的心脏。"沈挽情说,"这是他最后一点残念,连你都不知道的残念,是他当年,想要对你说出口的最后一句话。

"有了这点残念,他或许还有转生的机会。如果你不肯放他离开,他就会彻底死去。"

"我不想要转生。"夏倾颤抖着直起身,眼泪一滴一滴落下,伸出手抱住清远已经溃烂的躯体,抵住他的额头,"我不想要下辈子。"

夏倾的身体迅速腐化着,她将自己的魂魄当作引子,缠绕起清远体内最后一点残念,一点点地将其包裹了起来。

她是想消耗自己的魂魄将清远的残念留下,两个人从此变成无法超生的恶妖吗?

终于,清远的身体彻底腐化,甚至都无法凝成具体的形态。

夏倾抬起头,闭上眼睛。

"下辈子?

"我不想再过一辈子了。"

沈挽情看她。

夏倾的眼睫颤抖着,终于,她发出一声绝望的嘶吼,匍匐在地。她通身散着光,一点点地汇聚起来,铺成了一条直通天际的路,将清远的残念送走。

她最后还是没有留下清远的残念,而是用自己的魂魄当作保护,确保他能安稳地转生。

只是这样,夏倾的魂魄会彻底消散。

沈挽情一言不发地转身。

"沈挽情。"夏倾突然喊住了她。

沈挽情侧过头。

夏倾站起身，但身躯也开始一点点消散："当谢无衍的意念消失之后，如果还没有复活，那他就会和清远一样，再也无法转世。"

沈挽情："我知道了。"

夏倾突然笑了起来，眼底含泪，似乎是在嘲笑，却也是对自己的绝望："看，我就说了，你也得和我一样。

"你也要走到这一步的。"

光影过后，夏倾的身躯消失在夜幕之中。

沈挽情抬头看向不远处，刚才赶来的纪飞臣和风谣情在看见沈挽情攻向夏倾的时候，就已经转身选择去控制住暴动的谢无衍。

谢无衍还在失控，即使两个人合力，也只能勉强将他束缚住。

沈挽情揉了揉鼻子，走上前："我来吧。"

"你……"风谣情欲言又止，忧心忡忡地看了她一眼，但还是让开身。

沈挽情伸出手搭上谢无衍的肩，却被他甩开。他像被困的凶兽一样，一下下撞击着纪飞臣设下的屏障，鲜血顺着伤口淌下。从一开始就隐忍着的情绪，终于难以控制。

沈挽情紧咬着下唇，缓缓蹲下身子，用手撑住额头，终于难以控制地落下眼泪。

不知道过了多久，周围突然安静了下来。

有人蹲在了自己身前。

那人伸出手，捧起了沈挽情的脸颊，带着些温度的拇指擦去她眼角的眼泪，动作生疏而又僵硬。

沈挽情稍怔，错愕地抬起头。

谢无衍看着她，眼底看上去依然空洞，但隐约间仿佛能看到一点星光。他皱起眉，唇角动了动，似乎说了什么话。

沈挽情下意识靠近，在听清他说的那几个字之后，刹那间哽咽了起来，将谢无衍抱紧。

"沈挽情。"

让他拼死活下去的不只有那个承诺。

他还记得她的名字。

章玖 孤光

六十八

  谢无衍对沈挽情的依赖，不是因为她体内相同的气息，也不是因为同为烧血体质的吸引。

  那不是意外，也不是偶然。

  他记得她，所以哪怕是只剩下一具空壳，靠着杀意维持着生存的形态，也没有选择忘记她。

  他记得她的名字，记得她的样子。

  "我明白了。"沈挽情闭上眼，深吸一口气，笑了起来，握住谢无衍的手，"走吧，该回去休息了。"

  风谣情在一旁沉默许久，与纪飞臣对视了一下，然后上前，伸手搭上沈挽情的肩膀，轻声问："需要帮忙吗？"

  "嗯。"沈挽情转头，"我想找到孤光剑。"

  良久的沉默。

  风谣情静静地望着她的眼睛，安静了好一会儿，垂下眼帘，说："好，我帮你。"

  答应得如此迅速，是在沈挽情的意料之外的。

  即便主角二人和自己的关系再亲密，但在所有人眼中，她现在才是不折不扣的想要毁掉这人界的魔道，更何况，身旁还有恶贯满盈的谢无衍。

  她以为风谣情至少会犹豫。

  风谣情抬起眼看她，伸出手替她将脸颊边的碎发撩到耳侧，轻轻地说："我认识个和你差不多大的小姑娘，她看上去是挺娇气惜命的一个人,却帮过我很多次。"

"如果她还在这儿,估计,也变得和你一样厉害了吧。"风谣情将眼一弯,笑意带着些苦涩,眉梢间全是温柔,"真的很不容易啊。"

沈挽情看着她的眼睛,唇角动了动,伸出手,在一瞬间放下所有戒备,任由她将自己揽入怀中。

即便之前所坚持的道义被击碎,即便下定决心做出改变,风谣情和纪飞臣却始终坚持着温柔。

他们的确应该成为主角。

沈挽情很喜欢他们。

虚无之境,是有关孤光剑线索的最后指引。

即便只剩一层窗户纸,沈挽情还是没有捅破自己的身份。因为知道得越多,风谣情他们就越容易被天道宫牵连,而且还容易被成功扣上一顶不忠不义的帽子。

但是第二天在马车上的时候,几个人突然发现了问题。

风谣情问:"姑娘怎么称呼?"

戏总是要做全,行走江湖不便透露身份,但也总得取个假名字让人知道该怎么喊你吧。

沈挽情卡壳了。

"文化沙漠"本人根本没想过取名字的事情,更何况这么多年来她玩游戏取ID从来都是随机。

她绞尽脑汁想了半天,蹦出来一堆类似于"冰雪舞""梦霜寒"之类非常文绉绉的名字,但想来想去觉得不太合适。而且别人要是用这些名字喊她,她八成也反应不过来。

于是沈挽情决定简约一点:"我叫沈小翠,你们喊我沈姑娘就行。"

纪飞臣呛了口茶,皱起眉一脸嫌弃地看着自己家这妹妹,似乎在反思自己在纪家的时候是不是没请好教书师父,所以才让她的文化素养这么低。

风谣情："那沈姑娘的那位同伴呢？"

沈挽情："大名谢国强，小名谢小狗。没关系，喜欢叫哪个就叫哪个。"她顺带捎上了一旁的玄鸟，"这只鹦鹉叫旺财。"

玄鸟翻了个白眼儿：真无语。

风谣情沉默了一下，有些紧张地看着在一旁对此毫无觉察的谢无衍。谢无衍非常乖地坐在她旁边打哈欠，犯困似的揉揉眼睛，揉完眼睛之后又迅速坐直，眼睛一眨不眨地盯着沈挽情。

自从那次沈挽情崩溃得掉眼泪过后，谢无衍好像变得又乖了一些。他似乎很怕她难过，就连有几次和人打架沈挽情气得跺了几下脚，他都屁颠屁颠地跑回来摇尾巴哄人。

然后沈挽情就悟了：撒娇女人最好命。

风谣情这么一想——真的好像狗啊。

沈挽情却从取的这个简易的名字中收获到了快乐。

虚无之境地处偏僻，而且散发着的气息十分微弱，所以一行人总是需要走走停停。

每天早晨，都能听见沈挽情中气十足地喊："谢国强，起来吃饭了。"

一开始谢无衍对这个奇怪的名字毫无反应，但是被沈挽情缠着喊多了，也开始条件反射地进行回应。

于是——

"谢国强，你又和人打架？它就是只刚冒出土的小蘑菇怪你也欺负？"

"谢国强！客栈老板家的窗户是不是你砸的？"

"谢国强谢国强，右手拿筷子我说过几遍了，而且不许挑食，每天就吃几口饭怎么长身体？"

玄鸟发现了，沈挽情这一定是在偷摸报复谢无衍。

短短几个月，世道就变了，现在沈挽情脸上洋溢着翻身农奴把歌唱的骄傲。

风谣情对此很担心:"你说她有没有考虑过万一那位谢……神魂找回来之后,还记得这些事情的情况?"

纪飞臣:"显然没有。"

要不然她绝对不可能这么嚣张。

但其实,尽管如此,谢无衍的状态还是很不稳定。虽然沈挽情多半能拦下来,但他时不时还是会有失控,或者出手太重闹出大动静的情况出现。

于是纪飞臣他们尽量选择山路和妖气密集的道路。

谢无衍如果想杀生,顺带还能算是斩妖除魔。

就这样,一行人赶了七天的路,沿路的百姓都对几人千恩万谢,听说自家村庄附近山林里的妖怪都被一位仙人杀光或者打得不敢露头之后,全都感动得痛哭流涕,甚至追着马车来感谢。

考虑到尽量避免让谢无衍同那些人接触,纪飞臣没停下马车,甚至还加快了赶路的步伐。

百姓更感动了。做好事之后甚至都不露面,挥挥袖子就走了,这是多么正义的人啊。

于是,在抵达下一个村庄的时候,沈挽情等人看到了一条横幅——

举世无双谢国强,
斩妖除魔最在行。
雄姿英发须褒奖,
谁敢和你比善良。

三人一鸟陷入沉默。

最后玄鸟干巴巴地开口:"往好处想想,殿下的名声变得好起来了。"

自此以后,谢无衍所到之处的妖全都闻风丧胆。但是他们很快就发现,这个恐怖的东西好像很听旁边一个看上去乖巧可爱的小软妹的话。

于是每次一行人刚一到达某个山林，该区域的妖就会整整齐齐地跑过来讨好沈挽情。

而沈挽情只想加快赶路。

不过原著里为了让男女主角找孤光剑变得困难，的确在这一部分设置了很多妖怪当障碍，而且还给他们加了个"越接近稀有武器信号就会越差"的设定。

沈挽情想速战速决，于是每次到达那些妖魔鬼怪多的地方，都会支棱起一个小摊，上面写着"坦白从宽，抗拒从严"，让所有妖怪过来自首。不自首的就偷偷"严惩"咯。

"谢国强"威名在外，很快妖怪就排起了长队。

风谣情和纪飞臣坐在马车上，托着腮帮拉着眼皮，以一模一样的姿势观看着"沈挽情小法堂"。

不知道为什么，他们突然发现斩妖除魔好像变得很简单了。

于是，在原著里走了整整一个多月的路程，有了沈挽情和谢无衍这两个"怪物"，两周不到的时间里就赶完了。

但是沈挽情总觉得有些不对劲。太顺利了。

她并不是指降妖除魔太过顺利，这些天闹出了不小的动静，池潼关一役，以及这些天连续除掉了如此之多的妖魔闹出的阵仗，都足以让天道宫的人嗅到风声。

更何况，他们非常关注风谣情和纪飞臣这两个能够找到孤光剑的人。

但这么多天过去，天道宫的人却出奇地安静，似乎对他们的事情一概不知一般。

这样的安静不是什么好事。

但留给沈挽情的时间不多了，她必须尽快找到孤光剑。

第十五天，风谣情找到了虚无之地的入口。

从一处狭径进入后，两处陡峭的山峰遮天蔽日，不知道哪里来的阴气从石壁的缝隙中渗了出来，钻进人的骨缝之中。

这里太过阴森，看上去并不像封印着圣剑的地方。

再往前走，日光便完全被遮去了，幽谷深处是一处悬崖，悬崖下开着一朵朵血红色的无名之花，花瓣间泛着些金色的光点。

"这是……什么花？"

就算是学识颇深的风谣情也认不出这些花的品种。

"下去看看。"

沈挽情从悬崖上一跃而下，踩稳在地面上，裹挟而来一股劲风，吹得那些花瓣摇摇欲坠。离得近了才发现，每一朵花的周围都有一股腐尸的气息，带着很淡很淡的血腥味。

"这是……"

纪飞臣伸手触碰了一下花瓣，那花瓣轻轻颤抖起来，然后微微缩起叶尖，缠绕在他指尖。

"亡魂花。"他看出来了，"阴气很重，那些献祭了自己性命和魂魄的人，无法转世，无法超生，只能留下一朵亡魂花在此处。"

"我记得，需要三百四十一个人献祭，孤光剑才能重新解除封印，现在这里有……"

还没等纪飞臣数，沈挽情便开了口："三百四十朵。"

还差一朵，还差一个人。

这是预设好的剧情。

纪飞臣没说话，一点点握紧剑柄，抬起头，看向前路："继续往前走吧，你不是想找到孤光剑吗？"

这句话，让沈挽情稍怔了下，她转头看他："你不是也……"

"曾经，我的确很想寻找到孤光剑，救天下苍生于水火之中。"纪飞臣看着她的眼睛，"但你看这些亡魂花中，有多少是甘愿死去，有多少是必须得死去的。"

风吹草动。

有些花瓣轻轻触碰到纪飞臣的手边，温柔地摩擦过他的指尖。

"天下是苍生，一人亦是苍生。"他转头看着沈挽情，伸出手轻轻揉了揉她的头发，"我不能用这样的剑。这不是道义。"

"愚不可及。"一个苍老的声音在几人顶端响起，语气带着些叹息，重重地敲在僻静的山谷里，反复回响着。

是天道宫的人。

黑白分明的道人齐刷刷地站满了悬崖两侧，神情严肃，持剑而立，巨大的威压感一下子盖了下来。

"纪飞臣，你可知你身旁站着的是什么人？"

这一路上，比起风谣情，纪飞臣显然是沉默更多一些，此刻只是平静地抬起眼帘，唇角稍翘，温柔而又干净地笑了起来。他伸出手，握住沈挽情的胳膊，将她扯到身后，抬头看向那人："她是我必须救下的人。"

"所以，你是要同这魔头和魔女同流合污？"

"她不是魔。"纪飞臣声音清朗，"她是我的妹妹，一个只是想要活下去的普通人。"

风声骤起。

风谣情转过头，看向沈挽情，抬眼扫了下一旁的谢无衍，轻轻地说："去吧。"

"风姐姐……"

"我和飞臣相信自己看到的和感受到的。"风谣情说，"带他回来，离开这里。"

六十九

那是一场几乎没有任何胜算的战役。

天道宫显然早就发觉了异样，但深知风谣情和纪飞臣的重要性，所以刻意不打草惊蛇，想让他们替自己找到孤光剑，到时候便可以坐收渔翁之利。

这一战，几乎出动了所有天道宫的弟子，几位首屈一指的师尊也出了关。只有当年他们意图剿灭盛年时期的谢无衍时，才动用了如此的架势。

纪飞臣和风谣情虽然是修仙界的奇才，但面对这样的攻势和力量，无异于螳臂当车。事关孤光剑和谢无衍的生死，天道宫也必不可能再顾及玄天阁和纪家的颜面，招招毙命，显然是冲着斩除后患而来。

纪飞臣替风谣情挡下一击，胸口被金光劈伤，却还是尽全力博来了一丝机会，将几人扯进了虚无之境深处的缝隙之中。

"你撑住。"风谣情顾不上身上的伤势，立刻封闭了纪飞臣部分的穴位，替他救治。

纪飞臣捂着冒血的伤口，抬头看了眼沈挽情，然后缓缓抬起手，指向一个方向："往那儿去。"

从来到虚无之境开始，谢无衍的状态就变得有些不对劲。他的斗志好像开始消减，整个人如同一个提线木偶般黏在沈挽情身侧，即使在刚才那样危难的情况下也没有半点动静。

沈挽情骨戒一闪，取出两粒在魔域时搜刮而来的神丹想要喂进纪飞臣嘴里，却被他攥住手腕。

"去吧，留着这些东西。有阿谣在，我死不了。"

沈挽情不知道该说什么，强忍住眼眶的酸涩，开口喊了句："纪大哥……"

"我的确怪你。"纪飞臣笑了声，松开手，"你是我看着长大的，从那么小一点变成现在这副模样。你不说，怎么知道我愿不愿意站在你这边呢？"

沈挽情曾经觉得自己是孤身一人，但或许并不是这样的。从一开始，就有人愿意真心对她。

"去吧。"纪飞臣轻轻拍了拍她的后背，"其实，不用跑这么快。"

沈挽情看着他的伤口，又看了眼一旁的风谣情。

风谣情对她点了点头。

沈挽情站起身，伸出手握住谢无衍的手，走进了虚无之境那一道漆黑的缝隙之中。

那是没有任何边界的黑暗，一股阴气蔓延开来。周遭明明没有任何声音，在恍惚间，却仿佛让人感受到了一股巨大的绝望和恐惧，好像有哭声，只是不是声音，而是夹杂在空气中的悲伤情绪。

无数魂魄在撕心裂肺地呐喊，嘶吼、咆哮着向她伸出手，让她每一步都变得极其困难。

终于，前面出现了一道光，金色同赤红交相辉映。

是剑气。

即便被封印多年，还是能感受到那股强大的力量。

宿主，到了。

沈挽情停下步子，看向一旁的谢无衍。谢无衍脸上没有任何表情，瞳孔无光，但似乎感觉到了她的注视，略带僵硬地转过头。

"去吧。"沈挽情松开手。

谢无衍的表情有片刻的落空，下意识地想要伸手去抓。

他丝毫不想离开。

"谢无衍，"沈挽情笑着伸出手，踮起脚，用自己的额头抵住他的额头，"去吧，我在这儿等你回来。"

谢无衍安静地看着她的眼眸。

"你不回来，我就不会走。

"我向你保证。"

安静许久。

谢无衍就这么定定地看了她好一会儿才站起身，凝望着那片闪烁着的光晕。

突然，他开口了，只一个字："好。"

说完，他迈开步子，一步一步走向那片光芒。

恍惚间，沈挽情仿佛看见谢无衍选择赴死的那个夜晚，他的身躯就是这样一点点被喷薄的朝阳吞没，最后同着余晖一道消散。

等等……为什么她会想到那个夜晚？

不知道哪里来的情绪，沈挽情伸出手，下意识地想要拦："谢无衍，等……"然而，一句话还没有说完，他的身影就被彻底地吞没了。

紧接着，那道透着光的缝隙闪烁了一下，消失了。无边无际的黑暗，看不到尽头，也触碰不到边缘。

安静，死一般的安静。

许久之后，地动山摇，宛若有什么东西即将破土而出，黑色空间瞬间裂开一道道缝隙，如同碎片一样往下坠落。

　　恭喜宿主成功完成任务，阻止谢无衍毁灭该世界，最终反派谢无衍已确认死亡。
　　请宿主选择配合系统达成结局，享受系统奖励，或者五分钟后开启强制配合程序。

死亡？沈挽情瞳孔微缩，肩膀处许久没有出现过的咒印再一次灼烧了起来。她伸出手紧紧捂住自己的左肩，指甲掐破皮肉，留下一道又一道血痕。

"你骗我？"她紧咬着牙根，因为剧烈的疼痛，双膝一软，却还是直挺着后背跪在地上，不肯弯腰，"你在骗我。"

　　检测到封魔窟无法消灭谢无衍的肉身，唯一能让谢无衍死亡的方法，只有将他送入孤光剑的剑炉之中。
　　抱歉，在必要时刻，为了使最终任务完成，系统会采取一切方式。考虑到宿主……

"你让我亲手送谢无衍去死？"

那咒印攀爬的速度很快，胳膊上，大腿上，乃至于脖颈上，黑色的藤蔓仿佛要将她整个人吞噬。

"所以，根本没有交易对吗？"

系统陷入沉默，许久之后，似乎发出一声叹气。

宿主编号为0148，在您之前，已经有147个宿主失败。经统计分析，八成宿主丧命于反派谢无衍手中。宿主是最接近该任务结局的人选，如果不是这样，在宿主第一次违抗系统任务时就会被抹杀。

系统无法干扰该世界运行，也无法具体预测未来变化，所以只能采取最保险的措施。系统为程序化机器，很抱歉，无法对宿主的遭遇产生共情。

沈挽情轻轻笑了起来，笑声越来越大，眼泪顺着脖颈淌下。她握住左肩的手猛地聚起火，仿佛要将胳膊连带着咒印烧成灰烬。

谢无衍感觉到了吧，所以才会在离开的时候，那么犹豫。

但他还是去了，因为那是她说出口的要求。

傻不傻？

明明知道是去赴死，他为什么还要去？

在前147次任务中，即便反派谢无衍成功被封印，却依旧会在千年之后重新突破，造成世界混乱局面。

该剧情原作者已不可控，大千世界是为拯救该界面苍生，希望宿主理解。

而且，咒印与宿主性命牵连，无法割舍，建议宿主不要做无谓尝试，节省体力……

"你想我怎么做？"

　　最后一环，只需跟随天道宫离开，五年之后，即可自动脱离该界面。

这样吗？
沈挽情的身体已经没办法控制，黑色的咒印已经爬满了她的全身，宛若一张大网，将她紧紧束缚住。她躺在地上，望着头顶缓缓破裂的黑色碎片，就像是一场被强行打碎的梦境，凄美而又惨烈。
她从来没有获得过新生。

　　看来，宿主无法自行做出选择，即将开启强制程序。程序开启倒计时，十、九、八……

"说得对，程序化机器永远无法正确预测一件事。"
系统稍稍停顿——

　　什么？

　　沈挽情闭上眼。她的皮肤在一瞬间变得滚烫，每一根血管里的血液都在顷刻间迅速翻腾了起来，宛若要将她整个人烧成灰烬。
"扑哧——"一瞬间，她的身躯裂开无数纹路，经脉呈赤红色，无比清晰地浮现。
借助着这股强烈的疼痛和力量，沈挽情终于能够稍稍动弹。烧血之术的恐怖之处，在于它的力量是没有上限的。身体消耗的程度越高，力量就会越强大。
那如果是以命相搏呢？

系统无法干涉这个世界，只能通过操控她的方式来达到最终目的。

可是有一件事，是这些机械化程序永远无法猜到的。

人的意志，比它们想象中的要更加坚强。

沈挽情抬起手，紫色光芒汇聚成无数条丝线，缠绕着，化作一枚银针。她闭上眼，攥紧那枚银针，接着毫不留情地朝着自己心口的方向扎下。

警报！警报！编号0148即将自我毁灭，任务进程即将停滞。

然而，预料之中的疼痛并没有袭来。沈挽情的手紧紧贴着胸膛，手中的银针却不知道在什么时候，如同灰烬般消散开来。

为什么？

她茫然地看着自己的双手。

一片漆黑之中，不断萦绕在自己身侧的紫光显得格外突兀。那些紫光源源不断地从自己的身体和骨戒中散出来，朝着周围散去。

"喂。"一道低低的声音响起。

沈挽情一怔，只在一瞬间，鼻尖一酸，眼眶湿润。一双手轻轻地覆盖住她的额头，带着炽热的温度。那人笑了起来，语调还是同之前一样，散漫而又带着些扎人的嫌弃，听上去吊儿郎当的。

"我说，你给我取了个什么破名字啊？"

是他，只有谢无衍才会在这种场合说出这么气人的话。

沈挽情哽咽一声，抬手捂住自己的眼睛，终于隐忍不住地放声大哭了起来。她抽抽搭搭的，还不忘记回嘴："有本事你自己取啊，你就知道睡觉，还总是打人……"

"一张嘴倒是厉害。"谢无衍低笑几声，托着她的头搁在自己膝上，伸出手拿开她捂着眼睛的手，俯下身，抵住她的额头，"我说了，活着见你。"

他从不骗她。

500

七十

沈挽情下意识想抬手去触碰谢无衍的脸颊，可那符咒重新覆盖了上来，让她整个人无法动弹。

"是因为它吗？"

谢无衍眸色稍沉，抬手按住她肩上的咒印。他的掌心温度很温暖，将沈挽情被烧得血肉模糊的肌肤一点点愈合了起来。他的声音很平静，却莫名有一股强烈的压迫感。

"我不知道缠在她身上的东西是什么，但我大概知道，你想让她做什么。但很可惜，如果她死了，我会让你什么都做不到。

"你已经见过一次了。

"还会有无数次。"

话音刚落，谢无衍闭眼。周围无边无际的黑色只在顷刻间便瓦解破碎。一点光芒透了进来，紧接着，无数光从缝隙中涌入。

谢无衍伸出手，遮住沈挽情眼前的光线，等到她大概能够适应这些光芒后，才抱着她站起身。他一步一步踏出那虚无之境的深渊，风吹动他的衣袍，上下翻飞。

终于，豁然开朗。

山谷两侧站满了天道宫的弟子，风谣情和纪飞臣被锁链捆绑着，剑锋交错抵着他们的后背。

在看到谢无衍的那一刻，周围的人全都瞪大了双眼，一片哗然。就算是那素来稳重，象征着天道宫尊严的几位师尊，都下意识握紧了剑柄，眼底全是惊骇。

"怎么可能？"

"他怎么可能活着出来？"

"不，不会的。"

谢无衍抬起头，看了眼被押在一旁的纪飞臣和风谣情两人，抬起下巴示意了下，语气挺随意："今天不想打架，我怀里这个伤得有些重，得回去休息。把他们两个放了，都先回去休息吧。"

"大胆魔头，今日这里就是你的葬身之地，你做出多少伤天害理之事，荼毒了多少无辜生灵，这一桩桩一件件……"

"过些天再说，我赶时间。"谢无衍语气挺不耐烦地说，"先放了人。"

这人怎么这么嚣张啊！

当时来降妖除魔想要杀掉谢无衍的先辈，有一半是被这张嘴气死的吧？

师尊气得胡子都在抖，一把擒住一旁的风谣情，大笑数声："想走？你以为你想逃就逃得掉吗？今日我就拿她的血肉唤醒孤光剑，让你……"

谢无衍打岔："什么剑？"

"魔头倒也会知道害怕，没错，就是当年将你封印的那把孤光……"

"哦。"谢无衍皱了下眉，闭上眼。

"轰——"山摇地动，地面宛若要瞬间塌陷。他周身散发着紫气，但在隐隐约约间，仿佛还能看见其中透着些赤金交杂的细碎光芒。

很快，一把剑的虚影便在他身后浮现。紧接着，那虚影逐渐清晰起来，化成一把剑气凛然的巨剑，重重地插入地面。

那剑气太过强大，一股凌然而生的压迫感将周围的人瞬间逼退了几步，不得已要撑开屏障去抵御。

师尊身躯颤抖，瞪大双眼，语气里带着些难以置信："这、这是……"

"孤光剑。"谢无衍换了个姿势继续，单一只右手抱着沈挽情，语气像是在提一个摆件一样随意。他想了想，还不忘补充了下，"我的，你想要吗？借你玩两天，把人先放了，过几天我再拿回来。"

这的确是孤光剑，而且，还是解除了封印的限制的孤光剑。

"怎么可能？你这魔头怎么会……"师尊眼瞧着又要开始自己的高谈阔论。

"啧。"谢无衍皱了下眉，似乎是耐心被彻底地消磨完。下一秒，他左手手腕一震，只一瞬间，孤光剑缩回正常的大小，回到了他的手中。

"扑哧——"

几乎是一眨眼的工夫，谢无衍就纵身跃到了那位师尊的面前，没有给人任何喘息的工夫，剑身贯穿了他的胸膛，刺穿了他的心脏。

鲜血溅开的时候，谢无衍还特意侧了下身，让沈挽情身上不被溅到血。

那位师尊修为已到大乘的级别，却在一瞬间，甚至连防备的机会都没有，就这么被人跟切白菜似的，瞬间湮灭。

关键是谢无衍的表情没一点变化，甚至眸色都依旧是那平静的黑色，连眉梢都不曾动一下。他抽出剑，看着在眼前被剑气灼烧成灰烬的师尊，似乎是觉得可惜："我都说了，今天不想打架。"

这的确是谢无衍，是数百年前那个没有任何封印束缚的、让天下人都忌惮的谢无衍，甚至依照他现在的实力，很有可能比那个时候更加强大。

而且孤光剑真的就这么安安静静地躺在他的手中，宛若同根而生。这一把寄托着无数人希冀的神一般的兵器，就这么归顺在了这个令三界胆战的魔王手中。

这样的力量，太过可怕。

沈挽情："为什么……"

"因为我想见你。"似乎知道她要说什么，谢无衍先一步给出了答案。

他的确应该死了，那个地方不仅仅封存着孤光剑，还有铸造着孤光剑的剑炉。

谢无衍听了沈挽情的话，跳入了那烈火燃烧的剑炉之中，就像千年前一样。

但所有人都忘记了一件事情，谢无衍的体质同沈挽情一样，也是纯阴之体，同样是适合祭剑的最好材料。并且，为了沈挽情一句话跳入剑炉之中的谢无衍，怀揣着的情绪，同样也是自愿的。

503

他成为点燃孤光剑的最后一个人。

可他为什么没有死去呢？

封印在剑中的魂魄寻找到了谢无衍的躯体。因为孤光剑需要完整的魂魄，那些被他分给沈挽情的力量，也一点点地重新聚集了起来。

他在一片烈火中睁开眼，滚烫的岩浆包裹住他的身躯，一点点将他吞噬。

他听到了很多声音——万妖的惨叫，所有的灾厄、苦难，最后，他听见了她的哭声。

当年存留在那枚骰子之中的灵力，记住了沈挽情的哭声。

"我想见她。"谢无衍伸出手，身体和魂魄在烈火中被反复炙烤，仿佛要将那剑身融为一体。

然后呢——他记起了那个承诺。

他不能死。

烧血之术。

就像千年前一样，他将身体的每一寸血肉、每一根骨头，五脏六腑乃至于心脏，全都燃烧干净，换取一点活下去的机会。

他必须活着，活着见她。

但人的意志要有多强大，才能从这样的折磨中死而复生。

他不知道。

但他听见了沈挽情的声音。

他要去见她。

或许只是转瞬的光阴，但是对于谢无衍而言，像是经过几千年甚至万年的焚烧。他睁开眼睛，剑身做骨，剑气化为血肉。

从此以后，同根而生。

师尊的陨落几乎在瞬间击溃了所有天道宫弟子的心理防线，速度太快了。这样的力量，是根本没有办法匹敌的。

押着风谣情和纪飞臣的弟子相视而望,然后退后一步,松开了束缚在他们身上的剑。

两人身上的伤很重,但纪飞臣显然更关心自己妹妹的伤势,踉跄着站起身,走到她旁边:"挽情她……"

谢无衍将沈挽情往自己怀里一揽,转了个身,不给他看。

你这个人怎么回事?完全没有谢国强时期一半的可爱。

纪飞臣:"我是她兄长。"

谢无衍:"我比你强。"

纪飞臣:"可我是她兄长!"

谢无衍:"但我比你强。"

风谣情走上前来扯了一下纪飞臣,递了个眼神:"让他们先……"

纪飞臣有被气到:"可我是她兄长!!谢国强!你让挽情和我说话。"

沈挽情并不想说话,甚至还因为这句"谢国强",瞬间支棱起了后背,将头往谢无衍胸前一埋,开始装死。

谢无衍低下头,面无表情:"说到这个,我倒是要问问你是不是没读过书……"

"啊疼,好疼,呜呜呜呜……"沈挽情开始装。

但是装着装着,她发现有些不对劲,为什么自己的伤口不疼了?结果抬头一看,她才发现肩膀上的咒印不知道什么时候已经消失得毫无踪迹。从一开始,谢无衍就在不断地给沈挽情输送自己的灵力,来缓解她的伤势。

这个人打个架的工夫为什么能做这么多的事?

而且咒印为什么——

曾经147个宿主都无法阻止谢无衍冲破封印的命运,他的意志力比任何人想象的都要强大。

原本计划是通过沈挽情亲手葬送他的生命,但显然,运算依旧产生差值。现在程序运转给出的预测是,如果沈挽情存活，能够抑制谢无衍的失控；如果沈挽情死亡……

　　"所以，0148的任务也失败了？"

　　　　不，不能判定为失败。
　　　　这是无法预测到结局的变数，只是成功与否不再由系统本身所决定。在无法确定下一任宿主是否能将任务进行到这个地步之前，建议不予干涉。

　　就算数据再全面，但终究只是冰冷的猜测。
　　系统看了眼躺在谢无衍怀里开始耍赖皮的沈挽情，突然意识到不知道从哪一步开始，该世界的结局，就不再由大千世界的运算所控制。
　　无论更换多少轮宿主，最终都有无法彻底掌控的不确定因素。
　　是人的感情。

　　谢无衍复活的消息很快就传遍了。
　　天道宫全员出击，结果灰头土脸地回来，还少了个大乘级别的师尊，让所有的门派都意识到，这下子是真的要完蛋了。
　　于是，每个人脸上都洋溢着"完蛋，天要变了"的悲痛。
　　各门各派开了几次大会，门派内的弟子哭成一片，一个两个开始含泪写下生死状。那些个搞暗恋和暧昧的师兄妹都抱着反正人都要死了，一定要说出心里话的态度，开始向心爱的人表白。结果一表白，就表白出了问题——她爱他，他爱她，她爱他……
　　谢无衍有没有打上门不知道，门派内就因为谈恋爱这件事情打了好几架，互相把对方揍得鼻青脸肿。
　　掌门原本是很紧张地在制订万一谢无衍要灭门要做些什么的应急方案，结果隔三岔五就有弟子因为自家道侣出轨而跑到门前哭。
　　于是各门各派又开了场大会，情感疏导专题会。

最后架没打一场,感情小故事倒有不少。

当然,还有些门派比较严谨,不搞这些情情爱爱。他们严格训练,为抵御魔界入侵而做好万全准备,每天都要搞一场比武,打得很认真,认真到一场比赛下来,各个弟子都拼了老命,没有一个人是健全的。

掌门一寻思,你们自己人打自己人就能把整个门派搞灭门,怎么还等得到谢无衍来收拾你们?于是他们立刻取消了这些活动。为了增进部门感情,搞了个团结友爱运动会和门派钓鱼大赛。

后来他们的修为没怎么提升,鱼吃了不少,还分了红烧和清蒸的讨论组。

魔界也不好过。

因为谢无衍这个人比较特殊,千年前恶名在外,是人是魔都没有一个不怕他的。而且之前还有很多冥魔都准备偷偷吃他的肉来长修为,所以和他也是结了梁子的。还有他那个姘头——红颜祸水!蛇蝎心肠!比谢无衍那个大魔王还要可怕。

之前她说"哇,从来没有见过花的花瓣有七种颜色",然后就薅走了花魔养的一片几千年修为的灵草花田,结果养了几天发现自己养不活,回来把花魔也薅走了。

花魔哭得撕心裂肺,说自己还有孩子要养。

沈挽情觉得有道理,就把她孩子也拎回来了。

更过分的是,谢无衍那座宫殿,原本是冥魔的至尊大宝殿,风水特别好,易守难攻而且土壤还很特殊,反正就是住起来非常舒服。结果谢无衍来这里一通乱烧就把地方抢走了。

不过这也算了,他那个时候好歹一个人住,跟不存在一样,很安静也不惹事。但是沈挽情惹事!

谢无衍下落不明的那会儿,她搞了一大堆人住进宫殿,说"魔王就要有魔王的排面",于是在宫殿里大兴土木,增加了动物园、植物园、游乐园,以及一个叫作"午夜歌厅"的奇怪东西,搞了一半发现地不够用了。

然后她就领着那群冥魔部下跑到隔壁冥魔的小基地里耍赖皮,不仅自作主张把地圈了,还把那些冥魔化成了自己的侍仆,每天什么事儿也不干,早上八点钟就在宫殿草坪上跳广播体操,吵得十里八乡都睡不了好觉。

最过分的是,突然有一天,她又拉扯着一帮子人,和她那只破鸟来到魔域,拍拍手掌让所有魔域的魔修和冥魔都排排站好。

大家都觉得,这个魔女不但狠毒,而且还非常不正经,多半脑子还有点疯,一定不能招惹。

现在,魔王和魔女都在了。

魔修很慌。

它们得想个办法来讨好这两尊大佛。

在宫殿中的沈挽情和谢无衍,并不知道外头这些风风雨雨,也不知道自己在世外的形象已经变得这么恶劣。

他们有更重要的事情要忙,比如说——

"你能解释一下,为什么你说的这个⋯⋯"谢无衍皱着眉,没记起来名字。

"图书馆。"沈挽情揣着手,非常殷勤地提醒。

"哦,对,图书馆。"谢无衍冷笑了声,"你从这排开始念,这些都是什么书?"

"⋯⋯我嗓子疼嘛。"

"念。"

"《天香大师秘籍:夫妻生活小技巧,超级禁忌,切勿外传》。"

章拾 嘩天

七十一

"《道侣性格冷淡,快用天香小妙招》。
"《关于夫妻,你必须知道的那些事》。
"《天香告诉你该如何和谐夫妻生活》。"

那是魔殿中难得一见的场面,玄鸟跟只鹦鹉似的乖乖巧巧地站在书架上,一声不吭。周围无数魔将藏在犄角旮旯里激情"吃瓜",顺带小声议论。

沈挽情捧着书,跟初中生被老师点起来念课本似的,生无可恋地朗诵着标题和章节名,越念声音越小。

过去很久,沈挽情都对那一天印象深刻。

她称之为尴尬刑,是堪比绞刑的严峻惩罚。

"大点声,"谢无衍抱起胳膊,靠着书架,非常没有同情心地看着羞愤到都快不敢呼吸的沈挽情,心情似乎很愉悦,"感情不够。"

沈挽情哽咽了,特别是一抬头,发现魔殿上下那么多号人,全都挤到图书馆里观看她"受刑",不辞辛苦地将自己的身体压缩变形都要过来偷看,每个魔将脸上都洋溢着"你也有今天"的幸福微笑。

沈挽情觉得不能这样。

凭什么?!她也是尊贵的宫主,自己好不容易打下来了个威猛名声,怎么能在你面前变成软妹?

于是她决定要刚一点。"怎么啦,图书馆是我建的,我要看什么书都可以!"沈挽情硬气地叉腰说,"我不念了!"

玄鸟瞪大小眼睛——站起来了！软妹站起来了！

沈挽情气势汹汹。

谢无衍无比平静。他看着浑身炸毛的沈挽情，轻抬了下眼皮，没立刻说话，就这么眼眸含笑地看了她好一会儿，然后，轻翘了下唇角，发出一声散漫、不屑、无语，还带着些刻薄和轻嘲，甚至直击灵魂的笑声："呵。"接着，他缓缓说道，"是吗？"

沈挽情瞬间被击溃，整个人蔫了吧唧地垂着脑袋，在心里无能狂怒。

呵什么呵！

像你这样尊贵的大魔王，笑时难道只能"呵"不能"哈"吗？

但她嘴上显然不会这么勇敢："当然不是，怎么会有胆大包天的人敢这么对殿下说话？我都忍不了，殿下居然没生气！真是胸怀博大。"

玄鸟一副没眼看的样子，但这好像不是件坏事。

离开了谢无衍的沈挽情的确不会这样，她每天都会非常暴脾气地在宫殿里把人提溜出来一顿好训，动不动就罚人在墙根金鸡独立，然后带着那些魔将四处欺负人，像个小霸王一样格外张扬。

直到没人敢议论她，没人敢欺负她。

而现在她不用再那样了。

她可以像所有普通的小姑娘一样服软撒娇，放心地发泄着自己的小情绪，不用担心明天会不会死、想要的东西能不能拿回来。

有人护着这么个无法无天的小霸王了。

玄鸟很感动，扭头看了看自己光秃秃的尾巴毛。

两个魔王怎么对付啊！！！

参观完图书馆，谢无衍在一堆魔将的殷勤带领下，来到了下一个新场景——午夜歌厅。

一进门，锣鼓喧天，两个穿得非常凉快的魁梧魔修站在一个圆形台子上面，敲锣打鼓身体疯狂抖动；房梁上很多灯灵兽在那儿发着五颜六色的光，晃来晃去地往下照。

音浪很强，魔将敲得很起劲，导致地面都在震动。

非常震撼。

谢无衍沉默了，转过头，用"这又是什么东西"的目光质问了下一旁的沈挽情。

沈挽情要窒息了。

其实是这样的，她刚来魔殿那段时间，因为情绪问题很大，再加上系统的干扰和洗脑真的太让人头痛，所以必须不停地找事情做来分散自己的注意力。

她想了想，之前的世界一般人发泄感情会去哪儿？会去蹦迪！KTV！酒吧！

沈挽情悟了，于是搞出了这么个午夜歌厅。

魔将哪儿见过这个，在里面待几天以后上了瘾，每天排着队往里头挤，还搞了个蹦迪比赛。

面对谢无衍的质问，沈挽情义正词严地解释道："陶冶情操，培养兴趣爱好。我们要关注魔将们的心理健康，给予适当发泄的机会。"

"台上那堆锣鼓是什么？"

"我称之为架子鼓。"

"那边架子上摆满的瓶子是？"

"调酒台。"

但里面根本没有酒，因为之前这群魔修喝高了在午夜歌厅里打架，砸坏了沈挽情从天云殿拿过来的漂亮花瓶。

于是从那以后，午夜歌厅不提供酒水。

谢无衍扫了眼，一个东西里面装着茶色的液体，光是闻起来就有些发齁。

沈挽情介绍道："这是普通奶茶！"

另一个是一杯黑色的液体，里面还在吐泡泡。

沈挽情:"快乐水!"

还有一个里面装了乱七八糟一大堆,上面还盖着一层奶白色的不明物体。

沈挽情:"芋泥啵啵奶茶加椰果加奶盖多冰少糖!!"

沉默的谢无衍:你还有多少惊喜是我不知道的?

但很快,他就发现自己不知道的可太多了,比如在午夜歌厅的正中心,赫然摆放着一根巨大的细长柱子。

谢无衍给沈挽情递了个眼神。

这一次沈挽情没有热情解答,甚至想偷溜,结果被谢无衍眼疾手快地提溜着领子扯了回来。

"是什么?"

沈挽情将嘴巴一捂,宁死不说:"你怎么什么都想知道!人和人之间要留点小秘密!"

谢无衍觉得有道理,将沈挽情松开,目光凉凉地扫了眼四周的"吃瓜"魔将。

显然,魔将没这么有骨气。

立刻就有魔将自告奋勇上前解答:"我们宫主称之为钢管,用来跳钢管舞的!殿下,我来为您演示一下。"

于是,身高一米八,身材魁梧且硬朗,留着络腮胡子的勇猛魔将,开始了自己的钢管舞表演。

舞一毕,掌声连绵不绝,只剩下心如死灰的沈挽情和陷入沉思的谢无衍。

谢无衍看了沈挽情一眼,唇角翘了翘,轻笑一声,意味深长地理智点评:"精彩。"

沈挽情觉得自己好像社会性死亡了:"别看我了,太丢人了,要不然就直接骂我吧。"

谢无衍笑着伸出手揉了揉她的头,看上去非常温柔,下一秒,俯下身看着她的眼睛,笑眯眯地说:"你也知道?"

太杀人诛心了!

沈挽情决定换战术了,刚才在图书馆那套方案显然不行,准备用万能的撒娇战术。

于是沈挽情慢慢地蹲下身,将自己缩成一个小汤圆,开始哼哼唧唧地撒娇:"我就想把这里弄得热闹一些,想着等到你回来之后就不冷清了,所以才会搞出这些东西来的嘛。"

谢无衍垂下眼帘,在她面前蹲下身,没说话。

沈挽情委屈,可怜兮兮地说:"你还一副凶巴巴的样子,回来一点都不高兴,而且还用这么冰冷的态度!太伤人了!你知道那些话说出口的时候我的心里有多难受吗?你不知道,你只知道你自己……"

"沈挽情。"谢无衍喊她。

沈挽情眼泪汪汪地看着他,撒娇战术屡试不爽。

"我神魂缺失的时候发生的事情,都记得。"

失策了。

"从池潼关离开后第四天我扯坏了你的裙子,你是这么哭的。

"第五天我洒了你递过来的茶,你是这么哭的。

"第五天晚上我睡觉没盖被子,你把我喊起来还是这么哭的,连台词都不带变的。"

沈挽情:失策了。

沈挽情立刻将眼泪一抹,面无表情地站起身,非常有礼貌地给谢无衍鞠了个躬,做了个"您请"的手势:"好的,我们进行下一个项目吧。"

下一个景点,是动物园。

刚走到门口,方才还围绕在几个人身边"吃瓜"的魔将们全都端出严肃的神情，释放灵力和护盾全副武装，将自己防护得严严实实，缩到谢无衍和沈挽情身后，小心翼翼地走了进去。

谢无衍皱了下眉，疑惑地看它们一眼。

但很快，他心里的那点疑惑全都迎刃而解。

动物园里有什么？

沈挽情说："看！小老虎！小鸟！小蛇！小兔子！小熊！还有小鳄鱼！"

谢无衍一看，幽冥虎、烈焰火鸟、青天碧蟒、深渊兔、屠妖白熊，还有食魔巨鳄——好一个动物园。

沈挽情却很快乐，好像自己养了一群宠物一样，非常热情地冲过去和这些在"修灵书"上位列"十大恶兽"的冥魔热情拥抱。

谢无衍捏了捏眉骨，看了眼身后的魔将。

魔将露出胆怯的表情，躲在动物园外面不敢吱声。

谢无衍抿了下唇，提步跟上，站在她身后。

然而这些冥魔并不想见到沈挽情，特别是旁边还有个浑身散发着恐怖杀气的谢无衍。

它们惊恐而又抗拒：怎么回来了两个魔头！

幽冥虎是里面最有出息的一个，在沈挽情挠着它的下巴喊它"喵喵"的时候，终于忍受不了这等屈辱："滚开，我不是猫。"

沈挽情还没什么反应，谢无衍将眼稍眯了下，手一握，虚空中一把剑便从掌心伸出。他拇指轻轻抵住剑鞘，露出些锋芒。

一股强烈的剑气让刚才还无比喧闹的动物园瞬间安静了下来，所有的恶兽在顷刻间全都匍匐在地上，被那强烈的剑气镇压得不敢抬头。就连在门口偷看的魔将也全都被这股力量波及，身上的防护纷纷被震碎。它们连忙调动灵力去抵御住，一脸惊恐地看着谢无衍的背影。

幽冥虎差点儿被吓死，一抬头，看见谢无衍那全是杀意的双眸，瞬间吓得不敢动。

至于吗？！它就是一只小老虎！

不就是不肯喵喵叫吗？你至于拿孤光剑吓人吗？！

魔将也傻了，太嚣张了吧。那是孤光剑！没有人不想得到的孤光剑！天道宫抢破头的孤光剑，你就把这种神剑用在这些地方？

只有沈挽情对此浑然不觉，因为那剑气刻意绕开了她，像是撑起一个保护罩一般，连她一根头发都没伤到。

沈挽情甚至还在逗老虎："那些魔将肯定没有给你梳毛，是不是啊？喵喵？"

幽冥虎："喵……"

谢无衍满意地收起了剑。

魔将突然悟到了，谢无衍的战斗力的确是最高的，但是自家宫主才是食物链的顶端。无论宫主怎么折腾，虽然殿下看上去一直在嫌弃，其实压根儿不会生气嘛。

当然，除了下一个景点。

因为那里是传说中的后殿。

七十二

关于后殿，沈挽情还是完全不慌的。因为她是为了报复玄鸟才搞出的这玩意儿，所以当时挑选了些在魔域里都算得上是极其粗犷的猛男进来，再让玄鸟搬进去和它们一起住。没过几天，玄鸟就因为忍受不了打呼噜磨牙说梦话，和在深夜被它们当作玩偶一样动手动脚，哭着飞回来向沈挽情认错。

从此以后，去后殿就变成沈挽情的一项惩罚措施，但凡遇到犯了事的魔将，就送进去一日游。于是每日每夜，都能听见后殿内传来魔将们鬼哭狼嚎的哭喊声。

没过多久，所有魔将被治得服服帖帖。

所以根本没什么好担心的嘛！

自己又没有选什么酷哥，一看就知道是为了折腾魔将而选进来的得力干将，谢无衍怎么可能会生气？

于是，她昂首阔步地领着人往前走，顺带还特别自豪地侃侃而谈："这可是我精挑细选来的人，你看了之后绝对会非常满意！"说着，将殿门一推，然后扬起骄傲的小脑袋，将手一摊，"你看——"

谢无衍顺着她指的方向望去，缓慢地扫过整个殿堂，眉梢微皱，将眼稍眯了下。他眸中的笑意收敛，抱起胳膊，意味不明地冷笑了声："这就是你的得力干将？"

"还好吧还好吧，选它们进来主要是为了——"沈挽情以为谢无衍是在夸自己，还怪不好意思地挠了下头，笑嘻嘻地转过身准备挨个儿介绍一下自己在后殿里的得力干将，然后，笑容凝滞。

主殿内，整整齐齐地站着一排长相清修斯文的男人。

沈挽情傻了。她的得力干将呢？她的络腮胡子大猛男呢？怎么一个月不见全都变脸了？！

关键是这些人看到沈挽情之后，立刻两眼放光，露出又惊又喜的表情，非常殷勤地拥了过来。

"宫主大人。"

"宫主大人，我们可等回您了。"

"您不知道您一走，这红袖阁都寂静了好多。"

其实一开始沈挽情把这些魔域人搞进来的时候，它们是非常不满的。自己堂堂魔域小霸王，这么屈辱地被搞到这么个地方来，未免也太屈辱了。

但很快，它们就发现，这宫殿住得挺舒服。

床很软，每天的饭很好吃，环境也好，还有午夜歌厅和各种各样的娱乐设施。

这难道就是吃软饭的魅力吗？

这些威猛的魔域小霸王瞬间领悟了。

被宫主挑中的男人是幸福的！

但很快，它们就发现问题了，宫主完全不来后殿，只会偶尔塞进来一些魔将和破鸟过来监督它们。后来因为魔将都变乖了，沈挽情不把人往后殿塞了，所以这里就开始变得冷清了。

这样的冷清让它感到一股危险。

非常奇怪。

别人的后殿难道不都是夜夜笙歌的吗？

它们连夜恶补了《职场必修手册》，发现原来这就叫作"边缘化"。边缘化很危险，随时可能被开除，然后就会没有饭吃，回到颠沛流离的生活。

已经吃多软饭的魔域小霸王们得知此噩耗，抱头痛哭，然后决定一定要努力！于是它们开始苦心钻研易容术，认真减肥，并且还去图书馆偷书来进行培训。

而且它们非常有自觉性，沈挽情不在宫殿的一个月，魔殿上下没有任务，所有人都变得无所事事。于是，这群男人就开始职场内斗了。

它们斗得热火朝天，再加上魔性本来就是喜欢争斗的，居然在这过程中找到了异样的快感。

于是原本后殿里几十号人，斗来斗去只剩下十几个人。它们自顾自地给自己设了职位，每天早上还打卡。沈挽情还没回来，它们内部就已经走完职场内斗过程了。

终于，它们在不懈努力下，从魁梧大汉成功地变成了清秀暖男。

于是这一堆清秀暖男把沈挽情围得密不透风，使出浑身解数想要吸引自家宫主的注意力，非常兢兢业业地工作在讨好上司的道路上。

沈挽情头一次被这么多酷哥簇拥着，手都不知道往哪里放，但能清晰地感受到背后那一道灼热的视线非常要命，烧得她连口水都不敢咽一下。

要出人命了。

"沈挽情,"谢无衍平静地开口,"过来。"

沈挽情跟猫咪夻毛竖起尾巴似的,夯拉着脑袋,试图将人群扒拉开:"让让,让让,我得过去……"

但忙于职场内斗的小"暖男"们根本不知道问题的严重性。这几天忙着钩心斗角,再加上其他魔将对后殿有心理阴影,压根儿不搭理这些人。

所以,后殿就跟与世隔绝了一样。

它们压根儿不知道这个很帅气但是超凶的男人到底是谁。

于是为首的那个"暖男"准备刷一下存在感,提升一下自己在宫主心中的威猛形象。他往谢无衍跟前一站,叉腰抬头挺胸,开口就是老宫斗人了:"你怎么敢对宫主说出这样大不敬的话?还有没有点规矩?不论你是谁,在这殿内,怎能直呼宫主大名?"

空气中传来整齐划一的倒吸一口冷气的声音。

沈挽情窒息了。

谢无衍轻抬了下眉,脸上看上去没什么表情:"你是什么东西?"

该暖男很骄傲:"副宫主。"

这不关沈挽情的事啊!

谢无衍走到沈挽情跟前,俯下身同她对视,笑着问:"这里倒是颇有意思,您说对吗?宫主大人?"

沈挽情哽咽了。

玄鸟见状,一个激灵,迅速从谢无衍肩上起来,然后蹿到大殿门外捂着脑袋往里头偷看,生怕等会儿打起架来自己被波及。

这下,其他人都看出些不对劲了。

怎么回事?为什么自家宫主在这个男人面前这么软脾气?

该自封副宫主的男人也开始感觉到不安了:"你,你,你到底是谁?"

"问得好。"谢无衍抬手掐住沈挽情的下巴,却没用力,语调依旧慢悠悠的,"宫主大人说说看,我是谁?"

死亡问题。

沈挽情揣摩了一下谢无衍的思想感情,明显就是"不管你怎么说,反正我现在就是在生气,我一会儿就要发脾气了,给你机会挣扎一下"。

于是她决定挣扎一下。

沈挽情从谢无衍手中挣脱出,深吸一口气,站直身体,非常恭敬有礼地摊平左手,介绍道:"这位是谢无衍,大家都知道的大魔王。"

接着她又将右手一摊,开始介绍右边的男人:"这些,是后殿的人。但我得声明一下,后殿不是我建的,是玄鸟建的。虽然人的确是我选的,但这不是我的后殿,是魔王的后殿。"

玄鸟惊恐:你不是人!

然后沈挽情又将刚才那位"副宫主"一指。

该副宫主现在知道问题的严重性了,浑身一抖,迅速往后退,差点儿抱头痛哭。

"这位是副宫主。您的副宫主虽然是它们自己内部决定的,但是我尊重它们的意见。"说到这儿,沈挽情将腰挺直,拍了拍自己的胸口,非常郑重地自我介绍道,"而我,从今天开始不是宫主了,是——"

她想了想,走到谢无衍跟前暗示了一下。

谢无衍并没有看懂她的暗示,露出"你又在演什么"的疑惑表情。

沈挽情见谢无衍悟性很差,于是只得认命地拉起他的左手,自己非常自觉地靠进他的臂弯,接着还不忘记让他的手搂住自己的腰,拉扯了一下袖子提醒他搂紧。

做完这一切准备工作之后,沈挽情挺胸抬头:"而我,是魔王的宠妃。"

谢无衍:敢情你一个人就给大家全分配好了?

他低头看了眼乖乖巧巧缩在自己怀里自封为"宠妃"的沈挽情,低下头抵着她的额,威胁似的问了句:"怎么?你这样就算解释完了?"

沈挽情往他怀里一靠，开始撒娇："可是你在这里发脾气的话我怪没面子的，万一传出去，它们马上就知道我一点威信都没有了。要不然……今天晚上回去我们偷偷生气，给我个机会好好哄哄你。"

谢无衍觉得好笑，他生气什么时候需要偷偷的了？

但是沈挽情整个人缩到他怀里，说话的时候呼吸轻轻打在他的脖颈处，小猫咪挠痒痒似的酥酥麻麻的，挠得人心烦意乱。谢无衍烦躁地皱了下眉："松开。"

沈挽情抱紧："我不。"

"松开。"他警告了一声。

沈挽情："呜。"

谢无衍莫名其妙地脱口而出一句话："松开，不生气了。"

沈挽情松开了，顺带拍拍自己身上的衣服褶皱，非常快乐地从他身上跳了下来。

玄鸟一副"江山要完了"的表情：太惨了，几百年前无法无天的大魔王居然对沈挽情的小伎俩束手无策。

它很头痛。

这样不强硬的态度是没有办法成就大事业的！！

但事实证明，谢无衍有时候也挺强硬的，比如睡觉的时候。他沉默地看了眼寝宫里整整齐齐摆放着的两张床。

沈挽情给自己做了个睡眠眼罩，此刻松松垮垮地系在额头处。她坐在床上，煞有介事地和谢无衍解释道："大的床你睡，小的床我睡，这个眼罩戴上去会睡得更舒服，然后薰香是……"然而话还没说完，自己整个人就被谢无衍一拉，拉到了怀中。

沈挽情："你有自己的床了！而且你没有封印咒了！不失眠了！"

"确实不失眠。"谢无衍笑着低下头，在她耳侧缓缓道，"可是魔王和魔王的宠妃，不会睡两张床。"

沈挽情：失算了。

七十三

寝殿很安静,偶尔能听见挂在床边的风铃叮叮当当地响几声。

"我说,"谢无衍胳膊搭在膝上,活动了下脖颈,语气好似漫不经心,"你那什么歌厅,建得离寝宫也太近了些。"

昨晚半夜三更,他还能听见魔将在里头鬼哭狼嚎。但沈挽情那时候跟只小猫似的蜷在他怀里睡觉,偶尔还会被那声音吓到,睡不安稳似的皱皱鼻子。

于是谢无衍只能认命地起来给她布了隔绝术。

他很快就想到,沈挽情虽然不是个浅眠的人,但还是会被这声音倒腾得睡不着。那她在自己没回来之前,都是怎么睡的?

于是谢无衍问:"所以你晚上都不睡觉吗?"

沈挽情没立刻说话,躺在谢无衍腿上,伸手捏着他的头发,然后小声地说:"我都睡不着。"

谢无衍垂眼看她,任由她玩着自己的头发。

她把宫殿里倒腾得热热闹闹的,无论什么时候去哪儿,仿佛都会很有意思一样。

因为她睡不着。

沈挽情多数时候会缩在午夜歌厅的软榻上抱着奶茶发呆,周围很多人,人声鼎沸。魔将跳舞很有趣,花里胡哨一大堆动作,但是四肢不协调。

她看不进去任何喧闹。

她突然就想起在谢无衍的回忆里看到的,一个人度过无数个夜晚的谢无衍。

她明白了那是怎样的孤独,但自己也好不到哪儿去。

明明周围很热闹,但她好像还是觉得很冷清。

现在不会了。

"孤光剑和你融合，会对你有什么影响吗？"

"我应该和你提过几次，孤光剑原本就是以人骨和血肉铸造而成的。"

现在它的剑身重新撑起了谢无衍的躯体，原本是为了杀掉他而铸成的剑，却变成了他活下去的载体。

沈挽情问："不会有意外了对吗？"

谢无衍："嗯。"

沈挽情抬起头，伸出小拇指："拉钩。"

谢无衍皱着眉嫌她幼稚，但还是伸出手同她拉钩，然后顺势俯下身，轻轻吻住她的额头，揉了揉她的头发，笑了："我什么时候骗过你？"

沈挽情安静好久，然后开始嘟嘟囔囔："其实经常。我们刚认识的时候你天天装正道人士骗人来着，还为了不让我睡觉每天编理由到我房间来喝茶，一天一个骗人的小理由，比如说……"

"闭嘴。"

"恼羞成怒了！"

沈挽情兢兢业业地当魔王的宠妃，不是躺在床上就是软榻上，而且周围的魔将显而易见地比自己一个人在的时候更加殷勤。

几天之后，谢无衍把躺在软榻上睡懒觉的沈挽情揪了起来："走吧，出去一趟。"

沈挽情："去哪儿？"

"玄天阁或者纪家。"谢无衍了解得很周全，"我听说这叫作回门。"

沈挽情沉默了一下。

好家伙。

别人是回门，你这是老虎进家门。

但她想了想，还是回去了一趟。当日她和纪飞臣、风谣情两人在虚无之境就告别了，倒的确挺挂念他们的身体状况。

其实自谢无衍复活之后，玄天阁和纪家立刻审时度势，发现现在

523

天下最大的魔王明显是谢无衍，于是赶快开始哭着求两人回归宗门。这样至少有个和谢无衍关系好的靠山，以后万一谢无衍开启灭世计划，自己还能往后排一排。

而且谢无衍去这一趟，肯定不是单纯地让自己回门。

其实他这段时间一直挺忙，多半时候都会外出倒腾些什么，也没同自己说。

他没主动说，沈挽情也不去追问。

他走这一趟，八成是因为还有些琐碎的事情需要解决。

于是她愉快地决定接受回门！

并且她还非常好心地写了封信提前通知了一下。

信上写着——

　　　我和谢无衍要来一趟。
　　　不用准备什么礼物。
　　　玄天阁的厨子应该没换吧？
　　　没换的话我想带走。
　　　其他就没什么事了。
　　　反正我们会来一趟。
　　　啾咪。

　　　　　　　　　　　　——魔王宠妃沈挽情

得知此消息的玄天阁和纪家并不愉快。

第二天早上，对此一无所知的纪飞臣和风谣情各自推开自己房门的时候，看见自己门口站着黑压压一排自家门派的弟子，以每个分支的长老为首，各领一队，弟子们哭得眼泪鼻涕一把抓。

"呜呜呜，大魔王和魔女终于要开始扫平人界了！"

什么东西？

七十四

魔将听说了自家宫主和殿下要离开魔域前往修真界的消息，全都摩拳擦掌整装待发，脸上端出一副任重而道远的表情——终于要开始了吗？充满杀戮的战争。

其实这些魔将在魔殿里待着很舒服，每天种田、养花、去动物园里投喂动物，偶尔唱歌喝酒，日子过得很充实。这样时间一长，他们纷纷领悟到混吃等死的生活是多么有意思，觉得世界还是挺美好的，于是也没有之前那种"我要毁灭世界"的想法了。

但它们非常忠心。

毕竟它们的两位老大是现如今这世上最不能招惹的两个人。这种说出去就好像是在世界第一的公司里工作一样，它们这些打工的也很有面子。

于是，虽然魔将不太想搞那些毁灭世界的幺蛾子了，但还是摆出一副誓死追随主人的忠诚样子。

于是，它们紧张兮兮地准备了好久，搜罗出自己最厉害的法宝带着，还顺带给家里写好了遗书。

魔殿上下弥漫着紧张的气息。

所以在准备好出发的那天早上，沈挽情打着哈欠从寝殿里出来，一抬头看见台阶下整整齐齐、黑压压的一批排队站好的魔将，沉默了好一会儿："你们这是什么情况？"

"我等愿誓死追随宫主与殿下，无论生死，绝不后退！"

非常洪亮而又整齐划一的口号。

沈挽情哑然。

什么玩意儿？我回娘家蹭饭你们掺和什么？

但是碍于魔将们太热情了，沈挽情觉得就这么让它们回去有点怪不好意思的。她摸了会儿后脑勺，想了想，说："行吧，但是用不了这么多，你们随便派两三个跟着我就行。"

两三个？魔将领悟了。

果然，宫主和殿下已经强大到如此地步了吗？

他们一定是准备直取那些名门望族的命脉之处，不做无谓的牺牲和打斗。

于是，魔将中三位修为最高、战绩最为显赫的优秀员工摆出视死如归的表情，在万众瞩目下走了出来。

它们抬头挺胸，郑重其事地说："末将愿意同殿下与宫主同生共死。"

沈挽情："行吧。"

你们魔域人说话都好吓人。

她看了会儿，谢无衍好像不在魔殿内。于是她把剩下的魔将赶走，坐在殿里撑着下巴等了会儿，没撑住，又趴在桌子上睡了个回笼觉。

其实昨晚不知道什么时候开始，谢无衍就不在魔殿里了。他向来这样，总会一时兴起地消失一会儿，然后不知道从哪个门派那里搞回来些新奇不常见的东西给沈挽情解闷。

昨天沈挽情睡觉睡到一半，突然坐起来，非常认真地分析了一下从魔域到修真界的路。要穿过冰川和沙漠，骑玄鸟的话，鸟毛挠得人想打喷嚏；自己飞的话好累，而且风刮在脸上还怪不舒服的。

这趟去修真界估计要到处闲逛好久，总是这么风吹日晒，一定会长皱纹。所以她就想搞个能在天上飞的马车，最好里面再摆张床，自己可以舒舒服服地躺着。

说做就做。

她半夜不睡觉，从床上爬起来乒乒乓乓一阵倒腾，开始造能飞的马车，还从动物园里牵出来了几只魔头人马来牵绳。但是沈挽情建造和手工学得不好，造出来的东西东倒西歪，加上魔头人马又野又不团结，上下左右东南西北几个方向乱飞。

结果马车没造出来，反而出了不少意外事故。

整个魔殿半夜三更跟拆家似的"噼里啪啦"一阵乱响，马车还把放在殿口的玄鸟石像撞碎了。玄鸟马上不乐意了，跟哭丧似的站在宫殿上号。

谢无衍就是在这个时候忍无可忍地起来，提溜着沈挽情的后领，把她从那堆自己造出来的破烂里揪了出来，就这么将她塞回床上，皱眉道："睡觉。"

沈挽情跟不倒翁似的立刻支棱起来："可是！"

谢无衍又将人按下去："睡觉。"

沈挽情委委屈屈地"哦"了一声，翻了个身，闭上眼睛。但想了好一会儿，还是睡不着，于是又睁开眼翻回来，往谢无衍旁边蹭，伸出食指拨弄着他那一小截头发，开始絮絮叨叨："御剑飞行太冷了，飞太慢会无聊，飞太快风吹得脸会疼。

"玄鸟不洗毛！它身上有股红烧猪蹄的味道，会把我身上的味道熏坏！骑着它我总容易打喷嚏。

"而且要经过沙漠，空气质量很差的，皮肤会长闭口的。"

沈挽情絮叨着，就觉得困了，打了个大大的哈欠，嘟囔几句，然后往谢无衍怀里缩了缩，在他身前睡着了。

不知道过了多久，谢无衍睁开眼，垂下眼帘，看了下自己怀里蜷成一个团的沈挽情。她最近睡觉越来越不老实了，盖在身上的被子总会被她踢到脚下。

谢无衍撑起身，将被子扯过来盖在她身上。他随手拿起一旁的外衣披上，出了门。

玄鸟正在窝里呼呼大睡，就这么猝不及防地被自家殿下揪了起来，但敢怒不敢言："殿下有什么吩咐吗？"

谢无衍："去洗个澡。"

玄鸟一头问号：这就是你不让我睡觉的原因吗？

沈挽情不知道睡了多久，迷迷糊糊中感觉到有人在自己身前停下，弯下腰，扣住自己腰，将自己横着抱起。

不用睁眼，她都知道是谁。

她抽了抽鼻子，轻车熟路地找了个舒服的位置靠着，伸了个懒腰，睁开眼睛问："去哪里了？"

谢无衍没答话，只是抬起下巴朝前方示意了下。

沈挽情直起身，探头看了眼。

马车！可以飞的马车！而且看上去超豪华！

她进去以后发现，这辆马车在外面看上去好像并不大，里面却各式各样的摆设一应俱全，就像座宫殿一样，而且窗外的风景都是由幻术构成的，特别漂亮。

沈挽情快乐了，蹦跶着跑到马车内的超大软床上躺着打滚。她滚了一会儿似乎想到什么，又从床上跳了下来，一溜小跑跑到谢无衍面前，抱着他亲了一口，心满意足地跑回去接着打滚。

谢无衍就这么任由着她胡闹，心情好像很愉悦。

玄鸟打了个哈欠，在桌上昏昏欲睡。

岁月静好，画面和谐。

除了"修灵书"内的"江湖逸事"论坛——

到底是谁偷了天鼎派师尊的白龙香车啊！师尊气哭了，昨晚罚我们所有守夜的弟子抄三百遍祖训！

本人就是那些悲惨的守夜弟子之一。

偷白龙香车的那个人简直太嚣张了，拿走就算了，还留张字条，上面写着"我拿走了，谢谢"，看上去还挺礼貌的，可直接把我们师尊气得眼泪直流，现在还在大殿里抹眼泪。

太惨了。

如果找到那个害我抄写三百遍祖训的小偷，我一定将他打得向我磕三百个响头。

　　楼下一群人无情"哈哈哈"。
　　过了很久，突然有一个人回复了——

　　我刚才好像看见你们师尊的白龙香车了。

　　请道友快快报上方位，我这就带领我们天鼎派弟子前来惩戒此贼人。

　　香车上面还有谢无衍。

　　那没事了。

　　沈挽情沉默地看着面前的玄天阁，陷入沉思。
　　自从接到通知，玄天阁迅速把这件事列为关乎门派存亡的紧急事件。像这种大门派，都是很会审时度势的，谢无衍这种整个修真界都没人能管得了的人物，谁和他关系好，谁就捡到了大便宜。
　　于是他们决定，一定要借此机会，拉近玄天阁和谢无衍的关系。
　　那么，什么颜色最热情？红色！
　　为了表达诚心，玄天阁四处张灯结彩挂上红灯笼，门派弟子的衣服全都改版成了以红为主调的服饰，从大门口一路到后山，全都贴满了"喜"字，几乎每个房间里都会摆上一对精美的沈挽情与谢无衍的瓷娃娃。
　　于是沈挽情一下车就看到了这诡异的场面。
　　玄天阁弟子和长老整整齐齐站了两排，每个人都穿着红色，脸上齐刷刷露出友善的微笑，充满期待地看着自己。大殿门上硕大的两个

"喜"字，还有两个小道童站在门口，手捧鲜花。

好家伙，他们给自己安排了一场婚礼？

谢无衍倚着白龙香车，扫了眼这非常浮夸的欢迎仪式，没说话，也没表情，看上去挺平静的。

直到那两个小道童把花递到沈挽情手上，她低头一看，发现捧花内有一沓红色的纸卷。她将那纸卷拿出来，抖开，这才发现上面是一条横幅。

横幅上写着——

热烈欢迎谢国强，威猛侠义又善良。

沈挽情心里咯噔一下，但是这字体怎么这么眼熟呢？

她一抬头，看向不远处的纪飞臣。

纪飞臣微笑。

这就是男人之间的恩怨吗？？

你们男孩子都这么小气吗！

谢无衍眸色一沉，冷笑一声，站起身。

"不至于不至于。"沈挽情连忙抱着他的胳膊，"你想想，这是尊重。情有可原，情有可原。"

毕竟是别人的一番好意，沈挽情觉得还是要给人点面子，于是扯着臭着一张脸的谢无衍，在两边玄天阁弟子友善的目光下走进殿门，顺带安抚似的给他顺毛："红色喜庆，红色喜庆。"

然后，两人被迎接进会客厅。刚一坐下，就看见手边那一对活灵活现的瓷娃娃，做工精巧，瓷娃娃的衣领上还分别绣着自己和谢无衍的名字。

谢无衍眯了眯眼。

沈挽情立刻按住他的手："不生气不生气，你看，好歹也算是个可爱的娃娃，说明你在他们心中很亲切。"说着，她还伸出手轻轻戳了戳瓷娃娃的脸,然后瓷娃娃就开始用奶音喊了起来:"欢迎欢迎欢迎欢迎!!"

她松开按住谢无衍的手。

"你动手吧,我不管了。"

七十五

沈挽情这些天过得很舒服。

玄天阁的厨子太会做菜了,菜品多,不重样,隔三岔五还会搞小火锅。更让人惊喜的是,玄天山下的云城近段时间商业越来越发达,每天晚上都有夜市,到处张灯结彩的,很热闹。

山下到山上,距离也不长,更何况现在有白龙香车代步,一来一回根本要不了多少时间。

于是她每天都会拉着风谣情一起去逛夜市,那三个抱着必死决心从魔殿里跟出来的魔将,没等到残忍的杀戮,等来了一大堆大包小包的衣服饰品小玩意儿。他们每天抱着一大堆东西,跟跟跄跄地跟在沈挽情身后。

她还特地让这些魔将敛去魔气,装成普通人的样子。

夜市嘛,就是要和寻常人一样挤在一起才能感觉到快乐。

购物的最大乐趣是什么?是砍价!

于是沈挽情——这么一个令人闻风丧胆,在修真界赫赫有名,随时都可以和她那个姘头一起把人界一下子拆了的传奇性人物,天天蹲在地摊边和小摊老板扯皮砍价,最后还因为五文钱差点儿吵到互扯头发。

最让沈挽情生气的是,好不容易砍完价买下一条漂亮裙子,没走几步就发现裙子内的纱被钩破了一大半。于是她气呼呼地找店主扯皮:"你家怎么能卖客人这种裙子呢?"

店主装傻充愣:"我卖给你的是好的,谁知道是不是你为了想要退钱,所以故意把我们的裙子钩坏的?"

沈挽情可听不得这话,她拦住了想要帮她砸店的魔将和在旁边准备劝架的风谣情。

这一场架事关女人的尊严,她必须赢。

而且要堂堂正正地靠嘴炮赢,用仙术之类的欺负人都是犯规。

两个人叽叽喳喳你来我往吵了好久,最终店主忍无可忍。

店主叉腰:"你知道我男人是谁吗?我男人管着这一块地方,你要是再惹我,我让你吃不了兜着走!"

沈挽情也叉腰:"那你知道我男人是谁吗?"

"我管你男人是谁!你男人没有我男人厉害!"

"你吹牛!你男人才没我男人厉害!"

风谣情无力地撑住额头,看着沈挽情上蹿下跳地和那位女店主扯头发。

魔将吓出一身冷汗,惊得嘴巴都合不上,自家宫主这行为就跟谢无衍拿孤光剑吓唬小猫咪没区别。终于,吵着吵着,那位女店主的男人出场了。

是那种标准意义上,留着络腮胡子,肌肉很发达,露着大膀子,看上去就很魁梧和凶悍的地头龙。

女店主格外嚣张地说:"看到没?我男人来了,你这细胳膊细腿还不够他折的。这衣服呢,我也不想给你了,识相的就把衣服留下,人赶快滚,免得我男人伤了人。"

周围也立刻有人在劝。

"算了算了,别招惹他们了。"

"是啊,姑娘,这家人可不好招惹,之前好多个和你一样的外乡人就在这里被欺负了,你还是快些走吧。"

"这男人在我们镇上惹出不少事,姑爷还是当官的,可得罪不起。"

魔将听着这些话,内心毫无波澜。这可能就是,不知者无畏吧。

但是他们想了想,觉得情有可原。

谁能想到这种知名大人物,会在这里因为一条不值钱的裙子和人吵上整整一炷香的时间。

那女店主的男人见沈挽情不走,轻佻地扫了她一眼,嬉皮笑脸道:"小姑娘,你男人呢?怎么不见他出来说话?我也不打女人,要么让你男人出来同我单挑,要么你干脆就跟我说几句软话,没准……"

"沈挽情,"谢无衍的声音在身后响起,他穿着件赤黑锦袍,眉梢微皱,朝她伸出手,"你又在闹什么?"

沈挽情蹦蹦跳跳地朝他走过去,抬手往那壮汉方向一指,开始撒娇:"他要和你单挑。"

谢无衍低头看了眼掐着小奶音开始撒娇的沈挽情,又看了眼不远处那个一看就没半点根基的普通壮汉。

"行吧,"谢无衍捏了捏眉骨,"那就打吧。"

魔将和风谣情齐刷刷倒吸一口冷气。

好家伙,还真比?

你就宠她吧。

当然,架还是没打成。

因为谢无衍那对赤眸太惹人注意了,一看就不是正常人该有的眼睛,有围观群众觉得他们俩眼熟,想了会儿,突然惊呼——

"这不是和这画本上面画着的那两个人吗?"

"哇!真的是一模一样!"

之前沈挽情在这儿,的确有些人觉得她长得像,但大多数人觉得这号人物不可能会在这儿砍价,于是只觉得是撞脸。

现在谢无衍也在这儿……他们终于嗅到不对劲了。

有一些修仙人也在逛夜市,听到这句话连忙挤进来,定睛一看,然后瞳孔地震,随即屁滚尿流地迅速爬走,连带着惨叫声:"谢无衍!!是谢无衍!要变天了!要变天了!!"

原本"吃瓜"群众并没有深刻体会到这个名字的含义,再加上沈挽情这几天总是逛夜市，人长得漂亮又喜欢和人砍价，平时还会同那些妇人分享自己的砍价经验，所以他们都还没太觉得这两人有多么恐怖。

但是现在这些修仙人士一起哄，加上他们又是跑又是爬，还有些御剑仓皇飞走结果撞到树，搞得所有人都怪紧张的。

于是，在几秒钟的寂静之后，周围的"吃瓜"群众都意识到了问题的严重性，开始尖叫着抱头鼠窜，迅速躲远然后偷偷探出头去看。

"我有个问题，"沈挽情问，"那本书到底是本什么书？"

风谣情："这个……就是一些修仙人偶尔会搞点副业。你知道吧，现在人都挺喜欢看画本，干这个挺挣钱的，比一般的除妖师挣钱。"

沈挽情点了点头，然后看向前面抱成一团的女店主和她的威猛男人，礼貌询问："还单挑吗？"

两个人将头摇成拨浪鼓，不仅如此，还恭恭敬敬地给沈挽情换了一条新裙子，并且将钱退了回来。

沈挽情：开心！

谢无衍："这条裙子……"

"一两银子！"

谢无衍："所以你因为一两银子和人吵架？"而且还气到让我和人家单挑？

这下轮到魔将和风谣情紧张了：完蛋了，谢无衍悟过来了！

沈挽情心虚地点了下头，然后小声地说："本来也没有想让你出场啦，是她先说的！我是下意识还嘴！"然后她开始使用委屈战术，"不可以吗？"

谢无衍："……可以。"

这下，就连从来都很文雅的风谣情都忍不住爆粗口。

不愧是魔王。

那一对夫妻腿抖得都站不住了："仙人，您看我都还钱了，不如这事……"

"这不是钱的事。"沈挽情坐在他们的桌子上,开始一板一眼地教育人,"这是职业素养的问题。知道什么叫职业素养吗?就是你们这个店要有诚信。像刚才那样子,对客人很不礼貌的态度是不对的。"

"是是是。"

"你们要真心认错,要向之前所有得罪过的客人赔礼道歉,还有你的乡邻!怎么能向乡亲朋友要保护费呢?我们得杜绝这种不合理行为。"

于是,一对夫妻声泪俱下地站在夜市中心,背后是坐在桌子上晃着腿的沈挽情和抱着胳膊站在旁边给她撑腰的谢无衍。夫妻俩开始长篇大论地道歉,向每一个乡亲朋友鞠躬赔礼,请求原谅。

乡民被感动到了。

好正义啊,和书里写的完全不一样,根本没有那么邪恶,也没有想要毁灭人界嘛!明明还在替大家主持公道,真的是太感人了。

于是大家互相对视一眼,逐渐放下戒心。

之前和沈挽情交流过砍价技巧的妇人最先稍稍靠了过来,小心翼翼地问:"姑娘,你和他真的是画本上那两个人?"

沈挽情怪不好意思地摸摸后脑勺:"画本我没看过,过几天买回去看看,但是如果没有意外,应该是我们两个吧。"

虽然早就知道,但是妇人还是惊呼了一声,有些犹豫:"姑娘看上去不像书上说得那么……无恶不作。"

"书上说的不能全信。"沈挽情振振有词地竖起食指,笑眯眯地说,"不过你们想听的话,我可以和你们讲讲啦,就是以后逛夜市得给我抹掉零头。"

这些平民百姓虽然经常听那些修真界的传闻,但毕竟关注的重心多半是柴米油盐,也不掺和那些门派之间的事情,所以倒也没有像修仙人那样,对谢无衍有着根深蒂固的反派执念。

毕竟就算谢无衍闹的动静再大,也不过是几百年前的事情了。而且那时候,他倒也没怎么着人界,只是毁了魔域的几个地方。人们起初听到这名字的确会害怕,但是看着这两人跟寻常人似的站在这儿,

535

突然又没有那么怕了。

更何况这传闻中的魔女,会做和寻常人一样的事。

这传说中无恶不作的魔王,能这么温温柔柔而又溺宠地看着身旁的人胡闹。怎么看,都不像是大奸大恶之人。

一开始只是几个之前和沈挽情聊过的妇人凑过来听,后来这些妇人喊来了自己的小孩儿一起听,接着妇人的男人也凑到跟前来听。反正不知道怎么的,最后沈挽情周围围了一圈人,就连刚才那对道歉的夫妻都偷偷搬了个小板凳一起听。时不时有人抬头看下身旁的谢无衍,谢无衍打着哈欠,看上去好像没一点脾气。

过了好一会儿,他看了眼身旁坐在桌子上,眉眼弯弯正在同人说故事的沈挽情,站起身,避开人走到风谣情跟前。他先是把魔将支了回去,然后对风谣情说:"我来陪她就好,这些天多谢你了。"

风谣情反应了一会儿,才明白过来,谢无衍是在谢她陪沈挽情逛夜市。

"不是辛苦的事,和她相处过的人都会这么觉得吧。"风谣情看向被人群簇拥的沈挽情,"她这样旺盛的生命力,很吸引人想要待在她身边。倒是你,任由她半真半假地编故事,真的没问题吗?"

"嗯,"谢无衍说,"她喜欢热闹。"

风谣情突然明白了谢无衍为什么平白无故要折腾这么一出回门。

他知道沈挽情喜欢什么。

他想让她能过得再开心一些。

无论什么时候。

七十六

像这种江湖八卦,传播速度往往都是很快的。没过几日,五湖四海的人都吭哧吭哧赶过来听沈挽情讲小故事。为此,镇上专门腾出一个茶楼,在里头铺上软榻,准备好一大堆好吃的菜品,像供神仙似的供着沈挽情,听她说书。

每天围观群众都能挤满整个楼,还有些挤不进去的趴在外面听里面的人层层传递出来,将其简称为实况直播。

谢无衍也在。

一开始那些"吃瓜"群众还都挺害怕的,毕竟谢无衍"魔王"的名号给人留下了太大的心理阴影,大家都怕他一个不高兴就起来把楼里的人全都掐死。

但观察了一段时间,大家发现多数时候他在当摆件。他总是撑着脑袋躺在沈挽情身后的软榻上小憩,时不时打几个哈欠,也不打岔,也不发火。就算有跑来跑去的小孩子一不小心摔倒在他身上,他都不会皱眉头,看上去倒是挺有耐心。

沈挽情的故事水分很大,而且带有很强烈的主观色彩。

"……在一片夜色中,我找到了谢无衍。即使那个时候我身受重伤,和他素不相识,但是还是决定英勇地救下他!"

谢无衍挑了下眉。

"看着被妖怪揍得身负重伤的谢无衍,我决定出手救下他。于是我在一片火海之中挺身而出,身披霞光,脚踏七色云彩。谢无衍看着我,感动得眼角渗出泪花……"

谢无衍优哉游哉地吃了个枣。

"……我们走到北城的时候,因为蚀梦妖作祟,害人性命,所以我们一行人决定来到满月楼除妖。满月楼你们知道吧?特别有名的青楼,里面的姑娘超级漂亮,而且还有小倌!"

"哇,什么样的小倌?"

"很绝,就是那种面容清秀,和他说两句话他就会害羞,然后还会甜甜地喊你'姐姐'的那种小倌。"

"真的吗?!"

"真的真的,你以为就这一种类型吗?当然不是!还有那种很冷漠……哎哎哎!"

谢无衍放下了手中的枣，拍了拍手，站起身，提着沈挽情的后领将她揪了起来。沈挽情扑腾了几下，被谢无衍轻飘飘地扫了一眼之后，立刻就像一只乖巧的小猫咪一样一动不动，任由他将自己拎走。当然，她走之前还不忘记挥手和楼里的"吃瓜"群众说拜拜。

"吃瓜"群众：哇！好恩爱！

后来，沈挽情讲的美化版故事迅速在市井街头传播，各大茶馆的说书人紧跟潮流，马上暂停之前的栏目，讲起了这系列的故事，还给它取名为"霸道魔王的小野猫"。

说书人也是有竞争的，为了让自己的故事更精彩，他们还自由发挥，在剧情中多加了些悲惨的情节。

不到半个月的时间，谢无衍和沈挽情的名字风靡大街小巷，而且鉴于本人长得实在太好看，瞬间多了一批死忠粉。走在大街上，随处可见谢无衍海报、谢无衍同款面具、谢无衍小布娃娃。

倒是沈挽情的没有多少，据说是因为某次谢无衍看见有个猛男买了沈挽情的小布娃娃抱在怀里，下一秒他就差点儿把整个镇子烧了，多亏沈挽情在旁边给他顺毛，又亲又哄，才把人劝住。

从此以后，市面上再也没有沈挽情的相关周边。

但谢无衍这样的行为会让百姓感到粗暴吗？

并不会。

他们只会觉得"我磕到了"。

以天道宫为首的保守门派一看，觉得这怎么能行？自己花了几百年给谢无衍塑造出个反派形象，怎么被几个故事瞬间变了风向？于是他们立马派自己的弟子去各城镇做宣传，到处警示各地的百姓，贴布告阐述谢无衍的恶劣行为。

但是他们被谢无衍的忠实粉丝打了出去。

风谣情对这一切很感动。

无论是因为什么，至少天下人没有再将这两个人当成十恶不赦的洪水猛兽。他们也不用像从前那样，无论做什么，都要背负上莫须有的骂名。当然，到别人门派里嚣张拿东西这件事还是应该被骂的。

所有同沈挽情她们熟识的人都为她们感到高兴，除了沈挽情本人。

因为她发现，自从谢无衍名声没有那么差之后，"修灵书"的"江湖逸事"论坛里出现了一大堆帖子。

沈挽情每天都抱着"修灵书"和这些作者扯皮，一吵不过就哭唧唧地找谢无衍，向他告状，让他删帖子。

帖子删多了之后，那些作者开始不满了——

到底是谁破坏了"修灵书"中那些页面？难道是之前那个总在我的故事下面和我吵架的人？未免也太过于眼红了吧？

沈挽情气得咬谢无衍的肩膀。

谢无衍没半点反抗，无奈地任由她折腾，然后接过她手中的"修灵书"，食指在页面上画了几下。接着，"修灵书"下"江湖逸事"论坛那一栏中，出现一道鲜红的字体，无论怎样都抹除不掉——

闭嘴。

即便只是"修灵书"中凝聚成的一页纸，也能透过这两个字，嗅到那股让人胆战的警告味。

这股力量，谁都知道是来自谢无衍。

他们顿时悟了，终于明白这天下最强的人是谁了：不是谢无衍，而是他家那个张牙舞爪的小姑娘。

当然，在全天下都很忌惮谢无衍的时候，除了沈挽情，还有个人对谢无衍非常不尊重。

那就是这本书原来的男主角——纪飞臣。

到这个关头,两个人终于势不两立了起来。

在沈挽情回门第一天的时候,纪飞臣非常热情地将人迎接到客房处,将手一指:"左边的房间挽情睡,右边的房间谢公子睡。"

谢无衍:"不用两间。"

纪飞臣:"需要两间。"

"不需要两间。"谢无衍懒洋洋地说,"她睡相不好,我得照顾着。"

沈挽情:你们男人吵架为什么要说我睡相不好?

于是两个男人开始了小学生式吵架,先是有礼貌地互相讽刺,到最后不知道是谁先撕破了脸面。

"我身为兄长还没同意把挽情托付给你呢。"

"我比你强。"

"和这有什么关系!我没同意!"

"但我比你强。"

纪飞臣气得毫无男主角的体面,掌心一震,凭空握住一把剑,气势汹汹地拔了剑就要上前和谢无衍拼命,但是被风谣情拦腰抱了下来:"别了别了,你真的打不过。"

谢无衍优哉游哉地往沈挽情房间里走,然后被纪飞臣喊住——

"谢国强!你给我站住!"

谢无衍眯了下眼,抬起手,缓缓地活动了下自己的脖颈,然后冷笑一声,转过身。

沈挽情立刻抱住谢无衍的胳膊,将他往屋子里拽:"一起睡一起睡,不至于不至于。"

虽然在沈挽情和风谣情的教育下,两个男人的战争稍稍有些收敛,但还是会在背后明里暗里地交锋。在饭桌上,纪飞臣会温柔地给沈挽情夹一筷子菜:"多吃点,你看看你,在魔殿都变得憔悴了,也不知道那里的人是怎么对待你的。"

长胖了两斤的沈挽情缓缓露出疑惑的表情。

原本不喜欢吃这些东西的谢无衍难得地拿起筷子，也给沈挽情夹，还略带嫌弃地将纪飞臣夹过来的菜弄走。

纪飞臣又夹回来，谢无衍又弄走。

于是两人来来往往，开始僵持。

沈挽情和风谣情一脸麻木地放下碗筷，看着两个人之间灵力涌动，"乒乒乓乓"一阵响，然后"轰"地炸开，碗筷菜盘飞了一地。

风谣情："纪飞臣，你给我滚出去。"

沈挽情："谢无衍！那是我最爱吃的土豆烧鸡块！"

反正后来，这两个人被禁止上桌吃饭。

于是他们开始下棋。

两个人看上去非常有礼貌地坐在花园里，石桌上摆着一盘围棋，他们彬彬有礼地互相客气着，看上去真的像是温润的翩翩公子一样。

"谢公子先下吧。"

"多谢纪大哥。"

"你喊谁'纪大哥'？"

"挽情这么喊你，那我也应当同她一样。"

"谢国强，你适可而止！我没同意！"

于是两个人又打了起来，被躲在草丛偷看的风谣情和沈挽情双双拦下。

不过谁都知道，纪飞臣虽然嘴上这么不待见谢无衍，但在内心里其实早就认可了自己这个妹夫；心里那点不舒服，纯粹是作为兄长看着自己带大的妹妹真的要被野男人拐走之后有些舍不得而已。

更何况，如果谢无衍真的想较真，单凭纪飞臣在回门当日送的那条横幅，就足够让他血洗玄天阁，哪里还会这么给面子？

他变得这么收敛，倒不是因为他内心多么向善，纯粹是不想伤害对沈挽情来说重要的人。

纪飞臣也正是知道这么一点，才不得不承认自己真的要把沈挽情交付给其他人照顾了。

某一日，谢无衍突然找到纪飞臣，难得没有吵架，只是淡淡道："去个地方，走吗？"

"去哪儿？"

"天道宫。"

纪飞臣沉默了一下："不告诉挽情？"

"嗯。"谢无衍说，"不是什么大事，只是，需要你帮个忙。"

本来纪飞臣以为这会是一场恶战，但其实并没有。

谢无衍一人一剑，从天道宫大门一路到内殿，步子都未缓下来。无论周遭的人在如何拼尽全力地殊死反抗，他都没有片刻停步。

打着打着，天道宫的弟子突然领悟了。这已经不是他们能够比拟的对象，就算再来上千上万个天道宫，都没有办法触碰到他半根汗毛。

纪飞臣知道谢无衍强大，但没想到已经强大到这种地步。

他分明根本不需要自己帮忙。

几乎没花多少工夫，谢无衍就见到了天道宫的掌门。

那白发苍苍的老人安静地坐在主座之上，背脊挺得笔直，望向谢无衍，胡子动了动，却没开口说话。

谢无衍的剑指着他的喉咙："带我去那个地方。"

七十七

那里是天道宫的最深处，密林环绕，遮天蔽日，越往里面走，天光便越照不进来。从源头处蔓延出一股冷气，比纪飞臣之前遇见的任何一股都更加阴冷。

然后，三人在一道石门前停下。

门上刻着奇异的纹路，还没有打开，纪飞臣仿佛能隐隐约约地感受到门那头的哀号。

那哀号声并不清晰,不是在耳边响起,更像是出现在人脑海中的一个声音,掺杂着巨大的绝望。

到底是什么东西,才能爆发出如此之大的绝望?

掌门将掌心划开,按在石门上,血液顺着纹路流淌。石门在一瞬间亮起红光,大地震动,灰尘簌簌地往下落,沉重的石门缓缓拉开。

"呜呜呜——"

哭声、怨气,以及那让人心底不由得感到悲鸣的压抑。

掌门没动,沉默很久,终于缓缓迈开步子,声音苍老:"纪公子,我年轻的时候也同你一样,意气风发,不知天高地厚。"

纪飞臣步子微顿,却没说话。

"那时我也有心意相通的道友,名誉、追捧让我晕头转向不知天高地厚,以为自己举世无双,谁都能救得了。"

掌门领着人一路向前,边走边叙述着,可语气太平静,平静得好像不是在讲述自己的故事。

"我当时一心向天下证明自己无所不能。猎杀那些冥魔,就是我证明自己的方式。每只冥魔死去之后,都会留下一粒魔丹。我取下的魔丹不计其数,吹捧、夸耀,让我觉得我当真什么都可以做到。

"直到遇见那只万年修为的通天心魔。那是一场死斗,天道宫派出一整个分支前去除魔,却还是遭到重创。我们缠斗了三日三夜,终于,同伴赌上性命透支自己的灵力,给我创造了一个绝无仅有的机会,让我能够将其一击毙命。

"但那时,我突然发现。通天心魔不知何时掳走了我的师妹,藏在他的命脉之处。杀了它,我的师妹也会死。不杀它,赌上性命为我铺路的同伴会因反噬爆体而亡。

"我犹豫了,我做不出选择。"掌门停下步子,抬起头,看着不见天光、乌云密布的上空,"然后,师妹死了,同伴也死了。因为我的犹豫,我谁也救不了。

"纪公子,如果是你,你会怎么选?"

这是没有人能立刻给出答案的选择。

"我知道你无法回答。"掌门转头，看着纪飞臣，"所以那个时候，我突然发现，至少在当时，我多么期盼有个人能替我做出选择，让我从那痛苦的矛盾中解脱。

"知道天道宫为什么叫天道宫吗？

"七情六欲并存的，不是天道，而是人道。天道不会考虑你的喜怒哀乐，它是一个决断，必须做出的决断。"

纪飞臣："我不知道怎么选，但我不会替别人做决断。"

掌门："你只是怕背上恶名。"

纪飞臣下意识攥紧拳，抿了抿唇，却没开口。

掌门大笑，转身看向谢无衍："谢无衍，你看……"

"别问我，我两个都能救。"谢无衍凉凉地扫他一眼。

谢无衍眼神里全是：就你这么菜还当掌门呢？

开挂破坏游戏体验了。

谢无衍目的很明确，似乎压根儿没有被掌门那一大段故事影响，而是径直走进了密林深处。不知道走了多久，终于拨云见日。

纪飞臣瞳孔微缩，怔在原地。

那是一片望不见尽头的山坡，山坡上伫立着无数墓碑，密密麻麻的。每一块墓碑下都能看见天道宫独特的束灵咒——用来镇压、囚禁、束缚灵魂的法术。

纪飞臣抬头，这才发现这遮蔽天日的并不是乌云，而是那些死去的冤魂。因为数量太多，加上被咒术困在这里无法超生，所以就像是深不见底的乌云一样，带着绝望终日盘旋着。

"他们是谁？"

"我的族人。"

谢无衍抬头，看向掌门，淡淡道："的确，二十年前，他们认定烧血之术已经彻底消失了，但天道宫从来没有打算放弃过这种血脉的力量，之前死掉的每一个族人，只要魂魄不散，就会被囚禁在这里。"

"为什么？"

"为了转生。"谢无衍说，"他们在赌一个机会，赌这些魂魄在无数次转生之后，会不会有一线机会，重新出现一个拥有烧血体质的人。"

"如果没有出现呢？"

谢无衍没有回答，但纪飞臣知道答案。

所以这些魂魄一直在这儿，在天道宫的操控下，进行无数次转生。

转生，再被杀死，永远轮回，永远不得超生。

纪飞臣握紧剑："掌门说为了天下苍生，就没想过这些一次次被你们亲手掐灭的新生命，也是活生生的人吗？"

谢无衍很平静："你会为了一把失败的剑而心痛吗？"

纪飞臣看向掌门。

掌门说："纪公子，你以为我做这一切的时候，就没想过天下会有多少人不认同我吗？"

纪飞臣盯着他的眼睛。

"我大限将至，那些骂名和非议对我这把老骨头来说，根本不重要。只要烧血之术有可能传承，世间能再出现一个同谢无衍抗衡的人，冥魔能被镇压，后世无忧，我便无憾。"掌门笑了声，"纪公子，你想干干净净的，就永远不能成为一个真正为苍生谋福祉的人。"

话音刚落，掌门的白发同衣袍一道上下翻飞，浑身上下被一股金光包围，每一寸灵力都在翻涌。雷声轰然大作，一道比一道更为猛烈。

"谢无衍，今日此处就是你的葬身之处，我会和你同归……"

然而话还没说完，声音便戛然而止。谢无衍眼皮都没抬一下，早有预料似的抬手捏住他的脑袋，两指微微收力，刚才还气势汹汹的人，如同瞬间被抽干了所有灵力一般，身上的气场陡然散去，金光朝着谢无衍手掌处涌动，眼神也逐渐失去光彩。

"你……"

谢无衍嫌弃似的收回手，吹了吹自己的手指。

545

掌门瘫坐在地上，如同木偶一般双目无光，许久后，才期盼似的看向纪飞臣："纪公子，你出身于名门正派，此时正是你拯救苍生的好机会……"

纪飞臣蹲下身，同他平视："我拒绝。"

现在掌门已经没有精力追问纪飞臣这么选的缘由，看着谢无衍伸出手，看着那些汇聚成乌云的冤魂朝着他的方向涌来，茫然而又试探地轻轻触碰他的指尖。

"谢无衍！你不能这么做！"

"为什么不能这么做？"谢无衍笑了声，"我又不是什么名门正派，而是个血脉肮脏、无恶不作的怪物。"

说着，他将手探进那深不可测的冤魂中，闭上眼。

刹那间，风声骤起。

"砰！"

只在一瞬间，漫山遍野的墓碑同时炸开，石土飞溅，金光闪烁，集全门之力布下的束灵咒在顷刻间同时破灭。那块乌云一瞬间被撕开，无数魂魄朝着天际的方向飞去，壮观而又悲戚。

应该结束了。

千百年来，无休止的痛苦轮回。

就像最后那点信念被掐灭，掌门像个破碎的布娃娃一般，跪在地上，身躯摇摇欲坠。

谢无衍没看他，迈开步子，径直朝着更前方走去。

纪飞臣跟上，两人心有灵犀地不提刚才的事情："所以，你喊我来是为了向我炫耀你有多强的？"

"啊，一半吧。"谢无衍说。

幸亏你足够强，不然早就被暗杀几千回了。

纪飞臣不提刚才天道宫掌门说的那些话，是因为有许多事情原本就是没有绝对正确的答案的。

已经做出了选择,就不需要问做出选择的原因。

很快,谢无衍就找到了自己要去的地方。

那处像是一个地牢,光是靠近,就会发现这里被施加了无比强大的镇压术。

"这就是我需要你帮我做的事情。"

"什么?"

"这里关了一只冥魔,叫作通天心魔。"

"通天心魔?"

那只造成当年惨剧的通天心魔。

"嗯,但是它现在已经和普通的冥魔没有区别了。"

"所以你想让我做什么?"

"杀掉它。"

纪飞臣一怔。

对于谢无衍来说,杀掉这只通天心魔甚至比捏死蚂蚁还要简单,为什么非要让他出手?

但是纪飞臣没有问,点了下头,走进地牢。

这里已经许久没有人来过了,四处都是腥臭味,偶尔听见几声铁链的碰撞声,以及细微的鼻息。

循着那微弱的声音,纪飞臣找到了那只通天心魔。

它的确已经没有半点威胁。

天道宫这些年对它的折磨,已经让它彻底失去了当年能够搅动乾坤的威风。

它身上被销魂钉穿透,就这么挂在墙上,浑身上下都是无法愈合的创伤。明明只剩一口气,却偏偏让它活着。

似乎是感觉到来了人,通天心魔睁开眼,看了纪飞臣许久,又缓缓闭上。

纪飞臣从它眼中看不到半点求生欲。

为什么谢无衍要杀死这么一只已经没有半点威胁的冥魔？

在拔出飞灵剑的那一刻，纪飞臣突然知道了缘由。

即使很微弱，他也能感觉到通天心魔身上散发着的气息。那是谢无衍在毫不掩饰自己力量时，散发出的一股杀戮气息——一模一样，宛若同根而生。

纪飞臣突然想起那个传言。

为什么谢无衍能够那么强大？因为他身上流淌着的，是人类中最强大的血脉和冥魔中最为暴戾的杀意。

原来如此。

纪飞臣从地牢里出来的时候，天色已经完全沉了下去。

谢无衍坐在山头，手搭在膝盖上，百无聊赖地看着天上那一轮皓月。

"给。"纪飞臣将魔丹递给了谢无衍。

谢无衍接过，放在手上把玩了会儿，然后夹在两指之间，轻轻捏碎，随意得就像戳破一个泡沫一般。

"对了，关于烧血之术……"

谢无衍："从今往后，不会再有烧血之术了。"

纪飞臣思忖片刻，觉得也对，负担着这种秘术的人，一定会成为众矢之的。但他很快又想起来："等等，可是我记得你和挽情都有这一族的血脉，万一以后……"

"不会。"谢无衍说。

纪飞臣悟了半天才反应过来谢无衍的意思。

他愣了一会儿。

虽说他不会干涉谢无衍和沈挽情往后的生活，不过还是多多少少有些好奇，毕竟现在修真界对血脉传承都还是有些执着，特别是越强大的人越注意自己家族的延续，所以他只是单纯好奇原因。

纪飞臣问："为什么？"

谢无衍："为什么哪有为什么？"

纪飞臣觉得像是在说绕口令，但还是解释了句："在修真界，这种事情多半是要说出个原因的。"

谢无衍想了一会儿，笑了声："她怕疼。"

说完，他活动了下自己的胳膊，站起来："走了。"

"等等，"纪飞臣喊住他，想了想，郑重其事地说，"我决定把挽情……托付给你了。"

安静，仿佛只能听到风声涌动。

"哈？"许久之后，谢无衍开口，一脸莫名其妙，"用你同意？"

然后两个人又开始剑拔弩张了。

两人一路掐，直到走到天道宫门口时，突然听见"哎哟哎哟"的叫唤声，抬头一看，沈挽情叉着腰站在天道宫大殿的那个高台上，下面齐刷刷地跪了一大半天道宫弟子。

"我再给你们最后一次机会哦。"

"呜呜呜，我们真的不知道谢无衍去哪儿了，他莫名其妙地把我们打了一顿就不见了。"

"我不管，我没有找到。"

"你明明一直在打我们！根本没有去找吧！"

沈挽情一想，觉得也对，但是很快就开始强词夺理："你们就不能主动帮我找吗？我对天道宫又不熟！"

"可是那是谢无衍欸，我们躲还来不及，怎么去找？"

"你们这么厉害一个门派，怎么弟子都这么怂？我一个小姑娘都敢找谢无衍，你们不敢？"

"你是他的宠妃啊！我们又不是！"

"你还顶嘴！"

然后沈挽情又把人揍了一顿。

天道宫弟子"呜呜"直哭：这绝对是在泄私愤吧？

纪飞臣捂住自己的眼睛，不愿意承认这是自己的妹妹。

谢无衍抱着胳膊站在几米开外看着，任由沈挽情这么瞎闹腾。

过了好一会儿，才有眼尖的天道宫弟子发现，将手一指，觉得解脱似的大喊了起来:"谢无衍!谢无衍在那里!"

沈挽情抬头一看,顿时眉眼弯弯,蹦蹦跳跳地跑过去,扑到谢无衍怀里撒娇:"你怎么出来打架都不带我?"

七十八

"以前你不带我就算了,但这次可是天道宫欸,我和他们有私仇的。而且我这个人还斤斤计较睚眦必报,所以有机会揍他们这种事情怎么可以错过?"

沈挽情振振有词,身后的天道宫弟子泪流满面。

头一次见到说这种话还这么理直气壮的人。

谢无衍若有所思地点了下头,抬头扫了眼那整整齐齐跪着的一大群人:"那你随便挑几个带回去欺负着玩吧。"

身后跪着的一排天道宫弟子浑身上下抖得跟个筛子似的,一脸绝望,顿时丧失了所有生机。

怎么还能有这种玩法?

你当是养宠物吗,还挑几个带回去?

沈挽情仔细思考了一下谢无衍的提议,摇了摇头:"还是算了吧,魔殿里面的魔将每天就知道酗酒唱歌蹦迪,养它们都快养不活了,再多带几个回去就要多添几双筷子。"

天道宫弟子们露出如释重负的表情,鼻尖一酸,开始感动:看来这个女人没有传闻中那么恐怖,心地还是十分善良的嘛。然而下一秒——

"反正坐白龙香车很舒服,到这里又很快,以后我可以自己过来!只挑几个回去对其他人来说不太公平,还是得雨露均沾。下次带上我们家喵喵一起来。"

沈挽情说到这儿,还非常亲切地转过头安抚了一下身后的天道宫弟子:"放心啦,我出手不重的。"

欺负人得适可而止，不能下狠手，她管这叫可再生资源。

显而易见，天道宫弟子并没有被安抚到，反而更加惊恐了。

白龙香车今早借给玄天阁的几个道童体验云霄飞车去了，所以沈挽情是坐着玄鸟回去的。

虽然嘴上没说，但是沈挽情还是有点小情绪，就没搭理谢无衍，趴在玄鸟背上揪着它的羽毛玩。

玄鸟委屈，边哭边飞。

谢无衍伸手拉过她："在生气？"

沈挽情把头一扭，挣了出去，发出一声轻哼："没有，就是不想说话，你别和我说话。"

说完，她抱着胳膊往旁边挪了挪，单方面开启冷战。

但她向来冷战撑不过一秒钟。

沈挽情抱着胳膊，却还是忍不住偷偷看身旁的谢无衍，压根儿没嘴硬，过一会儿，就开始别扭地说："好吧，我生气了，你哄哄我。"

谢无衍将她拉入怀中，收拢胳膊，将头埋在她的肩窝处。他就这么安安静静地一动不动，也不松开手，显得有些可怜。

"你别总用这招。"沈挽情每次一看到谢无衍露出乖巧黏人的"谢小狗"模式，就忍不住心软。

谢无衍抱得更紧。

"啊，好烦，你怎么比我还会撒娇啊！"沈挽情气得咬谢无衍的肩膀。

谢无衍没挣扎，甚至都没哼一声，就这么任由她发泄。

过了好一会儿，沈挽情终于不咬了，安安静静地趴在谢无衍肩上，闷声闷气地说："我不是因为你打架不带我生气。

"好的事情我可以陪你。

"坏的事情我也要陪你。

"知道了吗？"

"嗯，"谢无衍说，"知道了。"

她不会再让他一个人。

一个人坐在角落里的纪飞臣：无所谓了，你们就当我不存在吧。

几天后，这趟名为"回门"的小春游正式结束。

送走这两位大魔王的当天，玄天阁上下张灯结彩，喜气洋洋。

当然，除了厨房的厨子，因为沈挽情还真把他顺走了。

厨子坐在白龙香车上眼含热泪挥手告别，那神情宛若壮士赴死。

玄天阁的弟子也很心疼，觉得魔殿一听就是一个阴森而又荒芜的地方，于是反复承诺着一定会时不时给他寄东西过去。

刚到那里的时候，厨子的信——

> 来到这里，对一切生疏，不知道是否还有活下来的机会。暂时很好，希望一切都好。
> 如果有机会，一定回来探望。

过几天，厨子的信——

> 失策了失策了，厨房好大，食材好多，而且还有一大片菜园，居然每个季节的菜都有！好神奇！它们说是宫主什么都喜欢吃，所以大魔王就用法术维持这些菜四季生长。这就是强者吗！
> 但我还是很想家的，哪里都没有家里好。

然后又过了几天——

好神奇！！这里好多好玩的，午夜歌厅真的太快乐了，而且还解压。你知道什么叫快乐水吗？这是我这辈子喝过的最神奇的东西！
　　宫主还发明了一个叫"斗地主"的游戏。我算数特别好，那些魔将好傻，老是输钱，现在欠了我一大堆灵石。

再过几天——

　　完了，我斗地主赢了宫主，魔王生气了，我命不久矣。

马上——

　　我又活了，因为宫主想吃我做的脆皮烤鸭，所以魔王准备留我一命。

然后过了很久，厨子都没有来信。
有人担心他的安危，一连好几封信寄过去，甚至慌得差点儿要办葬礼的时候，厨子才回了信——

　　好快乐，魔将的易容术真不错。它们舞跳得好好，穿得还很不错，嘿嘿。我知道什么叫爱情了。从今天开始我就是魔域人，再见了玄天阁。

厨子的信一传十，十传百。从此以后，修仙界眼中的魔殿不再是一片荒芜、寸草不生，而是人人向往的世外桃源。
沈挽情对此一无所知，只知道最近跑来献殷勤、想要来给自己当魔将的人和妖魔越来越多了。
但她觉得不太行，殿里这些魔将唱歌已经足够吵了，再来几个她会被难听得精神衰弱的。

某天,沈挽情觉得自己该记录一下生活,于是她开始写日记了。

今天天气晴朗。

魔将唱歌依旧难听。它们学会了海豚音,太恐怖了。玄鸟没来蹭吃蹭喝,它最近总往魔域跑,而且还每天洗澡,可能是恋爱了。

"谢小狗"不小心压到我头发了,好疼,虽然向我道歉了,但我还是要生一会儿气。

……

他送我小裙子了,开心,不生气了。

今天天气还是晴朗,好热,不高兴。想下雨凉快一下。

魔域又来给我们送礼物了,这次是一大堆稀奇古怪的装饰品。它们介绍了好久,我听不懂,想睡觉,但睡不着。

"谢小狗"把人轰走了,说是话太多吵到我睡觉了。魔域人很委屈,说这是清涟大师雕的花。我管它是花是草,又不能吃。

但是厨子做了脆皮烤鸭,我奖励了他,厨子很开心,我也很开心,今天很开心。

今天下雨了欸!明天想下雪,可以堆雪人,虽然现在才七月。

玄鸟失恋了,哭得好伤心,我说给它换个发型改善一下心情,它答应了。然后,一不小心给它头上的毛剃秃了。我说这是新发型,叫地中海,很潮流的。它相信了,看上去还很开心,我有点愧疚。

魔域人又来了,这次带了好多酷哥美女,说是给我们充实后殿。"谢小狗"发火了，我给拦下来了，发现里面有个"绿茶"偷偷给"谢小狗"抛媚眼，好生气。还是让他动手吧。

下雪了下雪了！好神奇！

"谢小狗"今天问我什么是"绿茶"。奇怪，为什么问这个？

魔域怎么天天来送礼物？等等，它们这次送了一只矮脚猫，好可爱啊！好喜欢！快乐吸猫，终于当上铲屎官了，从今以后就叫它"奥特曼"吧！

"谢小狗"问我什么是铲屎官。
我好像突然觉察到不对了……

谢无衍好帅，谢无衍天下第一，举世无双。

至此，沈挽情的日记因为总被谢无衍偷看而宣告完结。
虽然有谢无衍在，根本就没人敢来找事，但她每天过得还是很忙碌。
比如早晨天刚亮——
"玄鸟又失恋了，在外面哭着唱情歌呢，我去笑话它一下。"
"奥特曼和幽冥虎打起来了！猫猫打喵喵，我要去观战！"
"啊啊！我去看看我昨天种的地狱霸王花有没有发芽。"
"等一下，我还要去……"
声音戛然而止，谢无衍伸手将准备第四次跳下床四处乱窜的沈挽情拉回来，拥在怀里，下巴抵着她的颈窝："也稍微管管我吧。"

沈挽情笑了起来："你怎么越来越像奥特曼了？"

谢无衍咬牙："我迟早要丢了那只猫。"

沈挽情在他怀里转过身，笑得花枝乱颤："我说，为什么你开始吃猫的醋了？"

谢无衍低头咬住她的锁骨，却压根儿没用力，只是无奈地掐了下她腰间的软肉。

宠妃的生活总是无聊而又忙碌。

奥特曼在两个魔王的溺爱下，俨然变成了第三个魔王。有一次它偷跑出去，跑到冥魔界线随地大小便，被一只冥魔踩了尾巴。奥特曼跑回来一通委屈撒娇，沈挽情当然不能忍，立刻扯着谢无衍上门扯皮。

谢无衍把冥魔揍了一顿，揍得它们恐怕几百年几千年都不敢突破界线，也不敢踩猫尾巴。

苦恼人界几千年的问题，因为一只猫迎刃而解，恐怕是所有人都想不到的。

久而久之，谁都知道天底下最安全的地方就是魔殿，只要人在魔殿的界线内，外人连根草都不敢踩死。

不过好在谢无衍好像对毁灭修真界或者一统魔界都没什么兴趣。

然而，就在大家以为要这样相安无事地过上很久时，谢无衍突然把魔域打下来了，快到让人来不及反应。

这是为什么呢？因为沈挽情看上了魔域中的百妖城，说是看上去破破烂烂的，很适合玩基建游戏。

（正文完）

番外　平行

第三世界

01

我是个某网站言情套路小说作者,笔名叫作玄鸟,昵称叫作鸽子。我写了本末世小说,简单来用几个词语概括,就是——"病毒""异能""杀戮"。故事也很俗套,就是象征着光明和正义的男女主角纪飞臣和风谣情一路打怪升级救人于水火的故事。但是没过多久我就断更了,因为末世打斗画面太难写了。我写这么多年小说就"低沉沙哑""眉目清冷"这几个词,这种末世丧尸显然不适合我这种甜文作者。

小说里有个大反派,叫作谢无衍。他具备一切身为反派的素养,比如杀人如麻、心狠手辣,不讲人道还不珍惜小动物,却有天生满级异能,浑身外挂,是主角团的头号宿敌,也是势力"枭风"的首领。

我断更的地方,在女主角风谣情和反派谢无衍第一次交锋,并被抓回去关押在基地里。除去不会写打斗场景等因素,断更最重要的原因就是预约的游戏明天就要上线了。写小说好累,还耽误我玩游戏的时间,于是我烂尾弃坑,就遭报应,被锁进了自己写的末世小说里——最恐怖的是,我变成了一只鸽子!

看着自己一身灰不溜秋的羽毛,我发出痛苦的尖叫声——"嘎"。

报应,这就是报应。

作为一只鸽子,我的处境十分凄惨,现在正踮着脚站在一块废墟上。这里看上去好像是一处刚与丧尸激烈交战过后的营地,四处都是尸体,但没有一具是完整的,只能嗅到扑面而来的腥臭味。我挪了挪我纤细的小脚,挑了个软一点的地方站着,免得我那稚嫩的脚掌被硌得慌——生而为鸽,要对自己好一点。然而我还没来得及自顾自怜,脚底突然晃动起来。就在一刹那间，脚下那个软软的东西猛地站起，咆哮着转过头，一双血洞般的眼睛直勾勾地望向我——这具丧尸在装死。

这是我第一次看见丧尸，吓得上下扑腾左右乱飞。虽然丧尸好像对我不感兴趣，但在强烈的恐惧下我自顾自地尖叫着操控着并不熟练的翅膀，绕它三圈，然后撞在了树上。

丧尸：碰瓷？

最终我还是没有被吃掉，因为一个带着些英气的身影一闪而过，伴随着雷声干脆利落地一击将丧尸杀死，紧接着帅气抬眸。这气质，这长相，和身上极高辨识度的装扮，是你了——男主角。

我这只倒霉鸽子在第一天，就逮到了小说里的重要角色纪飞臣，并成功成为他的队友。虽然我成了只废物鸽子，但是跟着男主角之后也会变成一只特别的鸽子。于是在我的死缠烂打撒娇耍赖下，纪飞臣接受自己莫名其妙多了一只宠物这个事实。不愧是我笔下的男主角，这一路孤身一人前行，路上碰到个甲、乙、丙、丁有麻烦都会帮忙：解救少女、拯救孩童、寻找粮食、勇斗丧尸，生活每天都很惊险刺激。不过好在纪飞臣饭管饱，身为男主角还足够强。但很快我就疑惑了，为什么男主角一个人在这里降妖除魔像西天取经一样？其他人呢？他的队友呢？小说里男主角不是还带个小分队吗？很快我就有答案了——纪飞臣"西天取经"的最后一站，是枭风的基地。

原来我来到的时间点，正好是我断更的地方。

看情况，纪飞臣为了不牵连其他队友，决定孤身一人去救风谣情。

"我会打入他们的内部，杀掉谢无衍。"

在即将抵达大本营的时候，纪飞臣坐在篝火旁，这么说道。火光照亮了他的脸，显得格外有气场。

我：溜了溜了。

在我准备偷偷溜走的时候，被纪飞臣一把抓回来，搁在肩膀上。

"走吧，该上路了。"他说。

我总觉得这句话像是在送我上路。

别人不知道，但我这个小说作者难道还不知道在这本书里，关于谢无衍的设定到底有多变态吗？这个时候还在升级的纪飞臣就去挑战传说级别的魔王，兴许可能因为主角光环活下来，但他的鸽子一定活不下来。作为一只没有话语权的鸽子，我哭天抢地也没能阻止被纪飞臣提溜着来到了大本营基地的事实。本来以为，纪飞臣可能连枭风的门都进不了，但我低估了主角光环。他不仅成功隐藏身份，以投诚的名义加入枭风，还在短短几天的时间里，就在基地混成了一个知名人物。

在丧尸爆发后的不久，秩序崩塌，金钱逐渐失去了意义，人类也重新按照异能的强度分级，就像金字塔一样。而枭风基地，就像是末世中生存现状的具象化缩影。基地底层，是平民收容所，越往上住的人地位越高。在收容所里生存的人多半是没有自保能力的，异能无任何战斗属性且功能性低的普通人，如果要在安全的环境生存并且享受物资，他们需要进行交换。

一切都可以成为交换的筹码。

像纪飞臣这样攻击属性极强的异能，凭借不凡的战斗能力，很快就住进了基地的中高区域，享受着一室一卫小套房。俗话说，一人得道，鸡犬升天，我也沾了他的光，每天都有特勤队里的人借着给我送好吃的名义来找纪飞臣唠嗑，试图抱大腿。最刺激的是几乎每天晚上都有人来敲纪飞臣的门。短短十几天，我已经见识了十几个风采迥异的漂亮姐姐来敲门。像她们这样的人，都希望能得到一个固定的靠山来保证自己衣食无忧。

这是我这辈子最高兴自己是一只鸽子的时候，万一踩了狗屎运，能看到付费才能收看的内容。但是纪飞臣满脑子风谣情，并没有给我这个机会。每次来找他的人自荐被回绝之后，总会被隔壁屋几个人激情哄抢。住了大半个月之后，我胖了整整一圈，每天在纪飞臣的小套房里算着自己还有多少年才会寿终正寝。虽然这个想法很恶毒，但作为一只没有感情的鸽子，我希望纪飞臣能在基地里再混个三五年，别那么快找到风谣情。因为这样不用工作、不用上课还不用写小说的日子太快乐了。

有天晚上，纪飞臣没回来，我出去绕着长廊飞了一圈，健胃消食，回来的时候看见个小姐姐站在门口。说实话，对于每晚都会有人敲门的日常活动，我已经见怪不怪了。这几天里，出场率最高的就是美艳御姐，其次是清纯"白花"，还有单纯少女，偶尔还能遇到几个限量美人。我停在一边悄悄观察着这个小姐姐，试图分析一下她归属于什么类型，但有点词穷——很白，很漂亮，笑的时候右肩会稍稍耸一点，看上去像是少女那样清丽，眉眼却带着点点御感。

她看上去和这里格格不入。

这句话不是气质脱俗到如同谪仙的意思，而是她太坦荡、太大方了，就像是这块地都是她家的一样，敲门敲得理直气壮，没有一点腼腆和胆怯。低层的人到中高层的区域都会有些谨慎的，但我觉得她好像没半点谨慎。我仔细看了下她的打扮，和以往那些人一样，穿得不多，但不是那种故意穿得不多的类型，而是非常居家地穿了一件睡袍，随便披了件外套，脚底还踩着一双小凉拖。她没敲一会儿，隔壁小壮先探出头。我叹了口气：好难过，难得有个气质比较新鲜的，又被截和了。

她转头，看着这个友好邻居，将眼一弯，说道："你好，我找纪飞臣。"

"小姑娘，他不在房间里。"小壮推门出来，以一个自以为很酷的姿势靠在门边上。

"啊……"她思索了下，清脆地说，"那你知道纪飞臣在哪儿吗？"

小壮"啧啧"两声，笑呵呵地抬起手扶在她的身上，拐弯抹角地说："算了吧，就算他在，也不会让你进去的。你看，哥儿几个不是和他住同一层？你想想看，没必要吊死在一棵树上。"

我竖起耳朵，悄悄飞近了些，找了个良好的看戏地点。

那小姑娘沉默了一下，垂下眼帘，似乎是在思索着什么。

唉，鸽子叹气，我就知道会是这个剧情。

561

"你说得对。"小姑娘叹了口气，抬起头看着小壮，同他对视了会儿，接着再次弯起眼睛笑着说，"所以你知道纪飞臣在哪儿吗？"

"嘎！"我的眼睛一下子亮了起来——新剧情！

身为中高层的小壮自从病毒暴发，就一直在基地里如鱼得水，现在居然被个低层收容所里的人无视了。接下来的剧情差不多就是，气急败坏的小壮开始试图强买强卖，吵着嚷着要将人拽进屋子里去。

小壮骂骂咧咧："你知不知道我一句话可以让你滚出这个收容所……"

但这个跩妹明显懒得搭理他，跑去敲了隔壁的门，礼貌地找他借支笔和纸。隔壁邻居老早听到动静，沉默片刻，递出笔和纸，顺带看戏。

跩妹："谢谢。"

邻居："不……不用。"

小壮："你信不信我明天让你跟特勤队去交战的现场？你现在求我还来得及……"

跩妹无视了背后的骂声，趴在门上一板一眼地写着字条，顺带和邻居唠嗑："纪飞臣今天一天都没有回来吗？"

邻居："对。"

小壮："你什么意思？你转过来，你过来……"

跩妹："谢谢你的笔和纸。"

两个人宛如在两个世界。

这是我鸽子生涯以来看到过最精彩的一场吵架。这样的态度，让原本只是有些怄气的小壮彻底爆发，一瞬间，火光带着强烈的力量涌动朝着跩妹袭去。我连忙捂住眼睛。上次纪飞臣带我出去歼灭丧尸，这个小壮一击将一具狂暴丧尸烧成灰烬的事情还记忆犹新。

"轰——"电光石火之间，最先发出惨叫的是小壮。跩妹不知道什么时候闪身到他的身前，握住他的胳膊，"咔嚓"一声，骨肉分离，他的左臂被硬生生地扯了下来。下一秒，那断裂的左小臂又成了武器，硬生生地插入他的左肩。

"不好意思，"跩妹拍了拍自己的手，居高临下地看着嗷嗷痛哭的男人,"基地居民区域禁止使用异能,你违规了。"

然后,没有给人任何反应的空隙,跩妹拿起自己刚写好的字条,递到了小壮的面前,笑得格外亲切:"好啦,麻烦你到时候帮我把这张字条交给纪飞臣哦。"

邻居目瞪口呆,我也目瞪口呆,在场的围观群众全都目瞪口呆——这到底是个什么东西?

纪飞臣回来的时候已经是三更了,小壮被带去紧急治愈伤口,那张字条也不知道被搁到哪里去,没有交到纪飞臣手上,所以他只能听了邻居简单说了下事情的经过。

邻居的描述能力很差:"那个小姑娘,白白瘦瘦的,头发很黑,穿得很少,笑起来很好看。差不多就这样,你记得是谁吗?"

这个描述真的是一点信息量都没有。

我为这些人的文化素养而感到羞愧!

其实那件事发生之后,几乎所有人都在好奇这个姑娘的身份,可是中高层之间互相打听了一通,甚至还找高层人员询问了一下,都不知道她到底是谁,也不知道她住在哪个区域。高层区域居住着的女性一只手也数得过来,里面没有这号人物。这么排除下去……只剩下顶层了。不对,顶层区域只有谢无衍才能踏入。全基地都在好奇这个女孩儿到底是谁。经过一番激烈商讨之后,大家一致认为她肯定是敌对阵营派来打探敌情的间谍。我也好奇,因为我写的小说里根本没有这版本的女配角!我寻思了一下,难道说在我断更的这段时间里,小说世界已经开始自己给男女主角创造危机女配角了吗?

大壮在基地里待了很久,怎么都算是个认识些高层、有头有脸的人物。这次闹出这么大的事,他也觉得丢人。在询问过高层,确定那个女人不是高层的人之后,大壮就准备秋后算账了。但是找不到那个跩妹,于是他只能迁怒和跩妹好像有点关系的纪飞臣。在和护卫兵串通了之后,大壮运用私权,借着需要观察监禁的名义,迅速来抓人了。纪飞臣身为一个男主角，你们说抓就抓岂不是很没面子？于是他准备反抗。

就在一群人闹哄哄地准备打成一团的时候，一个熟悉的女声响了起来："你们好，请问今天纪飞臣在家吗？"

是跬妹！

她非常有精神地抬手和周围剑拔弩张的人打了个招呼，拨开围成一圈的人，在所有人的注视下挤了进去，和纪飞臣对视，接着张开双臂飞扑上前，将他一把抱住。

跬妹："哥哥！"

纪飞臣："妹妹！"

我人傻了。

这是哪里来的妹妹？我不记得我写过这样的设定。

世界上人与人之间的悲喜并不相通——跬妹和纪飞臣很激动、很感动，但我并不感动，只觉得迷茫，一旁的护卫兵也很迷茫。但他们觉得不能再让这两个人继续这么泪流满面地认亲了，这样搞得他们很没面子——然后双方就打了起来。

这场架打得稀奇古怪，因为很明显，跬妹和纪飞臣不是来打架的，绝对是来羞辱人的。首先，在护卫兵发动异能的时候，纪飞臣一把将跬妹扯到身后："躲好，小心。"

跬妹请求出战："没事，我可以……"

纪飞臣："别害怕，哥哥不会再让你受到一点伤害了。"

跬妹欲言又止："也不是很害怕的其实。"

纪飞臣轻叹了口气："你还是和以前一样爱逞强。"

护卫兵们：你们当我们是什么啊？

于是他们更加激烈地打了起来，为首的是刚刚接受完治愈治疗的大壮。跬妹一直跃跃欲试，却被纪飞臣死死按在身后。

"让我来！"

"往后退。"

"我想打我想打!"

"别闹。"

在激烈的战斗下,跩妹意外受伤了,具体来说,是因为和纪飞臣抢着输出,结果被教育之后气呼呼地找他扯皮,两个人光顾着吵,没注意到大壮的大招溅出来的一个小火花。那个小火花蹭伤了跩妹的额头,烫破了皮,伤口有两三厘米,连血都没留,周遭却突然诡异地安静了一下。在所有人都沉默的时候,一点细小的声响都会格外明显,比如,像是多枚硬币被抛掷时,在空气中互相碰撞的清脆声响。

"叮咚!"短暂的一声响动之后,像是暴风雨前的宁静。在短短一秒的沉默之后,忽地一声轰鸣,那几枚类似于硬币的东西猛地炸开。它们分解成无数根钢针,密密麻麻铺天盖地而来,整整齐齐地猛烈冲向那些护卫兵,却又在离他们不到一寸的距离停下。所有人都被吓蒙了,我也被吓蒙了。这开挂一般的异能操纵,只有谢无衍才能做得到。

"叮咚!"

两枚硬币被抛出,又被稳稳接在手中。循声望去,谢无衍不知什么时候吊儿郎当地坐在高处的栏杆处,手搭在膝盖上,手里的东西一抛一抛的,在看戏。

"沈挽情,"他一字一句地念出她的名字,语气轻飘飘的,听上去却并不凶,"你真能给我惹事。"

沈挽情:"瞎说,我明明很有礼貌,不信你翻到前面几页看看,我说话都是用敬语的。"

我觉得你就是因为用敬语所以才更气人吧?

那是我第一次这么审视这出自我笔下的开挂大反派:黑发,因为异能波动而导致的赤眸。他就那么一个人随意地坐在一处地方,却不自觉地能成为目光汇聚的中心。我沉默了下,觉得要考虑一下以后写小说不要为了凸显打败反派难度之高、主角的胜利来之不易,而把反派搞成这样一个没有对手的人设。别说暗杀谢无衍了,我感觉没有人敢在他使用异能的时候说话。但很快就发现我错了，因为——

"而且你凶我干吗呀？你看我头上受伤了，好大一个伤口呢，有我指甲盖那么大！这么大的伤口你为什么看不到？你只关心我有没有闯祸，却不关心我闯了祸之后受伤疼不疼。"沈挽情说。

谢无衍似乎是笑了一声，然后无奈地摇了摇头，翻身从栏杆上跳下，朝着沈挽情的方向走来，鞋跟碰触到地面的声音，让周围的护卫兵的心情一下比一下沉重。他们埋下头，不敢抬头看面前的谢无衍。

"对了，如果我没记错的话——"谢无衍似乎是想到什么，拖长语调，与前些天沈挽情那慢悠悠而又带着些压迫的语气如出一辙，"基地居民区禁止使用异能。"

他一顿，笑了声："你们违规了。"

周围的人呼吸一紧。

"没办法，挑一个来受罚吧。我想想看，挑谁呢？"谢无衍话虽这么说，却好像完全没有考虑，他眼神都没瞥一下，只是将手指一抬，淡淡道，"挑好了。"

很快，没有留下任何惨叫的时间。谢无衍连眼都没抬一下，走到沈挽情面前，俯下身，查看了下她额头上那处擦伤。

"嗯，"他顺着她的话，笑着说，"真的是很大一道伤口呢。"

02

各位好，我是玄鸟，现在变成了一只鸽子。现在由我来重新介绍一下这本末世小说的情况。认真来说，是在多出个莫名其妙的、叫作"沈挽情"的女配角之后，这本末世小说的剧情已经变成我这个作者完全不知道的样子。

秘密消息一：莫名其妙的首领。

谢无衍真不是什么大好人，这是真的。但他真不想管理什么枭风、当什么首领，这也是真的。但是那个首领不学好，整天想着要控制人类，组建属于自己的王国，所以背地里研究利用毒素来操纵类似谢无衍这种强大的异能者。很多异能者知道这个事，但奈何这个首领能力强、势力大，不好动，只能忍气吞声。一开始不当一回事，直到后来这个首领反反复复往小点心里掺自己毒素药剂的试验品，谢无衍觉得他好烦，就动手了。之后大家一阵欢呼，簇拥谢无衍当首领，谢无衍觉得更烦了，开始后悔了。比起每天收下一大堆莫名其妙的小蛋糕，明显当首领更难。

秘密消息二：无可奈何的沈挽情。
沈挽情必须要说，她虽然看上去"傻白甜"，但是谢无衍每天懒得听下属报告，也懒得拿笔写字，所以每天晚上都是她在帮他签文件。结果某一天被发现她把谢无衍的"衍"字写错了，中间三点水写成两点水了，因此被嘲笑了整整一个星期。气急败坏的沈挽情一个星期不帮谢无衍看文件，直接导致那一星期枭风差点儿倒闭。

秘密消息三：霸道首领谢无衍。
沈挽情有天晚上饿醒，说想吃一个叫作风谣情的姐姐做的鱼香肉丝。但因为不知道风谣情在哪儿，吃不到鱼香肉丝，再加上被饿醒有点起床气，模模糊糊中她被气得直哭。
第二天，谢无衍找到了风谣情的下落。
第三天，他把风谣情带回枭风，说："来，做饭。"
然而在纪飞臣的眼里，谢无衍这是仗势欺人强抢民女，强人所难，人面兽心，掳走风谣情并且逼迫她折磨她，这也是纪飞臣孤身一人来到这里的原因。但问题是纪飞臣离开队友后没人知道他去了哪儿，所以后来风谣情回来找他也没找到，沈挽情拜托谢无衍帮忙找一下。
谢无衍说："不。"
沈挽情问："为什么？"

谢无衍说:"不帮你找雄性生物。"
因此,纪飞臣一直以为风谣情一定备受欺凌,结果和沈挽情见面之后,才发现风谣情正窝在枭风顶楼看言情偶像剧。

秘密消息四:早就暴露的纪飞臣。
其实纪飞臣刚来枭风基地,还站在门口的时候就被谢无衍发现了。谢无衍本来不想让纪飞臣这个雄性生物进来的,直到想起来有次沈挽情做梦哭唧唧地哼着说自己想哥哥,谢无衍才不情不愿地放他进来了。

秘密消息五:不能说的秘密。
"枭风基地规定"里的每一项后面都有个补充条款,那就是——谢无衍除外。
举例说明:枭风基地不允许毁坏公共场合物品(谢无衍除外)。
P.S. 后来沈挽情把自己的名字也加了进去。

第四世界

01

某记者在采访近些年来知名商业大佬纪飞臣时,为了调节气氛,顺口提了个缓解紧张氛围的娱乐八卦问题:"请问您怎么看待您的妹妹沈挽情近期即将登上恋爱综艺节目呢?"

纪飞臣:"什么综艺节目?"

"恋爱综艺节目。"记者解释了下,"就是男嘉宾女嘉宾配对,在节目中模拟对方恋人,看能不能擦出爱情火花的综艺节目。"

然后记者就眼睁睁看着刚才面对任何刁钻问题都显得游刃有余、温润有礼,脸上一直带着疏离而又恰到好处礼貌微笑的纪飞臣,在听到这句话的那一瞬间,笑容碎裂开来了。

"不接我电话?"

"风谣情你给她打。"

"你打也不接?"

"打她经纪人的。"

当着记者的面,纪飞臣气得来回踱步,撸起袖子臭着一张脸使劲按着手机。一旁的风谣情一副习以为常的模样,一边安抚着纪飞臣,一边偷偷摸摸给身后的下属使眼色,示意他们去找人。风谣情作为纪飞臣的秘书兼未婚妻,已经能够熟练应付安抚任何情况下的纪飞臣,包括被沈挽情气到开启狂暴模式的。

终于,沈挽情的电话打通了。

"你要参加恋爱综艺节目?我不同意。"

"有违约金的,超贵。"

"我有钱，我不同意。"

"我不，我比较叛逆。"

"你现在年纪还小……"

"我现在二十四岁，和我同龄的王小芳已经谈了九个前任了，我不能被别人家的孩子比下去，所以我打算今年一口气谈十个。"

纪飞臣被沈挽情气得差点儿顺不上气来："你听听你现在说的话还有一点大小姐和大明星的样子吗？"

"好像没有欸。"

"你看，你也知道世上没有你这样子的千金大小姐，所以……"

"那我就会是第一个啦。"

沈挽情不由分说地挂断了电话，纪飞臣沉默了。

风谣情习惯了，按住纪飞臣的肩膀："放弃吧，你说不过她的。"

这一切，都被镜头无情地记录，隔日就被当作采访花絮放了出来，成功让"沈挽情"这个名字又在热搜上挂了三天。

沈挽情。

主要业务：当红女明星。

副业：千金大小姐。

作为纪氏的千金大小姐、纪飞臣捧在手心里的亲妹妹，再加上那样讨喜的脸和性格，沈挽情的演艺事业可算是顺风顺水，就连黑点也是过得太顺让人觉得不公平。所以她能够同意参加恋爱综艺节目，在路人乃至于粉丝看来都是不可思议的——沈挽情这种热搜体质根本不需要通过参加恋爱综艺节目来维持热度，更何况按照纪飞臣的性格，怎么可能舍得把妹妹放出来在荧幕上和别人谈恋爱？对于"你为什么参加恋爱综艺节目"这个问题，沈挽情是这么和自己的经纪人解释的——

"我看了名单，顾北城超帅的，就是那个演谍战片的，帅死了好吧。

"还有这个这个，肖继云，三年前的选秀综艺节目他是我支持的来着。这个也行这个也行，和我搭和我搭。

"等等，他们两个我选谁呢？好苦恼。"

然后经纪人就无情地把沈挽情卖了,她将沈挽情说的这些话一字不差地汇报给了纪飞臣。

纪飞臣冷笑一声:"她想选?一个都别想。"

风谣情:"你总不能让挽情一个人在节目上落单,万一到时候又被观众笑话该怎么办?"

"说得对,所以我准备把我的助理小张安插进节目组。"纪飞臣说。

助理小张如临大敌:"不要啊纪董事长。"

风谣情收到小张求救的视线,点了点头,温柔地坐在纪飞臣旁边,耐心劝他:"你弄得这么明显,找一个和综艺节目完全不搭边的熟人进去,挽情看到肯定又要和你闹了。而且小张也没有面对镜头的经验,不小心说错话,又有人借题发挥说挽情耍大牌,到时候她还是会受委屈的。"

纪飞臣皱起眉头:"那……"

"不妨找一个和你不太熟,但是又放心得下,最重要的是适合上这个节目,且和挽情搭得上的人进去,这样大家就不会怀疑是你暗中安排的。"

"放心得下……"

"我有一个人选。"风谣情笑眯眯地说。

与此同时,刚刚下飞机,从国外回来的谢无衍收到消息。

纪飞臣:"在吗?聊聊。"

谢无衍:"不聊。"

纪飞臣:"必须聊。"

谢无衍:"谁和你聊?"

纪飞臣:"爱聊不聊,我找别人和我妹谈恋爱。"

谢无衍:"聊聊。"

纪飞臣:"不聊。"

谢无衍:"必须聊。"

02

谢无衍——纪飞臣的一生之敌。

纪飞臣年少有为,谢无衍比他还要有为;纪飞臣英俊帅气,谢无衍比他还要帅气;纪飞臣在商业圈杀伐果断,谢无衍比他还要杀伐果断。唯一值得纪飞臣欣慰的是,自己有女朋友,他没有,自己有妹妹,他没有,妹妹沈挽情很爱自己却对着谢无衍"呸呸呸"。纪飞臣和谢无衍上初中高中时都是校友,谢无衍低他一届。自打那时起,两人就不对付。纪飞臣是学霸,品德高尚的学生会长,经常被人排队递小情书的校园男神。谢无衍是校霸,迟到、上课睡觉、脾气差,早操晨会全都翘,三天两头请病假,一周五天课,两天感冒,一天肠胃炎,还有一天扶老奶奶过马路然后迷了路。他一般选在周四上课,因为周四有两节活动课。虽然是校霸,但谢无衍没有那种和不良少年结成帮派然后到处打架的习惯。

他说:"那是校园暴力,好可怕的,我不干。对了,把我头顶灯关了,睡觉太晃眼。"

小弟A:"可是现在在上课。"

谢无衍:"那你可以心怀歉意地关掉。"

纪飞臣拿谢无衍完全没办法,可气的是谢无衍一周上一天学休息六天,成绩还稳稳挂在前三。他除了在自己开晨会的时候因为肚子饿在队伍后面吃烧烤之外,好像没有什么大错能被抓起来严肃教育。他从小到大都是恣意嚣张的,家里人不管他,父母也成日不着家,每月都会往他的卡上打一大笔钱,其余全都撒手不管。他是一个连父母都对他不上心的人。

直到有段时间,谢无衍和几个整天游手好闲的小混混儿打了一架,闹到警局。他情况还好,唇角擦红了一块,那几个小混混儿躺在地上嗷嗷乱叫,鼻青脸肿地放下一堆狠话。这事闹得挺严重,学校给谢无衍停了课，原本准备记个大过，谁知道隔天一个瘦瘦小小的男生来到教务处，嗫嚅着说，那群小混混儿整日找他要钱，谢无衍那天是正巧看见他被截住，才动手打了人。

校方调了监控，心里也有数，班主任上门问谢无衍为什么不早说这件事是为了替人出头。那时谢无衍含着根棒棒糖，正窝在沙发上打游戏，眼都没抬一下："没，是因为他们吵架挡着了我的车，我嫌烦。"

无论谢无衍这句话是不是真的，班主任都能看得出来，这孩子只是不善和人沟通，被放养惯了。他脾气虽然差了点，但心地还是善良的，于是班主任顿时起了怜爱之心，给他记成小处分，想着等到他再来上学时，一定要慢慢感化这孩子，让他成为祖国的栋梁。但显然，感化过程并不顺利，因为谢无衍看上去和平时没什么区别，上课睡觉、偶尔迟到、不交作业，整个人懒懒散散的，多数时候趴在课桌上"冬眠"。班主任觉得这不是个办法，谢无衍无法无天，必须得找到一个制得住他的人，这样才能把这孩子拉回正轨。结果找了一年半，没找到，就连纪飞臣这样的人都压不住谢无衍的脾气。直到高二下半学期，纪飞臣的妹妹从国外回来，转学到了这所学校。

03

沈挽情，纪飞臣的妹妹。

纪飞臣是个妹控。

在听说沈挽情转进谢无衍所在的那个班级时，他非常担忧，拉着她进行了近三小时的关照，总结概括就是——谢无衍是坏人，离他远点，受欺负了找哥哥，千万别和坏男人交朋友。

沈挽情点了点头："我懂了。"

第二天上学，沈挽情和谢无衍同桌——她坐在自己的位子上，谢无衍在旁边睡觉，老师在讲课，窗帘被拉得死死的，头顶的灯还黑着。

沈挽情陷入沉思，戳了戳前桌女生的后背："为什么我们头上不开灯？"

乌漆麻黑的，她一个字都看不见。

前桌女生叫作江淑君，紧张地看了眼谢无衍，连忙竖起食指嘘了一声："小声点，谢无衍在睡觉呢，怎么能开灯？"

沈挽情悟了，不好招惹的校霸要睡觉，开灯会让他发脾气。沈挽情是个圆滑的人，当然不会惹校霸生气。明哲保身，降低自己的存在感，但还是要听课的，幸好她早有准备。沈挽情从书包里掏出一个手电筒，竖在桌上，"啪嗒"一下开到最亮。全班的视线都集中在她的身上，就连讲台上的老师都沉默了。

在手电筒光束的照射下，沈挽情的表情显得好学而又坚毅，拿着笔按着书，神采奕奕地看着老师，举起手："我看清题目了，老师，这道题选B。"

老师发自内心地赞叹："你真的很爱学习。"

沈挽情不好意思地摸摸后脑勺："还好啦。"

全班的视线依旧集中在沈挽情身上。那灼热的目光让她很不适应，但过了一会儿，发现这些人不是在看自己，好像是在看身边的谢无衍。在手电筒强光的照射下，身边睡得和尸体一样的谢无衍终于耸动了一下，用手撑着额头，支棱起脑袋。搭在他身上的校服随着他起身的动作滑了下去。他抬起眼皮，瞥了沈挽情一眼，眼底红血丝清晰分明。他没什么多余感情的一瞥，让人心跳慢了半拍。

沈挽情和谢无衍对视许久，久到沈挽情觉得自己必须开口说话了，于是说："午安。"

谢无衍眯了下眼，气氛还是很尴尬。沈挽情觉得自己应该先表达一下善意，给同桌留下好的印象，于是说："没关系，我不介意你打扰我上课。"

周围人倒吸一口气。

谢无衍依旧没说话，眼底带着些红血丝，脸色惨白，整个人带着些病态的冷感，就这么直直地盯着她。

江淑君"冒死"提醒沈挽情:"是你打扰到谢无衍睡觉啦。"

沈挽情恍然大悟。

虽然她觉得上课睡觉这么理直气壮并不合理,但本着不惹事的原则,还是决定给谢无衍道个歉。

"对不起,"沈挽情说,"但没关系,我早有准备。"

她转过身从背包里掏出一副耳罩,粉红兔子耳朵那种,然后非常自然地给谢无衍戴上,接着又掏出薰衣草味的蒸汽眼罩,不由分说地给谢无衍戴上。

途中谢无衍有试图抬手反抗,但被沈挽情一把按了下去:"别乱动,戴歪了都。"

做完这一切后,沈挽情心满意足:"看,你可以好好睡觉了,兔子耳罩还有按摩功能,限量版的呢。全送你啦,不用谢。"

众目睽睽之下,谢无衍戴着紫色的薰衣草眼罩和粉红色的兔子耳罩,在整个班级里显得格外醒目。兔子耳罩启动按摩功能时,还会随着节奏晃着那两只毛茸茸的兔耳朵,格外俏皮可爱。谢无衍像是被封印了一般,一动不动地整整静默了半分钟。随后,他扯下眼罩,摘下兔耳,盯着沈挽情。这是谢无衍和沈挽情第一次见面,也是从那天开始,沈挽情多了一个称号——校霸克星。

04

沈挽情上学第一天回家对纪飞臣说:"我可能要被谢无衍杀了。"

沈挽情不理解,自己明明如此卑微地讨好谢无衍,为什么会在和他见面不到十分钟之后就成了宿敌?她很痛苦。按照各种校园传闻的描述,谢无衍现在就像那种校园小说里时刻会黑化的反派,而自己就像那种欺负了反派的女配角,等反派成为商业界的大人物之后,就会把自己搞得倾家荡产无家可归。沈挽情不愿当女配角,于是决定——讨好谢无衍。按照小说剧情,这类的反派都有一个悲惨的童年,被忽视着长大。所以，作为同桌，她要让他感受到如沐春风般的温柔和照顾。但是，一般情况下，过分讨好就会显得像在纠缠别人，很有可能起反作用，所以自己也得适可而止。

怎么才叫适可而止呢？

这个，沈挽情说不准，思来想去，决定给自己列个表格——

1. 周一、周三、周五，照顾谢无衍一次。
2. 周二、周四，关照问候谢无衍两次。
3. 不能超过次数限制，免得让谢无衍产生厌烦。
4. 双休日选一天给谢无衍致去暖心电话问候。

列下计划之后，沈挽情信心满满。只要这样去做，一定能够成功在阴郁反派身边存活。这样反派黑化之后才不至于牵连自己。于是，沈挽情开始实施计划了。

05

谢无衍觉得自己最近很不对劲，自己居然没有因为兔耳朵那件事发火，她不仅没事，反而还活蹦乱跳地在自己身边蹦跶了一整天，甚至敢心大地和前桌的江淑君聊八卦。

"所以有很多人暗恋我哥哥？好哇，我要告诉风谣情姐姐。"

"什么？还有人暗恋谢无衍？"

"那个人瞎了吗？"

"没瞎啊，那是双目失明了吗？"

"也没失明？"

"没事没事，他睡着啦，肯定听不见。"

谢无衍被吵得根本睡不着。

回到家以后，谢无衍一闭上眼就是沈挽情和兔耳罩在自己眼前晃。第二天，他决定维持自己的人设，比如说十分暴躁地让沈挽情滚到别的位子上，不要坐在自己旁边。他来到学校。他看着自己座位旁那个娇小的身躯，伸出手满脸不耐烦地按住椅子，刚准备开口，沈挽情就"唰"地站了起来。

"您来啦！"

沈挽情殷勤地拉开椅子，做了个"请"的手势："快请坐，上学这么辛苦一定累坏了吧？真可恶，如果学校是我开的我就把学校开到你家去，怎么能让谢大哥这么辛苦地上学？"

他这辈子遇到过很多离谱的事情，这绝对是头一件。

沈挽情这样的态度直接把准备摆出凶狠模样的谢无衍堵了回去。他沉默不语地在自己的位子上坐下，看着在旁边殷勤地给自己端茶倒水的沈挽情，实在没忍住："你究竟想做什么？"

"讨好你。"沈挽情很坦诚。

谢无衍："那你帮我写作业。"

"这个不行，"沈挽情义正词严地拒绝了，"因为今天是周一。"

这有什么直接关系吗？

沈挽情很有耐心地解释道："是这样的，我是个很有计划的人，所以针对怎么讨好你这件事，我制订了详细的计划。我哥哥说做什么事情都要有一个标准，我的标准是星期一只讨好你一次，刚才已经讨好过了。"

解释完毕之后，完成了今日小任务的沈挽情开始看藏在语文课本里的小说。

谢无衍遇到对手了。

整个学校都知道，混世魔王谢无衍对自己那个新转来的同桌无计可施。

"转学生把水泼在谢无衍头上之后得意扬扬地走掉了！"

——实际上是沈挽情给谢无衍送水，一不小心绊了一跤，全都浇到了谢无衍身上。

"转学生不让谢无衍吃早饭。"

——实际上是沈挽情为了讨好谢无衍，给他带早饭，结果刚送过去发现自己的早饭忘买了，于是可怜巴巴地看着谢无衍问"能不能给我吃一口"，谢无衍疑惑地要她拿着早饭滚。

"转学生监督谢无衍跑操，不让他偷溜。"

——实际上是谢无衍正准备偷溜翘掉跑操的时候，沈挽情跑到他身边说要和他共同进退，无论他跑得多慢自己都会陪在他身边，让他不再孤单，直接导致谢无衍被千万双眼睛紧紧盯着，失去了偷溜机会。

几天后，谢无衍陷入沉思。

这段时间在沈挽情不断的讨好下，他早睡早起，及时完成作业，认真跑操，甚至还上课听讲。在一个阳光明媚的周末，刚刚睡醒的谢无衍看着自己手机上九十九条未接来电陷入沉思。那串号码没有备注，他不知道是谁，却隐隐约约有种奇妙的预感，于是打了回去，那头秒接。

沈挽情："谢无衍同学！你终于接电话了！"

果然是她。

这种比骚扰电话还要有毅力的行为，也只有沈挽情能干得出来。

"做什么？"

"哦哦，想关心你。"

"比如说？"

沈挽情就非常关心地问："吃了吗？"

他终于忍无可忍："你究竟想做什么？这是最后一次机会，给我一个能够说服我的理由。"

沈挽情在谢无衍的语气里听出几分危险，于是一秒钟认怂，非常坦诚地对自己的心路历程进行了剖析："我在讨好你，这样我们就可以建立稳定的友谊。但感情杂志上说女人不能倒贴，得欲擒故纵，所以我觉得每天讨好点到为止即可。万一你误会我对你图谋不轨就会让事情变得很复杂，所以我一天只能讨好你一次，一周休息一天，怎么样？这个安排是不是很合理？"

谢无衍：这人绝对是怪物。

沈挽情说："我说的是真话。"

"我听出来了，"谢无衍说，"你编不出来这么离谱的谎话。"

沈挽情很有毅力，一个月下来严格按照自己的计划执行，没有一次例外。

班主任都惊了。

谢无衍居然连续一个月都来上课并且作业全勤，而且居然还在好好跳广播体操？！

随后，两个月过去了……半年过去了……一年过去了。

这一年，谢无衍上学全勤，上课不睡觉，跑操不偷懒，就是整个班里每天都能传来他气急败坏的声音，强压着怒火喊道："沈挽情！"

沈挽情："你干吗凶人啊？这是我亲手做的小饼干。"

"你每次都会把烤煳的和不小心放了芥末的给我。"谢无衍按着突突跳动的太阳穴，"你是故意的对吧？"

"我不是故意的，"沈挽情说，"但是如果好吃的话我也想吃啊。"

谢无衍："所以呢？"

"所以我会忍不住先把做得好吃的吃光。"沈挽情理直气壮。

这两人天天吵架。

他们从上学吵到放学，从路上吵回家里，谢无衍把人送到家门口之后再自己回去，掉头回去的路上沈挽情还不忘记打开窗户和他吵嘴。

风谣情天天楼上楼下跑着劝架，纪飞臣站在门口气得叉腰："谢无衍，谁要你天天跟着我妹妹回家的？"

"我和你家在一个小区，而且我没有跟着她回家。"谢无衍说，"我是来找她算账的。"

沈挽情站在楼上推开窗户气得跺脚："是你鸡蛋里挑骨头，我明明是为了讨好你特地给你买了奶茶，还特地加了三倍料。"

"你在红糖奶茶里加三倍糖属于谋杀。"谢无衍冷笑，"你现在就属于鸡蛋里的骨头。"

两人吵了一年——风谣情和纪飞臣确定恋爱关系的时候，两人在吵架；两家开始商业合作的时候，两人在吵架；谢无衍过生日的时候，沈挽情边指挥着乐队演奏生日歌边和谢无衍吵架。

忽然，在高三的某一天，沈挽情缺勤了。

谢无衍将书扣在脸上，伸了个懒腰，书滑落在地上，他弯下腰捡起来，不耐烦地撂在桌上，定定地沉思片刻后，突然起了身。

没过几天，住院痊愈的沈挽情回到班上。

谢无衍不在。

"谢无衍翘课了？"

"唉，你不知道吗？谢无衍出国啦。"江淑君很吃惊，"你和他那么好，我以为你肯定知道呢。"

06

"听说谢无衍回国了。"江淑君说。

沈挽情在边泡澡边刷帅哥视频，听到这话，飞快点赞的手停顿一下，若无其事地说："不认识，他谁啊？"

当年谢无衍不辞而别，气得沈挽情天天半夜三更给他发诅咒小短信，谢无衍一条没回。本来沈挽情还因为这件事气了很久，但几年之后不那么生气了。谢无衍并非池中之物，肯定不可能天天跟自己因为一块蛋糕加了多少糖吵架，应该走得更远。后来沈挽情刷到有关谢无衍的新闻，都会觉得自己当年的直觉真没错，这样一个人，一看就像是那种阴险狡诈，把人玩弄于股掌之间的可恶资本家。

等等……可恶资本家……沈挽情突然惊恐了起来。自己那段时间天天发诅咒小短信，会不会被谢无衍记仇？他会吧？他肯定会吧。一看他就是个歹毒的人。

但沈挽情很快镇定下来，听人说谢无衍一出国就换了手机号，所以那些信息大概率没收到。而且自己现在到处拍戏，全国上下那么大，只要自己有心躲着，大概率不会再和谢无衍碰面。这样一想，沈挽情就安心了。一安心，她就又开始心情愉悦起来。她愉悦地点赞了帅哥视频，认真欣赏了一下上面那张冷峻的脸："参加恋综真是太幸福了。"

"顾北城啊？"江淑君探了个头，"你要和他分一组吗？我觉得他是蛮帅的，但其实谢无衍好像比他还帅一点。"

"八九不离十就是他了。"沈挽情心满意足地说，"上次我和他在剧组聚餐，他还夸我很有慧根来着，语气超温柔的。"

"其实谢无衍也对你挺温柔的，那个时候……"

"你今天怎么老提谢无衍？"沈挽情一头问号。

江淑君卡了下壳，不自然地打着哈哈："没，突然想到了。"

"我和他以后应该也不会见面了。"沈挽情抱着平板电脑窝在沙发上，"不过突然听说明天恋综有个神秘嘉宾，会是谁呢？希望是演最近很火那个悬疑片的男主角，叫什么来着？反正他也超帅的，居然剃平头都能那么帅。"

07

谢无衍："嗨。"

沈挽情：见到鬼了——见到鬼了——一定是见到鬼了——我为什么会在恋综的化妆间见到谢无衍？为什么化妆师在给谢无衍化妆？他是来干吗的？是来当保洁的对吧？

江淑君："你别激动。"

沈挽情："我没激动。"

江淑君："可是你整个人都在抖。"

沈挽情一把握住江淑君的手："你实话告诉我，谢无衍是来这里当保洁的对吧？"

江淑君是沈挽情的助理。

谢无衍要来参加恋爱综艺节目这事，江淑君早几天就知道，但风谣情千叮万嘱一定要守口如瓶,免得沈挽情知道后又惹出什么大麻烦。

江淑君安抚似的拍了拍沈挽情的肩膀:"显然不是,因为保洁是不需要化妆的。"

"你说得对,"沈挽情点头,"所以他是来当花童的对吧?"

显而易见,沈挽情开始逃避现实了。但她没能成功逃避多久,因为下一秒,导演推门进来,满脸堆笑地向大家介绍谢无衍:"这位就是咱们的神秘嘉宾,来,大家鼓掌欢迎一下。"

在热烈的掌声中,谢无衍笑眯眯地望着沈挽情,笑得就跟高中的时候沈挽情喂他吃了芥末味的曲奇饼干时一模一样。

有许多人想和谢无衍搭话,但谢无衍却只不偏不倚地看向沈挽情,说:"好久不见。"

沈挽情强装镇定:"好久不见,我叫江淑君。"

08

沈挽情想要逃跑。她有一条逃跑路线:只要在女厕所里蹲半小时,等到布景组人都散得差不多的时候,她就能从西北侧的长廊翻窗逃走并且完美避开摄像头。

三分钟后——
"好巧啊谢先生,"沈挽情说,"你也来上厕所?"

"我是来提醒你,这里为了拍摄综艺节目所以多加了七十八个摄像头。"谢无衍微笑着说,"如果小偷闯进来然后想逃跑的话,可能必须得从厕所跳窗了。为了保险起见,我多雇了十个保安守在窗口下,以防万一。"

沈挽情万念俱灰:"小偷好可怜。"

"那当然,毕竟沈小姐现在可是大明星。"谢无衍弯下腰看她的眼睛,眸底带笑,"万一大明星出了什么意外,我可是一辈子都不会原谅自己的。"

谢无衍在笑，但是沈挽情太熟悉这笑容了。

"你好温柔啊。"沈挽情几近哽咽，"放心，谢先生，我很懂事的。无论你和谁在恋综里成为恋人，我一定会兢兢业业地为你说好话，塑造你伟大的人物形象，保证让你用三天时间就能把自己的暗恋对象拿下。"

根据沈挽情的分析，谢无衍来参加恋爱综艺节目只有一个原因，就是嘉宾里肯定有他的爱慕对象。

谢无衍忽地冷笑了声，随后直起身，象征性地鼓了两下掌："你还挺聪明。"

"当然。"沈挽情好奇地问，"对了，要和你组队的嘉宾是谁啊？"

"你猜猜看？"谢无衍说。

沈挽情掐着指头算了下，加上自己拢共四个女嘉宾。

"是进来那个年轻的'小花'张小甜吗？她人蛮可爱的，包在我身上。"

"不是哦。"

"女影帝周子衿对吧？眼光还挺不错的。"

"不是哦。"

"那个女偶像苏雪？我还挺喜欢她的。"

"也不是。"

沈挽情掰了掰指头，陷入沉思，许久后抬起头看着谢无衍，谢无衍也微笑着看着她。

"你的组队嘉宾也有可能是男人对吧？"沈挽情还抱有一丝希望。

谢无衍反问："你觉得呢？"

希望破碎了，沈挽情呜咽一声，整个人抱成一团蹲在原地，将头埋在膝盖间不愿意抬起来。她感觉到谢无衍也在自己面前蹲下，带笑的声音清晰传来："我怎么可能会选择别人不选择你呢？你可是我的高中同学。"

沈挽情突然委屈起来："你还没把我忘了啊？"

"怎么会忘记你？"谢无衍温温柔柔地说，"毕竟你可是给我发了三百七十二条诅咒短信的人。"

沈挽情僵住了，偷偷摸摸地抬起脑袋，露出一只眼睛想要去观察一下谢无衍此时的表情，却正好和他的双眸对上。她吓了一跳，跟只鹌鹑似的赶快缩了回去——可恶啊！他是来报仇的。他一定是来报仇的。先破坏自己美好的姻缘，再毁掉自己的事业，最后一点点让自己家破人亡。

反派黑化了！

沈挽情试图挣扎一下："你没换手机号啊？"

"手机卡留在国内了，但一直在定时缴费，回国那天把卡换上了。三百多条短信，你还挺挂念我。"说到这儿，他稍稍顿了下，接着勾唇笑了一声，"所以，我当然是一个字一个字看完了。"

沈挽情打算死不认账："我手机卡被偷了，你可能不信，但确实是这样。"

"是吗？"谢无衍掏出手机，熟练地拨出个号码。

沈挽情的手机响了，谢无衍冲她抬了下眉。

沈挽情非常有骨气地说："对不起。"

"道什么歉？见外。"谢无衍站起身，朝着沈挽情伸出手，"我又不会怪你，毕竟——

"你可是我综艺节目里的恋爱对象，对吧？"

"对。"

十分钟后——

沈挽情指着谢无衍问江淑君："我可以偷偷把他杀掉吗？"

"不可以，这是违法的。"江淑君一本正经，"而且你打不过他。"

09

今日热搜——

沈挽情、谢无衍密室相处半小时。

开拍前,节目组会把每对情侣关在密室里半小时,并且用摄像机记录下来这半小时里他们的反应。密室里没有任何摆设,只有一张双人沙发和几个靠枕。其他的嘉宾都在努力地活跃气氛,要么有一搭没一搭地聊天,要么通过玩一些类似于词语接龙的游戏来缓和气氛。只有沈挽情和谢无衍不一样——沈挽情像一条失去希望的"咸鱼",整个人没骨头似的瘫坐在沙发上,双眼空洞无神地盯着天花板发呆。呆着呆着,她的思绪就开始涣散了。谢无衍坐在一旁,眉头稍皱,似乎是思索着什么。

不知道过了多久,沈挽情机械性转过头,终于开了口:"你在做什么?"

"我在脑海里和自己下象棋。"谢无衍说。

如此离谱的回答,沈挽情却好似习以为常,又缓慢地将头转了回去,整个身体又往下滑了滑:"你先下着,下完了叫我。"

五分钟后——

"下完了。"谢无衍说,"右脑赢了。"

沈挽情:"恭喜。"

"你在做什么?"

"在做白日梦。我现在正在幻想自己是一个古代公主,身体虚弱,足不出户,有二十个用人伺候而且深受皇上宠爱,钱多到花不完。明天我要去选择我的驸马。"

谢无衍皱起眉："如果我没记错的话，我们现在在录制恋爱综艺节目。"

"我做梦你少管，而且我梦里也有你。"

"是吗？我在你梦里是什么角色？"

"我用来踩着上轿子的马夫。"

两人沉默了，原本安静的密室显得更加安静了。

直播间里观察着这一切的观众沸腾了——这两人为什么能各自干一些匪夷所思的事情，但却看上去又那么有CP[①]感啊？这个环节是让你们彼此接触升温感情的，不是用来下象棋和做梦的吧！

密室内，两人对视。

保持了十多分钟的良好局面，因为沈挽情的白日梦正式宣告破裂。

谢无衍几乎是咬着牙根："沈挽情！"

"坚决反抗资本家从我做起，我不畏强权捍卫做梦自由。"沈挽情义愤填膺，叉着腰气呼呼地说，"如果不是你，我现在肯定和我的偶像在密室里聊天了。"

"我这是合理竞争工作岗位顺便宣传新产品。"谢无衍说。

沈挽情："你不是！你是在报复我给你发了三百七十二条诅咒短信。"

"其实是三百七十三条，我之前数错了。"

"睚眦必报的可恶资本家！"

"大小姐，你高中的时候多次意图毒害我，我可从来没计较过。"谢无衍笑了声，突然凑上前看着沈挽情的眼睛，"怎么现在还恩将仇报呢？"

"血口喷人，我明明是含辛茹苦给你做甜点，只不过是有一点点小失误而已。"

"比如说把芥末当奶茶酱挤在夹心饼干里？"

沈挽情气得直跺脚，拼命回忆着自己对谢无衍好的证据，但一时

---

① 网络用语，多用来形容人物间的配对关系。

半会儿脑袋里空空，一个字都想不起来，只能气急败坏地抽出身后的靠枕往谢无衍的胸口扔去，试图用物理攻击发泄情绪。靠枕被扔过来，谢无衍也不躲，仍由它砸在自己胸膛上，然后弹开。谢无衍笑着拿起靠枕，塞到自己身后。沈挽情气呼呼地往沙发边挪了挪，和谢无衍拉开距离，再次瘫软下去，试图用孤立战术来对付他。但没了靠枕，沈挽情觉得后腰硌得疼。于是她又往谢无衍身边蹭了蹭，试图偷偷摸摸地把靠枕顺回来。她目光锁定谢无衍身后的靠枕，出手快准狠，抓住靠枕就往外拽，但刚一用力，就被谢无衍牢牢握住手腕，动弹不得。

谢无衍："有小偷。"

沈挽情跟只被提溜起耳朵的小兔子一样，急得上蹿下跳。但谢无衍偏要逗她，握着她的手腕不松开，就这样看着她红着脸气得乱扑腾。沈挽情的化妆师今天特地给她加深了腮红，再加上她一着急起来，一双眸子就显得水盈盈的。此刻，她忽地抬头委委屈屈地看着谢无衍，那副样子可怜得仿佛下一秒就要哭出来。

谢无衍一怔，下意识地松开手。

沈挽情刚才正在用力拔出自己的胳膊，谢无衍突然这么一松，她整个人就依惯性朝后倒了下去。谢无衍眼疾手快地拉了她一把，把她扯了回来。这么一来一回，沈挽情稳稳地坐在了谢无衍的腿上。他的手掌贴着她的背脊，微微有些发烫。

可恶！贴近看谢无衍，他好像的确比高中时候更帅了。

沈挽情：等等，有些暧昧。

沈挽情：哎呀！现在自己就像小说里的心机女配角煞费苦心为了给男主角投怀送抱。沈挽情"唰"的一下站起身，语无伦次地比画了一下，但平日里向来伶牙俐齿的一个人，此时磕磕绊绊地连句完整的话都说不出来。她气急败坏，干脆抱着膝盖原地蹲下，把自己缩成一个球："哎呀！"

许久后，她可怜巴巴地抬起脑袋偷瞄着谢无衍，声音小小的："是你的责任对吧？"

谢无衍挪开视线，偏过头，下意识地抬手掩住自己的嘴——糟糕，太可爱了。

沈挽情采用委屈战术："对吧对吧对吧？"

谢无衍："嗯。"

沈挽情瞬间精神抖擞，"唰"的一下站起来："那你立字据。"

10

谢无衍也不知道自己是从什么时候开始喜欢沈挽情的。他会耐着性子容忍她那些给自己带来一堆麻烦的讨好，会在她委屈成一团的时候忍不住心软，会陪她吵上一天的架却不发脾气，会下意识在人群里寻找她的身影。

他喜欢上沈挽情，也不是一件值得意外的事情。

她总会被他气到在他的名字上画猪头，然后给他转发那些诅咒小短信，但第二天又别扭地暗示他赶快和自己和好。如果他故意无视，她还会气成一只仓鼠。

谢无衍偶尔会说重话，沈挽情会气到和他冷战，第二天发来一千字小作文要他认错。如果谢无衍嘴硬不认错，她会连续一天在他旁边"吧唧吧唧"吃小饼干，烦到他低头承认错误为止。

沈挽情真的很会烦人，但也真的很招人喜欢。或许这么久以来，不是谢无衍一直在纵容着沈挽情，而是沈挽情一直在纵容着他。

谢无衍并不是在父母的爱与期望里长大的孩子。在他父亲的眼里，一个合格的孩子就像一只懂事的狗，可谢无衍是会咬人的。父母像养只流浪狗一样养着他，算不上坏，只不过是没有期望。谢无衍真的准备当一辈子的纨绔子弟，一辈子也就那么久，怎么活都无所谓。但在许多个瞬间，他想变得更强大一些。

"挽情不是我的亲妹妹，她父母双亡，刚好我的父母和他的父母是旧识，就领养了她。"纪飞臣对谢无衍说，"挽情有一大笔遗产，在她成年后就会交到她手上。那笔遗产无论是谁看了都会眼红，父母双亡的孤儿，在那群人眼里就是只能送钱的小猫小狗。"

怀璧其罪——沈挽情就像一块蛋糕，无数人虎视眈眈地举着叉子想要切下来一块。

谢无衍心想，他喜欢沈挽情，他想做她的靠山。

11

热搜：无情夫妇又又又吵架了。
热搜：沈挽情装哭。
热搜：谢无衍发长文哄沈挽情。

自节目开播以来，二人热度居高不下。虽然这两人每天都要吵至少八百次架，但丝毫不影响观众觉得二人是真爱。

某日，节目组进行真心话提问。

"你这辈子最难过的一次是？"

谢无衍说："刚才，沈挽情往我的豆腐脑里加了白砂糖。"

沈挽情听完气得叉腰："豆腐脑加白糖是全天下最好吃的吃法。"

明明是个温情的问题，两人从楼上吵到楼下，从摄像机前吵到别墅的后花园，吵到最后以沈挽情采用抱成一团装可怜战术取得胜利。

谢无衍认命地哄她："加糖加糖。"

见沈挽情还不起来，他蹲下身问："怎么了？"

"刚刚那问题我还没回答呢。"沈挽情抬起头，小声地说，"有人不辞而别的时候，是我这辈子最难过的时候。"

谢无衍沉默了。

"没说你，"沈挽情赌气似的给自己找补，"我说高中学校门口那个卖豆腐脑的大叔。"

谢无衍失笑，垂下眼，忽地开口："我刚才说谎了。"

"什么谎？"沈挽情竖起耳朵，"是关于豆腐脑吗？你终于要承认豆腐脑加白糖最好吃了？"

"别见缝插针。"谢无衍敲了下沈挽情脑袋。

沈挽情吃痛一声，捂住额头。

谢无衍："我收到你那三百七十三条短信的时候最难过。"

"哎呀！"沈挽情急得脸颊一红，气鼓鼓地伸出手捂住谢无衍的嘴巴，水眸中带着些嗔怒，"不是说好了这事翻篇了吗？"

"前三百七十二条翻篇了，最后一条翻不了篇。"谢无衍握住沈挽情的手腕，将它稍稍挪开。

"最后一篇？"沈挽情愣了下。

她已经记不清写过什么了。

"最后一篇不是诅咒的，"谢无衍说，"上面写着四个字：我讨厌你。"

沈挽情怔住。

忽然，谢无衍像个受伤的孩子，紧紧抓住她的手腕，随后筋疲力尽地垂下头，将额头抵在她的手上："别讨厌我啊，沈挽情。"

沈挽情突然有些难过，偏过头，硬撑着不说话。谢无衍声音里带着些哑："我许多时候在想，我怎么能舍得对你不辞而别呢？"

"我不会原谅你的。"不知道过了多久，沈挽情这么说道。

谢无衍垂下眼。

"除非……"沈挽情说，"你承认豆腐脑加糖比加酱油更好吃。"

第五世界

　　我叫沈挽情,这里是玄幻界。但这么说好像不太形象,因为一千年前,一个大魔王黑化了。他杀疯了。他统治玄幻界了。现在这个大魔王就在我面前睡觉,我在给他剥葡萄。

　　手好酸。为什么他不能施法术自动剥葡萄?这里不是修仙界吗?

　　对了——我是从平行世界来的,来之前正在考试。

　　我宁愿考试也不愿意剥葡萄。

　　大魔王叫谢无衍,身边有只鸟叫玄鸟,好小一只,好像鸽子。什么?!它居然在吃我刚刚剥好的葡萄,岂有此理。我要偷偷往葡萄里加芥末。你问我从哪里弄到的芥末?开什么玩笑!这可是修仙界,我会用法术变出来芥末。我好厉害。但还是那个问题,既然可以用法术,为什么大魔王不用法术自动剥葡萄呢?

　　救命——涂了芥末的葡萄被大魔王拿起来了。

　　你怎么早不吃晚不吃,偏偏现在吃?

　　别吃!完蛋,他吃了。

　　我要死了。大魔王朝我伸出手,可能是要拧断我的脖子。大势已去,我很自觉地把自己的脖子递过去。

　　大魔王皱起眉:"你为什么躺在我的手上?"

　　我问他:"不是要杀我吗?"

　　大魔王说他只是想要我把纸递给他,但如果我非要被他杀掉其实也行。然后他为了尊重我的意见,准备动手把我杀了。

　　他好尊重人啊。

　　于是我说:"那算了。实话告诉你,其实我现在是在勾引你。如果你足够尊重我,现在可以考虑封我为魔妃,我要当贵妃。"

大魔王准备把我杀了。

反正也要死了,于是我站在桌子上痛骂他说话不算话,边骂还边吃葡萄。终于轮到我吃了。大魔王说他是坏蛋,当然说话不算话。我说要杀要剐随便来,但是不可用绞刑,因为死后吐舌头很难看。

大魔王说他不杀我了,并且钦点我为贴身侍女。

好恶毒——他肯定是想让我在这种随时可能会死亡的恐惧中饱受煎熬。

真的好恶毒。

那只破"鸽子"还对我说教:"难得谢无衍大人开恩,你以后可不准有什么歪心思。"

我问它谢无衍是谁。

大魔王问我:"勾引人之前都不看一眼名字的吗?"

大魔王叫谢无衍。

大魔王叫谢无衍。

大魔王叫谢无衍。

……

谢无衍罚我写一千遍。

谢无衍很抠——我从剥葡萄流水线工人升职成贴身侍女,工资一个灵石都没涨。时间一长,我发现谢无衍的生活还挺枯燥乏味的——吃饭、睡觉、欺负人、被人奉承、骂我。为了取乐而骂我,我的心里一团火。

我今天又被骂了,因为我给他做的西瓜啵啵是少冰,但是他要喝少少冰。

去死吧大魔王——每天拿那么点工资没有双休二十四小时朝六晚十二,我比狗都困,这日子我是过不下去了——宁死不打工。我要整顿职场了。我准备起义反抗,宁为玉碎,不为瓦全。

我和谢无衍说我不干了,要杀要剐随便来。

谢无衍问我吃不吃小龙虾。

我说吃。

好——为了麻辣小龙虾，我还是委屈自己继续做他的贴身侍女。好歹这份工作包吃住，我看山下那群从事道士那个工种的，每天风餐露宿还容易被魔物一口吃掉脑袋，还没有保险包赔。我还是可以再委屈一下自己的。

委屈不了了——谢无衍吃了我的杧果椰奶冰，狗老板。

我施了三十八道蔽形法都能被他翻出来。

"狗老板"问我要不要和他去出差。

他说蛮荒地区动荡不安，他要为天下谋取太平，前去降妖除魔。

我说魔尊大人您别放屁，这不是您该念的台词。

"狗老板"说我要是再拆他台，他就把我杀了。

笑死人了。

我这辈子最不怕死。

谢无衍："不杀你，把你屋子里那一摞言情话本全烧了。"

我："不要啊。"

我："魔尊英明！"

玄鸟说是蛮荒那边有一个除妖师，天天宣传"打倒魔王，光明终将战胜黑暗"，搞得谢无衍名声很烂。这样就算了，他们还编话本演戏曲《三打谢无衍》，那个扮演谢无衍的戏子长得特别丑，给谢无衍气坏了，所以谢无衍准备去和他们友好交谈一下。

我说我不去，我才不出差，而且蛮荒一听就很热，魔殿却二十四小时制冷。关键是谢无衍一走我就放假了，谁去加班谁是大傻瓜。

谢无衍难得善心大发说爱去不去。

玄鸟说真可惜，听说那个除妖师长得很帅。

那我去——我也该为自己的终身大事考虑了。

我要热死了。

可能是高达四十多摄氏度的高温。

我真的要热死了。

这破客栈为什么没有空调？

这里不是玄幻世界吗？

玄幻世界为什么不能用法术降温？

算了，玄幻世界的人脑子都不太灵光。

他们甚至自己亲手剥葡萄。

我偷偷用法术给自己造了个古代版电风扇，还没扇一会儿客栈老板过来和我说："为保证客栈客人的安全，本客栈禁用法术。"

四十摄氏度——我热麻了。

我受不了了，我要黑化了。

我问谢无衍考不考虑现在把这个客栈统治了。

谢无衍问我到底谁是大魔头。

我发现谢无衍身上冒冷气，我准备挨着他取冷。

贴贴贴贴贴贴……

谢无衍身上冰冰凉。

玄鸟气得咬我头发警告我不要想勾引魔尊。

我说我没有，我只是在做贴身侍女该做的事情。

"放开她！谢无衍！

"我不会眼睁睁地看着你欺负无辜少女！"

一个不知道从哪儿出来的除妖师这么说道，或许他口中的那个"无辜少女"指的是我。这个除妖师是蛮帅的哈。除妖师对着谢无衍拔剑了——电光石火，刀光剑影。除妖师被打败了。除妖师被捕前还要我快逃。我好感动，但是不能逃，因为这个"狗老板"还拖欠我两个月的工资。

除妖师痛心疾首："妹妹，你怎么能堕落到和魔域为伍？"

我说有钱不挣大傻瓜。等等，你叫谁"妹妹"？

除妖师叫纪飞臣，据说是我哥哥。他说三年前我被魔域魔将掳走，下落不明，他找了我整整三年，没想到如今见到物是人非。他还说要我不要担心，等有朝一日他杀掉谢无衍，只要我诚心悔过，我还永远是他的妹妹。

我看了看旁边脸臭得不行的谢无衍，只觉得纪飞臣像在对我说："妹妹，我活够了，你呢？"

谢无衍是真的生气了。

因为他点了三盘香辣虾却只给我吃拍黄瓜。

我说："老板您放心，只要您给我涨薪，我这辈子永远不跳槽。"

谢无衍说："不涨。"

我说："打工人也是有尊严的。"

谢无衍说："那你离我远点，别在我旁边蹭冷气。"

天真的太热了。

热到打工人可以没有尊严。

我准备干一件大事，那就是把我的哥哥偷偷放跑。主要是因为我哥看上去的确像个大好人，而且看上去也真的很爱他的妹妹，虽然我不是。所以我要放了纪飞臣。为此我做了周全的计划。首先我把正在小憩的谢无衍拍醒了，和他说："商量一下，把我哥放了呗。"

谢无衍说："滚。"

我说："那退而求其次，你告诉你给他弄的那个束缚咒怎么解开，我偷偷放，保证不让你发现。"

谢无衍问我还要不要命。

我说："虽九死其犹未悔。"

谢无衍说："那你今晚继续吃拍黄瓜吧。"

我说不放了，再也不放了。

我坐在纪飞臣面前哭，边哭边问他还有没有什么心愿。

纪飞臣说："我还没死。"

我说我知道，我主要也不是哭你，我主要是哭谢无衍要我断三天荤检讨一下自己。纪飞臣说要我别担心，他的未婚妻一定会想办法来救自己的。他说他未婚妻叫风谣情，是玄天阁的大小姐，武力高强。

第二天——武力高强的风谣情来了。风谣情被谢无衍打败了，也被抓来了。

我看着被绑成粽子的两个人说："哥哥嫂嫂你们好，今天吃不吃蟹肉煲？"

纪飞臣要我不要在奇怪的地方押韵。风谣情夸我很有趣。

玄鸟飞进来对我说："别聊了，魔尊大人喊你去剥葡萄。"

还是那个问题——玄幻世界为什么不能用法术自动剥葡萄？

我们正在回魔域的路上，坐着龙马车。所谓龙马车，就是两只龙马牵着的车，车厢有两节——贵宾车厢里有软榻、瓜果、香草冰激凌、牛排、麻辣香锅、谢无衍，以及葡萄和我；牢房车厢里有我的哥哥和嫂嫂。龙马拉车会累，我剥葡萄也会累。马车路过许多村庄，村庄前都会立一块碑，每块碑上都歌颂着纪飞臣和风谣情的丰功伟绩。

谢无衍问我他俩为什么这么受欢迎，我说大概是他们心地善良，帮老百姓降妖除魔还不求回报，关键是不会让人用手剥葡萄。谢无衍怀疑我在指桑骂槐并且找到了证据，就把我赶下车，要我和玄鸟一起去帮老百姓抓妖怪，并且报上他的名字——哪家贴身侍女还抓妖的？

抓了一天妖的我揉着腰和我的哥哥嫂嫂抱怨："有狗学人。"

哥哥嫂嫂对着我挤眉弄眼，我一回头发现谢无衍站在我身后。

谢无衍是大好人。
谢无衍是大好人。
谢无衍是大好人。
……
谢无衍又罚我写一千遍。

我怀疑谢无衍想公费旅游，因为龙马车绕路了。他在无果山吃水果沙拉，在祥云阁享用满汉全席，还在曲艺楼听戏并且打赏了楼主三万灵石，编了出新戏叫作"谢无衍盖世大英雄"。

　　三万灵石——我剥一年葡萄都没有这么多钱！楼主当天就编好了戏，反派是纪飞臣。我瞧不起楼主，可恶的商人。

　　谢无衍说如果我看戏的时候喝彩声比较大就给我一千灵石做打赏。

　　岂有此理，侮辱我！

　　我对纪飞臣说："可以理解我吗？那可是一千灵石，如果我拿到手了，我给你买蟹肉煲吃。"

　　关在龙马车牢里的纪飞臣说："你去吧，我原谅你。"

　　风谣情继续夸我很有趣。

　　我："谢无衍万岁！"

　　到账：一千灵石。

　　如果所有的钱都挣得这么容易就好了。

　　谢无衍每天的任务：游山玩水，压榨我。

　　我每天的任务：偷偷游山玩水，和哥哥嫂嫂骂谢无衍。

　　好累啊，好想泡温泉。

　　我许愿下一个路过的景点是温泉胜地。

　　玄鸟对我说别做梦了，向西十公里咱们就到魔殿了，到时候我就把你的哥哥嫂嫂关进天牢要他们好看。如果你先救他们的话，支付五万灵石给我，我就可以给他们升级一下牢房，安排一张床。

　　这个死奸商。

　　我拔掉了玄鸟的尾巴毛做毽子以示惩戒。

　　一觉醒来发现到温泉山了，我仔细看了看玄幻界地图，温泉山和魔殿的直线距离约为二百二十四公里。谢无衍和我说是龙马车迷路了。

　　迷得好！我奖励了龙马车一马一个白萝卜，龙马很高兴，就是看上去累得半死不活。

597

泡温泉！泡温泉！这里还可以边泡温泉边听戏，好幸福。让我听听是什么戏——《魔尊谢无衍英勇救世十大英雄小故事》。可恶啊，这些被利欲熏心胡编乱造的说书先生，我最瞧不起这种人了。我义愤填膺地说："说得好！谢无衍万岁！"

嘿嘿，老板给得太多啦。

我哥我嫂好惨，我在泡温泉，他们还在龙马车里坐牢。我的良心受到了谴责，扒着牢门口泪眼婆娑地问他们想吃点什么。纪飞臣和我说："你别边哭边问这句话，很像是在给我们送行。"

我说："不好意思，刚刚做凉拌菜剥洋葱有点辣眼睛。"

我看着我哥消瘦的脸庞很是心疼。我哥说："没关系妹妹，你过得好就行了，我吃再多的苦也无所谓。"

有家人真好。

于是我握住我哥的手说："亲爱的哥哥，谢无衍这么对你，我真的很心疼，如果我能和你一起受苦就好了。"

我哥说可现在谢无衍在你后面。

谢无衍："感人的亲情。"

然后我也被关起来了。

玄鸟问我想吃什么。

我说想吃红烧肘子、排骨莲藕汤、东坡肉、辣炒小龙虾，再来三碗皮蛋瘦肉粥和一杯少少冰芋泥啵啵奶茶。

玄鸟说："你搞清楚，你现在在坐牢，谁家犯人吃这么多？"

我指着我的哥哥嫂嫂说之前他们坐牢的时候我就给他们吃这么多。

玄鸟说我很过分，并且要告诉谢无衍。

玄鸟飞去告状了。

玄鸟飞回来了。

玄鸟带着我的红烧肘子、排骨莲藕汤、东坡肉、辣炒小龙虾和三碗皮蛋瘦肉粥，以及少少冰芋泥啵啵奶茶。

嗝。

纪飞臣和风谣情说:"或许我们误解了谢无衍,他可能是个好人。"

我说资本家没有一个好东西,更何况他还天天扣我工资。

纪飞臣问我谢无衍为啥扣我工资。

我真不知道。

除了在给谢无衍捶背的时候睡着,给他剥葡萄的时候偷吃,早上上班的时候起不来,装生病请假然后一觉睡到下午,起来找人斗地主结果被抓包……嗯,除了这些小事之外,好像没有犯过什么错!他凭什么扣我工资!

纪飞臣说觉得谢无衍更善良了。

风谣情说她也觉得,现在对之前那样误解过谢无衍充满愧疚。

我说你们不能只看表面,他现在不是把咱们都关起来了吗?我们可是在坐牢,虽然牢房里有三张大床、一个标配淋浴间、一墙话本小书柜,以及二十四小时供应的新鲜甜点,但我们还是在坐牢!

咦?

第三天谢无衍问我知错了吗,知错了就把我从牢里放出来。

我说我不知错,我想坐一辈子牢。

谢无衍说工资照常发,而且龙马车又迷路了,这次迷路到了一个叫作百香园的地方。

我:来啦!出狱咯!!

出狱前我一把鼻涕一把泪地对哥哥嫂嫂说:"我一定会救你们出去的。"

纪飞臣在床上吃山楂糕,打了个嗝对我说没事,也不用太急。

百香园好漂亮!花漂亮,山漂亮,水漂亮,宫殿漂亮。

谢无衍要我别看了,快点剥葡萄。

还是那个问题——为什么修仙界不能用法术剥葡萄?

但我还是忍了,这回不是因为老板给的钱多,是因为在旁边给谢无衍倒酒的那个仙侍还蛮好看的,而且刚刚好像在朝我笑。

仙侍又朝我笑了,这是今天第十次。

谢无衍喝了口茶说："别看了，他是在看我。"

下一秒仙侍朝着谢无衍走来，给谢无衍倒了杯茶。谢无衍看仙侍一眼，仙侍羞红了脸，我也红了脸。

谢无衍皱着眉问我在干什么。

我说我"嗑到了"。

然后谢无衍对我说："我有一个朋友最近在考虑杀掉他的侍女或者是杀掉一个陌生的仙侍，你觉得他该怎么做？"

我说对不起，我再也不嗑了。

谢无衍这人很没有礼貌。

仙侍含情脉脉地给他吹笛子，谢无衍说："滚。"

仙侍面带羞赧地给他捏捏肩，谢无衍说："滚。"

我悟了，谢无衍今天心情不好，见不得人阿谀奉承。正好我也想放个假，于是我也小脸通红地给他捶捶腿。谢无衍没有说滚，甚至哼起了歌。为什么？难道是我奉承得还不够明显。于是我尖着嗓子说："魔尊大人今天正是英姿飒爽面如冠玉气度不凡令人倾心不已呢。"

谢无衍说："你也知道？"

我沉默了。也对，老板向来都是这么自恋的。

眼看偷溜无望，我顿时垮下脸："给你捶腿是额外的活，得加钱哦。"

谢无衍笑眯眯地说："擅自碰我可是会掉脑袋的哦。"

我："瞧您这话说得，给魔尊大人捶腿是我的荣幸，怎么还能收钱？这是倒贴上一万灵石都得不来的福气。"

谢无衍："可以。捶完记得给我一万灵石。"

我好累。今天给谢无衍捏肩捶腿端茶倒水，还赔了一万灵石，我很愤怒。我要去找哥哥嫂嫂诉苦，怒骂谢无衍。走到半路，我看到早上那个仙侍猫着身子钻进了谢无衍的房间，然后……就再也没有出来。我大为震撼，难道说……谢无衍看上了这个仙侍？但为了避免我主观判断失误，我决定和哥哥嫂嫂好好分析一下事情的经过。

见到纪飞臣和风谣情之后，我眉头紧锁问道："我有一个熟人和谢无衍认识，谢无衍不给好脸色，还总是凶巴巴地对那人说些很难听的话，却又喜欢和那人单独相处，这是怎么一回事？"

风谣情说："谢无衍应该是喜欢你说的那个熟人。"

我："我就知道！"

风谣情又笑眯眯地问："你说的那个熟人，该不会就是你自己吧？"

嫂子怎么会有如此可怕的想法？

我摇了摇头："没，我是说早上那个给谢无衍倒茶的仙侍，我刚刚看仙侍偷摸进谢无衍屋然后再也没出来。"说到这儿，我叹了口气，"我就知道谢无衍贼心不死。"

纪飞臣和风谣情双双沉默了。

纪飞臣缓缓开口："也不一定，你现在去谢无衍屋里没准发现那个仙侍已经死了。"

我醍醐灌顶，随即后背发麻——完蛋了，全完蛋了。

风谣情见我脸色难看，贴心问道："怎么了？"

我哽咽着说："谢无衍半夜三更杀人，肯定要喊我去加班给他打扫卫生。"

全世界没有人比我更了解谢无衍，我边打扫着案发现场边想。我试图用法术，却被谢无衍敲了下脑袋。他说不能用法术，会被别人发现。我说："你是魔尊，这不是很正常吗？"谢无衍说在以前很正常，但最近他在走小英雄谢无衍的人设，人设崩了会让他很苦恼的。说完，他就边打着哈欠边回床上睡觉了，留我一个人勤勤恳恳地拖着地。我边拖边落泪，一想到以后谢无衍杀人我就得跟在后面拖地，就觉得身心俱疲。

于是我试图给谢无衍洗脑，偷偷摸摸蹭到他床边蹲下，在他耳边唠叨："魔尊大人，我觉得你恣意妄为嚣张跋扈的时候最为反骨最为优秀，人生在世就该做自己，不要顺应天道，要敢于逆天而行不畏惧

601

他人口舌,坦坦荡荡。"

谢无衍一把按住我脑袋将我推开:"再念没有工资。还有,你说的这些话我会告诉你兄长纪飞臣。"

救命!!!

我蹲在纪飞臣面前写检讨——做人不能忘本,做人要善良,不能滥杀无辜,要惩恶扬善替天行道,要对世间万物怀有敬畏之心,要向谢无衍学习……

等等?我拍案而起,义愤填膺地问:"其余也就算了,为什么要向谢无衍学习?"

他不是大反派吗?纪飞臣敲了我一个栗暴,说我用世俗的偏见对待谢无衍。他现在明显是个为他人着想,用自己的力量造福他人,还知道把我这匹迷途之马拉回正道的大善人。

风谣情在旁边帮腔。

两个人罚我把检讨抄写背诵一百遍。

仔细想想,谢无衍最近好像的确挺善良的,平日里到处游山玩水,还支使我和玄鸟去降妖除魔,虽然好处都挂在他头上,但是出手给钱很大方!难道说……谢无衍已经被净化成正义人了?我把这个惊人发现分享给玄鸟。

玄鸟边吃烤猪蹄边口齿不清地对我说:"我早就发现了,而且现在整个魔殿里最恶毒的就是你。"

岂有此理,我很不满。

玄鸟细数我的罪状:"你偷了我三万灵石私房钱还恶人先告状,和魔尊大人说我非礼你。前些天你斗地主输给了侍卫小王,还偷偷摸摸在他额头上画小乌龟。还有因为魔尊大人说斩妖除魔按人头拿工资,所以你就逼人家九头蛇长出九个头然后砍掉九个拿双倍工资。还有……"

我打断了它。

这么一听……什么,反派竟是我自己?!

谢无衍在看表演，我在情绪低落地给他剥葡萄。剥了一会儿后，谢无衍问我怎么了，语气还蛮温柔的，吓了我一跳，没想到老板居然还有如此关心员工的时候。

我十分感动："原来魔尊大人一直在默默关注着我。"

谢无衍说当然，今天我剥了半个钟头葡萄居然一个都没有偷吃，真的太反常了。他说他怀疑我在葡萄里下了毒……可恶，老板嘴里吐不出象牙。于是我义愤填膺地吃了颗葡萄，十分落寞地说："我觉得我已经不是之前那个单纯善良的小姑娘了，现在的我声名狼藉，没有人能真正地理解我。"

谢无衍定定地看了我一会儿，然后转头看向玄鸟："她是不是找借口不想剥葡萄？"

玄鸟说："是的。"

受到这样的侮辱，我很生气，于是拍案而起……在对上谢无衍视线的时候又心虚地拍案坐下。我哽咽道："没有人懂我，我只是在怀念我逝去的青春。"

无忧无虑的人突然变成社畜①，我不能接受。谢无衍嫌我烦，并且甩给我一袋灵石要我想去哪儿玩去哪儿玩，就是晚上记得回来给他打扫卫生。

我："还好有你懂我。"

没人和我玩，大家躲我跟躲老虎一样。

我听到些传言——"看！她就是那个暗恋魔尊大人的贴身侍女，听说她非常狠毒，觊觎魔尊美色，三更半夜去人家房间里不知道干什么，还偷偷杀掉了所有想要接近魔尊的人。可怜的魔尊受她蛊惑，至今还被她蒙在鼓里。"

---

① 网络用语，指在公司很顺从地工作，被公司当成牲畜一样压榨的员工。多用于自嘲。

我很愤怒，这是对我人格的侮辱，于是我决定力破谣言。

我说："我可没杀人。"

八卦群众说："那怎么有那么多爱慕魔尊的人突然失踪了？"

我蛮会撒谎："魔尊的死对头杀的，为了让大家觉得靠近魔尊没有好下场，让魔尊被世人孤立。"

八卦群众问："那你为什么半夜三更去魔尊屋里？"

我继续瞎扯："因为魔尊为了救那些人每天一对多，满身是伤，我作为一个优秀的侍女当然是去给他上药的。"

八卦群众问："那你为什么那么没有礼貌，魔尊居然还让你当她的贴身侍女？"

我："那是因为……什么意思？我很没有礼貌吗？"

八卦群众说："我没见过谁的侍女在别人给魔尊上菜的时候自己端着个碗在旁边吃。"

我解释："那是在试毒。"

八卦群众说："你也不能只试荤菜的毒，而且一试就把菜试完吧？"

可恶！原来我这个侍女当得真的这么没有礼貌。

在八卦群众拷问的目光下，我只能继续扯瞎话来维护自己并不好的名声："好吧我摊牌，其实我长得像魔尊一千年前死去的'白月光'，所以他才如此纵容我。但'白月光'比我胖一点，所以我只能每天强迫自己吃很多东西，因为我知道一旦我和她不像了，我就会被残忍地抛弃。"说到这儿，我泪如雨下，"原来，我只是他人的替身。魔尊每天写信，信的内容是：挽挽类卿，暂排苦思。"

八卦群众落泪了，我也落泪了，在草丛里偷听的玄鸟也落泪了。

玄鸟扑腾着翅膀就飞走了："魔尊大人！魔尊大人！"

我哭得更厉害了。

傍晚时分，该打扫卫生了，我却赖在牢房里不愿走。

纪飞臣和风谣情劝我："没事，你向谢无衍道个歉，态度好点，他肯定不会和你计较的。"

你听听他们这话说得,他们几个月前明明还要替天行道除掉谢无衍,现在谢无衍居然在他们眼里比我还善良!

我哭着抱着牢房的栏杆:"我不走,我会被杀的。"

纪飞臣说:"老实说,你能活到现在我也很吃惊。放心,你造的这些谣言和你之前的恶劣行径比简直是九牛一毛,谢无衍会原谅你的。"

我很愤怒,有这么安慰人的吗?纪飞臣现在到底是我哥哥还是谢无衍的哥哥?虽然他这么安慰我了,我却依然不敢面对谢无衍。我抱着栏杆哭了很久,最后下定决心道:"哥哥嫂嫂,我们一起越狱吧?如果我们三人合力一定可以。"

风谣情羞红了脸:"我还不是你嫂子呢。"

纪飞臣笑着哄她:"怎么不是?"

两个人浓情蜜意,我在旁边边蹦跶着边挥舞着双手:"有人听到我说话吗?"

而且我刚才的重点应该不是"嫂嫂"这个词吧?

纪飞臣和风谣情腻歪了一会儿,看着我说:"算了吧。"

"为什么算了?"我试图煽动他们,"难道你们甘心做一辈子的牢?"

纪飞臣说:"不甘心,但是如果牢里二十四小时供应点心,每天菜色不重样而且定期还安排娱乐活动,重要的是足不出户就能游山玩水的话,我愿意忍辱负重一会儿。更重要的是我和你嫂子降妖除魔这么久,难得一起旅行……"

敢情你们是来度蜜月的。

我非常痛恨这种死于安乐的行为,于是站在椅子上对他们进行了长达十分钟的抨击。我正在义愤填膺,玄鸟摸着肚子就进来了:"膳房今天做了香辣小龙虾,魔尊叫你吃完去他那儿。"

"好嘞!"如果是小龙虾的话……还可以再留下来一段时间!

小龙虾很辣,吃着吃着,我就流下了眼泪。有些人虽然还活着,但是和死了也没有什么区别。吃完饭，我在百香园里晃晃悠悠拖延时间，周围路过的许多人都在看着我窃窃私语——

"她就是那个替身。"

"没想到魔尊居然对千年前的'白月光'如此深情。"

"听说当初魔尊就是为了那个'白月光'屠尽了天下人。"

"听说魔尊和那个'白月光'还有了孩子！"

"听说魔尊的孩子不接受这个替身。"

"听说玄鸟就是魔尊的儿子！"

"听说魔尊本体是只鸟。"

"听说这个替身也怀孕了，为了自己肚子里的孩子能够继承魔殿，所以想弄死魔尊的亲生儿子。"

我在百香园里逛了不到一炷香的时间，发现中午传出去的谣言现在已经发展成恐怖的伦理关系了。更为恐怖的是，按照我对玄鸟的了解……它肯定会将每个版本事无巨细地告诉谢无衍，甚至还会编出三胞胎！我很绝望。如果早知道刚才的小龙虾是我的最后一餐，我一定会把虾钳里的肉也吃干净。我在心里祈祷，如果现在发生什么突发状况，我和谢无衍能几个月见不到面就好了。

言出法随——我被绑架了。我确信我被绑架了。

在我还在苦恼该如何从谢无衍手上活下来的时候，我就被人从背后迷晕然后两眼一抹黑睡了过去。再次醒来的时候，我发现我被关在地牢里，这个地牢没有芋泥啵啵奶茶、桂花糕和烤猪蹄，只有满腔鲜血，整个牢房里都写着"恐怖"两个字。

是谁绑架了我？

我比较怀疑是玄鸟，因为我昨天偷了它的私房钱，还拔了它的尾巴毛当毽子玩。但很快我就否决了这个想法，因为按照玄鸟睚眦必报的性格，肯定会把我倒着绑起来。

我知道我被谁绑架了，被谢无衍的仇敌。

当年谢无衍一人扫平魔界，自然不是所有的魔都对他心悦诚服。就比如说上任魔王，它就第一个对把自己老家抄了的谢无衍十分不满意。这个上任魔王辛辛苦苦招兵买马，在万窟山潜伏千年，准备偷偷摸摸给谢无衍来一击重创。但是没想到谢无衍强得这么变态，别说给他来一闷棍，就算在他面前咳嗽一下，他都会嫌你吵，然后割掉你的小舌头。于是上任魔王决定迂回一点，找到谢无衍的软肋再动手。他辛辛苦苦找了几千年，找到了我。我看着眼前青面獠牙的魔头，心中第一个想法是：原来不是所有的大魔头都和谢无衍一样好看。

我的第二个想法是：怎么称呼这个魔头呢？叫"魔尊"的话会和谢无衍弄混，如果直接叫名字的话不太礼貌，况且人家也没告诉我名字，不如取个昵称吧？

于是这个上任魔头还没说话，我先说话了："看你长得青面獠牙的，我就叫你小青吧。"

小青凶狠的眼神里充满着不解。

"扑哧。"小青旁边一个身着黑衣的魔将笑出声。

我看他一眼，顺便给他也赐了个名字："你叫小黑。"

小青好像不满意我给他取的新名字。

他发了好大脾气，叫着要拧掉我的脑袋，小黑伸出手挡住了他："您不是要拿她要挟谢无衍吗？就这么杀了的话，可就没有筹码了。"

筹码？我觉得小青可能误会了什么。

果不其然，平复好情绪的小青倨傲地对我说："你就是那个长得像谢无衍'白月光'的替身？"

好事不出门，坏事传千里，昨天中午的谣言怎么今天都传到万窟山来了？但这种时候，我肯定不能承认自己就是那位绯闻女主角，于是开始装傻："什么替身？什么白月光？什么谢无衍？"

小青显然不相信我，皱着眉上下打量我一会儿："按道理说应该没有抓错啊,我听说那个替身是百香园里最漂亮的,你真的不是。"

我说:"好吧我是。"

命可以丢,但我必须是百香园里最漂亮的女人。在那一瞬我好像理解了白雪公主的后妈,美丽对我来说真的很重要。

"扑哧。"小黑又在旁边笑出声。

小青一脸"我就知道"的表情,顺便还不忘记放狠话:"哼,你别想耍小手段,这个地方极其隐秘,无论谢无衍怎么找都找不到你。"

还有这种好事?

"真的吗?"我大喜过望,"你立字据。"

假期!假期!社畜的假期!一个绝对不会被老板打扰的假期!我脑海中思索最多的一个问题就是,我现在到底算不算是带薪休假?在牢房中瘫坐了一会儿后,我觉得有些无聊了,关键是牢房里的伙食也不怎么样,没有谢无衍带着的厨子做饭一半好吃。虽然才来到这儿不到半天,但我觉得已经瘦了十几斤。而且牢房里没有床,还有虫子,这对我的睡眠质量影响也很大。我决定和小青谈判一下。

我严肃地对他说:"等会儿我想吃红烧肉、土鸡蘑菇汤,蘑菇要口蘑,还要一小碗腊肉饭。对了,牢房能不能给我换个雅间?"

小青气得又想拧我脑袋,然后再一次被小黑拦了下来。小青指着我气不打一处来:"你现在是我的囚犯!你见过哪个囚犯有这么多要求!"

我理直气壮:"谢无衍的牢房就有这些啊,甚至还有人定期表演节目。你看,你要想取代他,首先就不能输了气势。你的牢房这么普通,犯人一进来就会觉得你很落魄。"

小青好像被我忽悠住了:"有道理……"

但很快他就反应过来:"等等!我为什么要在意犯人的死活!"

我很失望,虽然小青看上去呆头呆脑,但没想到智商在线,于是决定换一套话术:"其实,我这也是为了你着想。谢无衍只爱我的脸,根本不爱我的灵魂，如果我在这里瘦脱相变得不像他的'白月光'，他一定会抛弃我，因为到那个时候我对他而言就一点价值也没有了。"

小青不太相信："真的？"

"真的！你也知道谢无衍是多么凶残的人！"我不由得哽咽起来，"我必须要尽力模仿他心上人的样子，才能让他对我有一点怜惜。平日里他不开口，我都不敢说话，因为我的声音不像她。"

周围的魔将们听得直落泪，只有小黑笑眯眯地看着我，怪瘆人的。

小青也被说服了："嗯，的确像是谢无衍能干出来的事。既然这样，我必须得让你维持现在这副模样，要不然我们岂不前功尽弃了。"

"没错。"我重重地点头，"对了，再加一道玫瑰饼当饭后甜点哦，美容养颜的。"

今天是我被绑架的第二天，我敷着面膜吃着别人给我剥好的葡萄看着魔将们跳舞，过着谢无衍平日里的日子。给我剥葡萄的魔将问："为什么不能用法术剥？"

我说："不行，我法术过敏。"

突然理解了修仙界剥葡萄不用法术的原因。

为什么他们在帮我剥葡萄呢？

因为我说我全身上下第二像谢无衍"白月光"的地方，就是自己这双手，所以我得好好保养。万一手有瑕疵，谢无衍肯定也会抛弃我。表演节目是因为我说我被绑架后极度惊恐产生心疾，如果没有人做点什么分散我的注意力，我一定会郁郁寡欢暴瘦十斤，因为瘦脱相而被谢无衍抛弃。于是，绑匪团为了让我不被谢无衍抛弃，每天兢兢业业地伺候着我。

小青晚上来探监视察我的情况，一探脑袋发现有八个人在给我扇扇子，气得差点儿又要拔刀，被手下人哄了半天还喘不上气："岂有此理，本王都没有这么好的待遇。"

我懒洋洋地从床上坐起来，打了个饱嗝，皱起眉。

小青:"你又有什么屁要放?"

我哭着一张脸,委屈巴巴地说:"节目看腻了,突然觉得人生好空虚,可能心疾又要犯了。"

一群人吓得手忙脚乱。

我说:"没事,也不是什么大病,没准斗斗地主就好了。对了,你们知道什么叫斗地主吗?我来教你们!"

和魔将斗地主五宗罪——

傲慢:我赢他们肯定轻轻松松。

嫉妒:小青凭什么把把王炸?

贪婪:我愿意用玄鸟的尾巴毛换天和牌。

愤怒:什么破牌,地主你去死吧!

懒惰:最后一把,赢了就不玩了。

我不理解,为什么?在魔殿的时候我斗地主从无敌手,就连谢无衍也在我面前输得差点儿连裤子都没有了,为什么来到万窟山之后全都是一手烂牌,小青赢得嘴都要笑歪了。难道是我在这地方水土不服?

小青彻底爱上了斗地主这个游戏,他说为了我的身心健康,决定每天抽出三个时辰和我斗一下地主。我算了算——一个时辰我输三千灵石,三个时辰就是九千灵石。假设我在这里保底待七天,那就是六万三千灵石,而我的工资是一个月四千灵石。

我冷静地摸了摸钱包,在这一瞬间,我的求生欲望突然变得格外强烈。

不行,必须要尽快逃离这里!

我逃跑失败了。

因为我对守卫说:"考考你,如果我有个朋友想从这里逃跑,你觉得应该走哪条路呢?"

守卫仔细思考一会儿，大喊道："来人啊——替身想要逃跑！！"

我看着门口，门口站着十个彪形大汉。

我打开窗户，窗户上挂着五个苗条大汉。

我抬头看向天窗，天窗上趴着一摊大汉。

我低下头，端起茶杯，表情麻木地喝了口茶。

守卫对我说："我们主人说了，用完午膳后他回来找你斗地主。"

斗了两天地主，我打了一堆欠条。

小青堂堂一个前任魔尊，居然比我还要贪财。看着他数钱的样子，我敢确定在我把这些钱还上之前，小青是绝对不会杀掉我的。我也有挣扎，中途换过飞行棋、打麻将，各式各类的桌面游戏，但无一例外输得差点儿连裤子都要赔出去。究竟是为什么？难道这就是说谢无衍坏话的报应吗？

终于，在被抓来的第四天，为了保住我所剩无几的存款，我决定用一个非常没品的方法来躲避小青——装病。

我对小青说："我可能活不长了，抱歉，我已经没有力气和你斗地主了。"

装病这事我很擅长。此时，我躺在床上，气若游丝，边说话还边咳嗽，一副弱柳扶风的样子。

小青觉得很离谱："你生病？你这几天吃的加起来有我半个月吃的那么多，你凭什么生病？"

说女孩子吃得多是很没有礼貌的！我气急败坏，差点儿就要坐起来和他扯头发。谢无衍就从来没有说我吃得多，他每次都让膳房做三份的。

说实话，小青真的不好糊弄。

"怎么可能身体这么弱？你打来我这万窟洞就没有受过一点苦，难不成是在装病骗我？"

我吓得倒吸一口冷气。

611

"这么想来，只有一种可能。"小青面色凝重地抱起胳膊，昂起下巴看着我，"没想到你居然如此有心机，瞒了我这么久，你说实话——"

我认命了。

输灵石就输灵石吧，谁能想到小青长得五大三粗，但心思居然这么细腻。但我还没来得及开口，就听见小青字正腔圆地说道："果然，你是怀了谢无衍那小子的孩子吧？"

现在我有两条路可以选——否认，斗地主，输灵石；承认，毁名声，被谢无衍追杀。

这真是一个无比困难的选择题。

但是思前想后，我觉得自己不能为了几斗米折腰，为了金钱堕落到不顾名节的地步。即使我是个替身，也是个有铮铮傲骨的替身。于是我义正词严地否认："没有！"

小青的脑回路显然不太正常："反驳得这么坚定，肯定是在撒谎。来人！快去给谢无衍写信，要他赶快投降把魔域让出来，不然我就要他妻离子散！"

一千年前，桀骜不驯的谢无衍遇到一位圣洁美丽的姑娘，从此红鸾心动一发不可收拾。他为了这个姑娘血洗魔界，只为了能将她留在自己身边。但没想到，谢无衍得到了魔域，成为魔尊，却永远地失去了她。

他看似赢了，却输得一败涂地，每夜孤身一人站在屋顶之上，留下一个落寞的声音。那个姑娘，是他心中的朱砂痣、白月光，是他一生所爱。千年后，谢无衍偶然间遇见一位名叫沈挽情的女子。

这女子与那千年前的"白月光"有三分相似。

于是谢无衍强行掠夺了她，占有了她，逼着她学"白月光"的模样，如果有半点不从就会打骂斥责，甚至还逼迫她怀上了自己的孩子！

这位可怜的女子，经受如此摧残，身体每况愈下。幸运的是，伟大的上任魔王出手拯救了她。但即便如此，那病弱的身体依旧无法恢复。
　　善良的魔王只能眼睁睁地看着她日渐消瘦，一病不起。
　　为了不再让天下女子遭受谢无衍的毒手，上任魔王决定，推翻谢无衍的统治！
　　加入我们吧！打倒谢无衍！

　　以上，为小青润色过几遍后确定的宣传海报文字版终稿。我对稿件内容表示抗议。但显然，斗地主输到还有一堆欠条还不上的我，抗议完全无效。

　　不出所料，没过多久，谢无衍打上门了。小青披上战袍雄赳赳气昂昂地去挑衅谢无衍了。过了一会儿，小青衣衫褴褛鼻青脸肿地回来了。
　　他一把扯起在床上吃奶油泡芙的我，气得声音都在发抖："太过分了，谢无衍居然打我的脸，我要让他知道失去女人与骨肉是什么样的滋味。"
　　我抱着柱子不肯走："我还不想回去上班！"
　　最关键的是我现在还在和老板传绯闻，不太能保证回去上班能活过半个钟头。但显然，小青把我当作他的秘密武器。哪有打仗的时候秘密武器赖床的，所以无论我反抗得有多么用力，最后还是被五花大绑押到了谢无衍面前。

　　我看着谢无衍，谢无衍看着我，中间隔着一道万丈深渊。小青这边站着千军万马，谢无衍站在玄鸟背上，身后只带着我的哥哥嫂嫂。老实说，果然还是谢无衍更好看一些。
　　谢无衍目光落在我身上，忽地弯起眼笑了："还活着啊，小替身？"
　　这句话让我没法接，我寻思了会儿，如果说"是啊"，会不会显得很冷淡？如果说"要你管"又有些不太礼貌？思来想去，我摸着后脑勺笑哈哈地说了句："对啊，好巧，你也是。"

千军万马都沉默了。

小青吓得浑身上下汗毛竖立，就差伸出手捂住我的嘴了。我看得出来，虽然小青现在是拿我要挟谢无衍，但其实骨子里还是很害怕他的。

我这话一出，所有人都吓了个半死，只有谢无衍依旧笑眯眯的。他看我好一会儿，然后缓缓移开视线，看着小青，接着朝他伸出手："还给我。"

"想得美。"小青说，"如果你敢上前一步，我就杀了她。"

我坐在玄鸟背上，玄鸟骂骂咧咧，边骂边哭："我还以为你偷了我的钱逃跑了，可恶的女人，你怎么这么没用，居然能被这种人抓走？谁、谁要管你死活，如果再不回来我就把你的工钱全部私吞了。"

没想到玄鸟这么关心我，我很感动，感动到不太好意思告诉它其实我吃香喝辣了整整一周，就连葡萄都是别人帮我剥的这件事。小青鼻青脸肿地倒在一旁嗷嗷直哭。显然，刚才他对谢无衍的恐吓半点屁用都没有，前脚放完狠话，后脚就被揍倒在地上。他身后的千军万马吓得缩回山上躲着偷看。

玄鸟嘲笑他："这就是你的手下？看上去没有什么用，比不上我。"

我替他们说话："胡说，他们可会剥葡萄了。"

玄鸟安静了下来，黑溜溜的眼睛直勾勾盯着我。

糟糕，说漏嘴了。

片刻的沉默后，玄鸟暴跳如雷地开始啄我头发："剥葡萄？你知道我这些天找你找得食不下咽，你居然能心安理得地享受别人给你剥葡萄！不行！魔尊大人，快把他们全都抓回去，我也要有人给我剥葡萄！"

走之前我和万窟山的各位含泪告别，希望下次不想上班的时候各位还能来绑架我。

其中最舍不得我的就是小青，他抱着玄鸟的腿哭得一把鼻涕一把泪："好吧，我确实是打不过谢无衍，但是走之前，能不能把你家替身的欠条还清？"

可恶，怎么还记得欠条这茬？

我在众人的注视下颤颤巍巍地掏出欠条，纪飞臣皱着眉问我怎么欠了这么多钱，我刚准备撒个谎，就被谢无衍打断了。

"打牌输的。"谢无衍说。

我：什么？他怎么知道？

玄鸟气得尖叫。

它说这段时间我不在，轮到它天天伺候谢无衍，每天累得跟狗一样还总是被骂，而我居然在这里吃喝玩乐。我说这也没有办法，你看上去怎么也像不了一千年前谢无衍的"白月光"。

玄鸟气得冲着小青喊："下次绑我！"

而纪飞臣看着我的欠条，不可思议地说道："短短七日你居然输了五万灵石。"随后罚我默写一万遍"我以后再也不赌了"。

哪有可怜的人质刚被救回来就罚抄的？我边写边碎碎念。玄鸟在旁边边吃烤牛油边当监工。五万灵石谢无衍替我还了，说从我工钱里扣。我算了算，我的工资是四千灵石一个月，这就代表着我要在谢无衍手底下免费打工一年。

我还没来得及抱怨，谢无衍打断我："不止一年，你之前把我后山的灵芝当蘑菇炖鸡汤，把我的万年锦鲤做红烧鱼，拿我的乾坤刃切葱……"

谢无衍数落我的罪状就数落了十分钟，把这些钱合计起来再打个折之后，满打满算，我要为谢无衍工作三百年。我安慰自己，三百年，在修仙界还不算长，我看别人的修仙小说都是动不动几万岁。

"还没算完呢。"谢无衍抓住我的后脑勺，笑着看我，"小替身，给我编了个'白月光'这件事,我还没跟你好好算算呢。"

百香园春光明媚。

我站在最高的戏台上低头往下看,乌泱泱的人目不转睛地盯着我。在众人的注视下,我掏出检讨书,清了清嗓子——

"各位亲朋好友早上好,我是谢无衍的贴身侍女沈挽情。在这个阳光明媚百花齐放的日子里,我心怀愧疚站在这个位置,向大家检讨最近这段时间里我所犯的罪行。

"今天一早,太阳当空照,花儿对我笑,我心中却无比悲痛。为什么我会犯这样的错误,我究竟为什么做出如此令人失望的事情?想到这里,我不禁食不下咽。所以,我必须要向大家坦承,我这些天究竟做出了怎样的恶劣行径。"

我念得气势磅礴,台下窃窃私语。

玄鸟显然是不给我面子的,窃窃私语未免有些太大声:"魔尊大人,她是在凑字数对吧?"

我大惊:什么?有这么明显吗?谢无衍罚我再为他多打工二十年,而且还要写满八百字检讨,在百香园当众澄清。我对此毫无怨言。虽然我平日里总骂谢无衍"狗老板",但他至少从来不说我吃得多,而且每天让人准备的菜都是我想吃的,最关键的是斗地主的水平稀巴烂能让我捞到很多外快。总的来说还是一份好工作!而且他这人很大方,如果夸奖他夸得很大声还会给很多打赏。于是我的检讨里一半是在凑字数,另一半是在阿谀奉承。

"……对于以上谣言,我深表愧疚,并且在此澄清,谢无衍并没有'白月光'。他还是一个体恤手下的好魔尊,性格温柔体贴,虽然平时臭着一张脸,但会允许手下偷吃他的葡萄。除此之外,他相貌端正,身高一米八八,有八块腹肌,身体健康、生育功能正常,家庭关系简单。他有一只鸟类宠物,宠物不怎么掉毛;在魔域黄金地段有一套占地几万平方米的大别墅，内配千名用人；从来没有谈过恋爱，绝对没有纠缠不清的前道侣，是居家必备的好魔尊，是人民的好榜样！"

玄鸟说我这检讨怎么听怎么像征婚，况且，别的不提，八块腹肌我是怎么知道的？

我说别打断我，还有一句："如有意向和魔尊结为道侣的女士，欢迎找我报名，报名费五十灵石。"

老实说，我从来没有见过谢无衍脸色那么难看。
我小声对他说："这笔钱我们一九分，你九我一。"
谢无衍冷笑一声："很好。"

现在是吃荔枝的季节，所以我的工作从剥葡萄改成了剥荔枝。谢无衍好像在和我生闷气，具体表现在剥荔枝的时候不让我偷吃了。我把这个惊人的发现告诉玄鸟，玄鸟说有可能是因为荔枝比较贵。

我问谢无衍为什么不让员工偷吃荔枝，谢无衍问我为什么要给他征婚。虽然这两件事听上去没有什么太大的联系，但我还是如实回答，说是觉得他几千年都是一个人太寂寞了，虽然有玄鸟，但是玄鸟看上去不太聪明，除了掉毛暂且看不出其余用途。当然如果谢无衍结婚之后去度蜜月，能给我直接休假一个月就更好了。

谢无衍："我最近并不孤独。"
咦？
最近？
我端着饭碗蹲在牢房前，边扒拉饭边问纪飞臣和风谣情："你们觉得谢无衍喜欢什么样的小姑娘？你说征婚成功的话，他们该不会让我随份子钱吧？"
纪飞臣和风谣情双双叹了口气。

纪飞臣说:"我突然开始有些可怜谢无衍了。"

不过这两人很奇怪,为什么他们又回牢房坐牢了?!

怎么还这么自觉?

我对纪飞臣说,我欠了谢无衍很多钱,签了两百年卖身契。作为一个好哥哥,我觉得他应该替妹妹赎身。

纪飞臣说:"可我在坐牢。"

我说你这牢坐得比当世界首富还舒服,而且为什么我才出去没几天,牢房居然变成了一个复式一居室。

风谣情解释道,即使是在坐牢,也应该有生活情趣。

纪飞臣说:"赎身不赎身暂且不提,你是怎么能输给别人五万灵石的?"

我觉得这件事也很诡异。

为什么和小青斗地主的时候,我每次都顺子少一张,而他手里至少三个炸起步,难道说这牌是他亲妈给他发的吗?

纪飞臣听完,若有所思:"有没有一种可能,他作弊了。"

我说不可能,我盯得可紧了,没有人能在我眼皮子底下偷偷换牌。

纪飞臣说:"可是他会法术。"

对哦。我怎么忘了这是玄幻世界!!

玄幻世界的人不能用法术剥葡萄,但是可以用法术出老千。

原来我在这里斗地主顺风顺水,是因为谢无衍的手下和我的哥哥嫂嫂素质很高,从来不作弊。

风谣情脸颊一红说:"其实也不是,昨天那对王炸原本是在你手里的。"

风谣情!还我一百灵石!

没想到整个修仙界最守规矩从不作弊的居然是谢无衍。

纪飞臣若有所思片刻后,终于决定告诉我实情:"老实说,其实谢无衍也出老千。"

我说不可能,我这辈子最大的一笔收入就是从谢无衍手上赢来的。

纪飞臣问我有没有想过自己怎么从谢无衍手上赢那么多钱。

我沉思片刻，说可能是因为我高超的技术。

我发现了，我这人牌打得烂但是嘴很硬，不过我突然也发现了——和谢无衍玩牌的时候，我从来没输过。

风谣情偷偷摸摸告诉我："而且我前段时间打听了一下，谢无衍好像在魔域就和他的手下说过，谁要是斗地主赢你，就罚他们去修罗场待一年。"

说完，风谣情笑眯眯地看着我，眼神意味深长。我熟悉这种眼神，前段时间我就是拿这种眼神看谢无衍和想跟他套近乎的仙侍们的。

难道说——反派居然暗恋我！

我不相信万恶的资本家居然这么好心，于是采访了一下玄鸟。

玄鸟拍着翅膀嘲笑我："魔尊大人怎么可能做这样的事？闻所未闻，我就从来没有让过你。"

我说："可是你也从来没赢过我。"

玄鸟气急败坏，当即就要和我厮杀一场，最后因为它把炸弹拆开当对子出而惨败。

我发现了——其余人可能是让着我，玄鸟是真的不太聪明。我觉得我必须找到谢无衍爱我的证据。于是在当晚，我再一次被提溜到谢无衍房间打扫卫生的时候，我无比严肃地坐在他面前，问出那个在所有爱情故事中都经久不衰的问题。

我问："我和玄鸟掉水里你先救谁？"

谢无衍皱着眉头看着我："你又偷玄鸟私房钱了？"

什么？在别人的眼里我居然这么不堪吗？

我撒泼打滚要他不要逃避，快点给出我答案。结果谢无衍残忍地对我说了四个字："玄鸟会飞。"

可恶——忘记玄鸟虽然愚蠢但好歹是只鸟了。但也没办法，我总不能问"我和纪飞臣掉水里你救谁"吧？

我在寻找谢无衍爱我的证据。还没寻找几天，就因为寻找得太专注，剥荔枝的时候把荔枝壳塞到他嘴里而被罚了一个月工钱。我算是看透了，他不爱我。一个真正爱我的人，一定会默默地吃下荔枝壳，而不是罚完我工钱之后还要让我为自己的粗心大意写五百字检讨。

　　因为白龙香车老迷路，导致我周游了一圈玄幻界。我开始想念魔殿了，因为在魔域里，我的员工宿舍是一栋带院子的小别墅。我还想念我养的那只小猫咪，虽然有人和我说那是头深渊巨虎，但我坚信只是它吃太多长得稍胖了一点而已。

　　于是我对白龙香车说："这次可不许迷路了哦。"

　　真的没迷路！我们回魔域了！原来我才是驯龙高手。我和谢无衍主动请缨要帮他调教所有的白龙，只需要每个月一万灵石，从今往后他的白龙都不会迷路。结果谢无衍翻了个白眼儿，顺便要我剥杧果剥快一点——手好酸，杧果为什么要有皮？

　　我蹲在牢房前再一次向纪飞臣与风谣情告状："谢无衍一定会因为他的小气，错过一个驯龙高手。"

　　风谣情露出一言难尽的表情："其实我感觉他真的不太需要。"

　　我说不可能，你看他养的白龙老迷路。

　　纪飞臣叹了口气，说谢无衍还真是任重而道远。

　　我不能忍受我的哥哥嫂嫂继续坐牢了，他们是我的亲人，我怎么能够放任我的亲人被关进魔域的天牢里？于是我找到谢无衍，以死相逼要他放了他们。

　　谢无衍对我说："你别以死相逼，你以私房钱相逼可信度还更高些。"

　　哥哥嫂嫂还是得坐牢。

　　我很愧疚。

　　纪飞臣对我说你也不必愧疚。

　　对了，他说这话的时候正在露天温泉里泡澡。

牢房里有露天温泉也很正常的，对吧？

风谣情对我说："有没有一种可能，我们俩从来没有在坐牢，而是在做客呢？"

我说我从未见过客人待在牢房里。

风谣情说："实不相瞒，我也从来没有见过牢饭每天有十八道餐和五道餐后小甜点。牢房有三层楼高，居然还自带花园，而且每天居然有六个时辰的放风时间可以让我们自由进出。"

我说："你们该不会被谢无衍PUA了吧？"

新概念PUA。

魔域的魔将问我："你们出去抓除妖师怎么抓了这么久？中途到底做了些什么啊？"

我说："也没什么，就是游山玩水泡温泉，帮助魔尊成为大英雄，并且给他征婚，顺便再被绑架。"

听说山下要举办花灯节，我好说歹说哭天抢地才找谢无衍请了三天假，代价是我和他的劳动合同从两百年变成了两百零一年，而且下周双休还被取消了。

我骑着玄鸟刚准备下山，一转头发现谢无衍也坐在玄鸟背上。

他说他也去看花灯节，和我顺路。

我说和老板一起放假不叫放假，叫应酬，我这人最讨厌这种职场文化，要坚决抵制。

谢无衍说给我加钱。

我说："好的。"

花灯节好漂亮，猜灯谜好好玩。

谢无衍说："你已经在这儿站了半个时辰，一个灯谜都没猜出来。"

我说重要的不是结果而是过程。

玄鸟毫不留情地拆穿我："放屁，她一直盯着左前方那个猜对十个灯谜的魁首看，肯定是在沉迷男色。"

可恶啊——不知何时开始，玄鸟成了最了解我的人。

从刚才就一直觉得猜灯谜很无聊的谢无衍突然也开始猜灯谜了。

他连续猜对了十一个。

我怀疑他在攀比。

好奇怪，上次我和谢无衍下山过节，周围的人看见他就躲，这次居然没有人躲着他，而且竟然还有人找他推销床上三件套！这世道变了，彻彻底底变了。难道说这趟旅行过后谢无衍真的成大英雄了？

路边八卦的老婆婆说："英不英雄无所谓，主要是没人能拒绝自己的孙女婿有八块腹肌和一座庄园。"

逛到一半居然在半路遇到小青，小青一看见谢无衍就吓得满大街乱窜，最后被我当场逮捕，强行收了五百灵石保护费。他居然在和我斗地主的时候出老千，这笔钱我一定要一点点从他手里赚回来。

小青敢怒不敢言。

我看他一个堂堂前任大魔王居然一个侍卫都没带，随口问了句："小黑呢？"

小青问我小黑是谁，我说就是那个有两只眼睛、一张嘴和两条腿的男人。小青一脸不解，我嫌弃他愚笨。玄鸟拆我台，说满大街人都长这样，最后还是谢无衍好心地帮我描述了一下小黑的长相。小青恍然大悟，和我说他也不知道，小黑是他绑我的时候随手抓来打零工的，我被谢无衍救走之后就再也没看见了。没想到小青手下的员工居然这么不稳定，果然还是谢无衍这边的工资待遇比较好。

等等，谢无衍为什么知道小黑长什么样？

我和谢无衍大眼瞪小眼，要他赶快坦白他是不是小黑本黑。谢无衍摸了摸我的额头，好像对我居然有智商这件事感到十分诧异。不是说万窟山是谢无衍绝对找不到的地方吗？怎么我被绑架的第一天就让谢无衍找到了？

我问谢无衍为什么当时不干脆把我救出去。

谢无衍说:"你不是想放假吗?"

其实谢无衍还蛮温柔的。

虽然他杀人跟择白菜一样轻松,平日里总把我当狗一样使唤,三更半夜喊我去讲睡前故事,固定工资还只有那么一点点,但整体来说,还是个有良心的好老板。更何况他居然会化身成小黑默默保护我,还不打扰我偷懒放假。

我好感动,我愿意给他打一辈子工。

随后谢无衍又嫌弃地看着我:"本来想救你出去,结果发现你居然在那里也能吃那么多,伙食费比你每个月的月例还多,所以我考虑了一下,决定还是让你在他那儿多吃几天。"

可恶的老板,把我刚才的感动还给我!

为资本家感动是要倒霉一辈子的。

我吃饱喝足和玄鸟逛大街,悄咪咪问它:"有没有什么工作是整天可以指挥别人,自己什么都不干,还能拿到一大笔钱的?"

玄鸟翻了个白眼儿说:"你可以当老板。"

"除此之外呢?"

"也可以当老板娘。"

我觉得有道理,就是我如果想在目前的公司当老板娘的话,可能会有比较大的生命危险。而且修仙界还没有保险公司,万一我死了,我的遗产肯定会被玄鸟偷走……我领悟了。玄鸟一定是想害死我之后继承我的遗产——最毒小鸟心,不得不防。

玄鸟听完之后非常鄙夷地看我一眼:"你有什么遗产?你现在倒欠魔尊大人两百年的工钱。"

我发现玄鸟不仅恶毒,还很刻薄。于是我也很刻薄地对它说:"我现在唯一的收入就是斗地主从你手上赢的钱。"

玄鸟哭得跟个孩子一样。

花灯节就是要放花灯,听人说在纸条上写下愿望,塞进花灯里,愿望就会实现。封建迷信不提倡，然后我就买了一米乘一米的纸，密密麻麻写满了愿望，但最后发现没有这么大的花灯能让我把纸塞进去。

我很气愤，并且想要投诉卖花灯的商家。

花灯老板说："你是来许愿的还是来进货的？"

好吧，我换了张小纸。

花灯老板说人不能太贪心，最多只能许三个愿望。

我说："老实说，我也不是人，修炼了这么久我觉得我现在好歹是个半仙，能活几百年了，是不是可以愿望翻倍？"

花灯老板问我是不是对家派来砸场子的。

好吧，三个愿望就三个愿望——小气鬼。

我深思熟虑，第一个愿望是升职加薪，第二个愿望是一周休假七天，第三个愿望……要不然写个一统天下？但我想了想，这个愿望好像有点困难，而且帮人实现愿望的神恐怕都不一定打得过谢无衍。如果是这样的话，还不如让谢无衍一直当霸主。换了别人，我可能工资会略高一些，但是伙食肯定没有这么好，而且我在魔域的小别墅很有可能被改成集体公寓。

想到这儿，我决定把最后一个宝贵的愿望，用在谢无衍身上——

　　祝谢无衍身体健康快快乐乐开开心心没有疾病，当一辈
　子的人界霸主，越活越开心，越活越长久。

这样我就可以拥有铁饭碗啦！

我刚刚写完，就用余光发现谢无衍朝我纸上偷看了一眼。

有人偷看——但我不敢指责谢无衍，因为我连他的小指头都打不过。于是我只能拔掉玄鸟的一根屁股毛杀鸡儆猴。显然，杀鸡儆猴没有用，谢无衍笑得很开心。

好无聊，魔域真的好无聊。没有人再敢挑衅谢无衍，魔域的魔将闲得没事，一天打扫八百遍魔殿。我每天除了给谢无衍剥各种各样的

水果，没有任何事情可以干，更何况水果还一大半都进我的肚子里了。我每天在魔域瘫倒睡觉，睡醒吃饭，吃完去谢无衍那边拍他马屁，然后在谢无衍面前吃水果，吃累了睡，睡醒了继续拍马屁。这样的生活安逸舒适而又无趣，最重要的是我胖了三斤。三斤！我还没有谈过恋爱，怎么能够先发胖呢？我不能接受，我完完全全不能接受，我必须给自己找点活儿干。于是我主动请缨，提议翻修魔域，我亲自监工，关键是还免费劳动，用自己的实际行动来报答老板对我的提携之恩。

谢无衍问我是不是被夺舍了。

在我的不懈努力下……好吧，魔将在我的监督下不懈努力，魔域焕然一新。我对自己的成果很满意，直到谢无衍来验收成果——剧本杀店、奶茶店、KTV、酒吧、龙霄飞车、按摩店，以及密室逃脱。其实我还设置了一间健身房，虽然我不一定去，但是只要拥有，四舍五入我就是瘦了。

我对谢无衍说："这些是为了能让魔尊大人内心得到全面的放松。"

谢无衍要我先让那个正在唱《死了都要爱》的魔将闭嘴。

"魔尊大人消消气，我还为您建立了后宫。"

说完这句话之后我发现谢无衍好像真的生气了，他说他不需要，要我把后宫遣散了。我说这倒不用，因为后宫目前没人，之前征婚报名的姑娘们没有魔域的门禁卡，目前一个都进不来，全都卡在海选了。如果他实在觉得后宫空虚的话，可以暂且让玄鸟住进去。

谢无衍问我魔域里没人报名征婚吗，我说我忘记在魔域宣传了，如果他需要，我现在就去宣传宣传。谢无衍说不用，并且打赏了我五十灵石。

"报名费给你报销了，"谢无衍说，"把你自己的名字写上去。"

咦？

谢无衍暗恋我，好像找到证据了，但我还有一句话要说——

"像我这种关系户，可以不交报名费吗？"

……

图书在版编目（CIP）数据

女配不想让主角分手：全二册 / 漆瞳著 . — 北京：国际文化出版公司, 2024.1（2024.6 重印）

ISBN 978-7-5125-1582-6

Ⅰ . ①女… Ⅱ . ①漆… Ⅲ . ①长篇小说—中国—当代 Ⅳ . ① I247.5

中国国家版本馆 CIP 数据核字 (2023) 第 147791 号

女配不想让主角分手：全二册

作　　者	漆　瞳
责任编辑	侯娟雅
责任校对	鲁　赞
出版发行	国际文化出版公司
经　　销	全国新华书店
印　　刷	河北鹏润印刷有限公司
开　　本	880 毫米 ×1230 毫米　　32 开 19.875 印张　　　　　　545 千字
版　　次	2024 年 1 月第 1 版 2024 年 6 月第 3 次印刷
书　　号	ISBN 978-7-5125-1582-6
定　　价	69.80 元（全二册）

国际文化出版公司
北京市朝阳区东土城路乙 9 号　邮编：100013
总编室：（010）64270995　　传真：（010）64270995
销售热线：（010）64271187
传　真：（010）64271187-800
E-mail：icpc@95777.sina.net